YUE YA ER

月牙儿

老舍小说精选集
LAO SHE XIAOSHUO JINGXUAN JI

老 舍◎著

温暖 美好 爱与纯净

精选的文学经典

历阅的精神花园

老舍

ARTTIME
时代出版

时代出版传媒股份有限公司
安徽文艺出版社

图书在版编目（CIP）数据

月牙儿：老舍小说精选集／老舍著．—合肥：安徽文艺出版社，2016.1
ISBN 978-7-5396-5261-0

Ⅰ．①月… Ⅱ．①老… Ⅲ．①中篇小说－小说集－中
国－现代②短篇小说－小说集－中国－现代 Ⅳ．I246.7

中国版本图书馆 CIP 数据核字（2014）第 296593 号

出 版 人：朱寒冬　　　　　　　责任编辑：黎　雨
责任编辑：王婧婧　　　　　　　装帧设计：张子航

出版发行　时代出版传媒股份有限公司　www.press-mart.com
　　　　　安徽文艺出版社　www.awpub.com
地　　址：合肥市翡翠路 1118 号　邮政编码：230071
营 销 部：(0551) 63533889
印　　制：北京盛源印刷有限公司　　　(010) 80599760

开本：880×1230　1/32　印张：10.625　字数：200 千字
版次：2016 年 1 月第 1 版　2024 年 1 月第 3 次印刷
定价：46.00 元

写在前面

　　读老舍先生的作品，总会有种身临其境之感。他笔下的故事，大都取材于市民生活。他喜欢通过那些平常到大家都耳熟能详的场景来反映普遍的社会冲突，人物是小人物，事情是小事情，但却让人从轻快诙谐之中品味出生活的严峻和沉重。

　　翻开现代文学史，我们不难发现，老舍先生的名字总是与市民题材、北京题材密切联系在一起的。作为一位大家，他所反映的社会现实可能不够辽阔，但在他所描绘的范围之内，却把不同时代的社会气氛、风俗习惯，一年四季的景色变化一直到三教九流各种人等的喜怒哀乐、微妙心态都结合浓缩在一起，从而为读者构建出一个有声有色、有血有肉的大千世界。这是老舍在现代文学史上作出的特殊贡献。

汪曾祺先生曾在一篇文章中谈及老舍先生的可爱，言外有一种心灵的呼应。汪先生如此推崇老舍先生，大抵是读出了他的平民心态，那种走笔行文中的散淡之气，是别人难以企及的。

这样的作品，值得每个人一读再读。

目　录

听来的故事

宋伯公是个可爱的人。他的可爱由于互相关联的两点：他热心交友，舍己从人；朋友托给他的事，他都当作自己的事那样给办理，他永远不怕多受累。因为这个，他的经验所以比一般人的都丰富，他有许多可听的故事。大家爱他的忠诚，也爱他的故事。找他帮忙也好，找他闲谈也好，他总是使人满意的。

对于青岛的樱花，我久已听人讲过；既然今年有看着的机会，一定不去未免显着自己太别扭；虽然我经验过的对风景名胜和类似樱花这路玩艺的失望使我并不十分热心。太阳刚给嫩树叶油上一层绿银光，我就动身向公园走去，心里说：早点走，省得把看花的精神移到看人上去。这个主意果然不错，树下应景而设的果摊茶桌，还都没摆好呢，差不多除了几位在那儿打扫甘蔗渣子、橘皮和昨天游客们所遗下的一切七零八碎的清道夫，就只有我自己。我在那条樱花路上来回溜达，远观近玩的细细的看了一番樱花。

樱花说不上有什么出奇的地方，它艳丽不如桃花，玲珑不如海棠，清素不如梨花，简直没有什么香味。它的好处在乎"盛"：每一丛有十多朵，每一枝有许多丛；再加上一株挨着一株，看过去是一团团的白雪，微染着朝阳在雪上映出的一点浅粉。来一阵微风，樱树没有海棠那样的轻动多姿，而是整团的雪全体摆动；隔着松墙看过去，不见树身，只见一片雪海轻移，倒还不错。设若有下判断的必要，我只能说樱花的好处是使人痛快，它多、它白、它亮，它使人觉得春忽然发了疯，若是以一朵或一株而论，我简直不能给它六十分以上。

无论怎说吧，我算是看过了樱花。不算冤，可也不想再看，就带着这点心情我由花径中往回走，朝阳射着我的背。走到了梅花路的路头，我疑惑我的眼是有了毛病：迎面来的是宋伯公！这个忙人会有工夫来看樱花！

不是他是谁呢，他从远远的就"嘿喽"，一直"嘿喽"到握着我的手。他的脸朝着太阳，亮得和春光一样。"嘿喽，嘿喽！"他想不起说什么，只就着舌头的便利又补上这么两下。

"你也来看花?"我笑着问。

"可就是,我也来看花!"他松了我的手。

"算了吧,跟我回家溜溜舌头去好不好?"我愿意听他瞎扯,所以不管他怎样热心看花了。

"总得看一下,大老远来的;看一眼,我跟你回家,有工夫;今天我们的头儿逛崂山去,我也放了自己一天的假。"他的眼向樱花那边望了望,表示非去看看不可的样子。我只好陪他再走一遭了。他的看花法和我的大不相同了。在他的眼中,每棵树都像人似的,有历史,有个性,还有名字:"看那棵'小歪脖',今年也长了本事;嘿!看这位'老太太',居然大卖力气,去年,去年,她才开了,哼,二十来朵花吧!嘿喽!"他立在一棵细高的樱树前面:"'小旗杆',这不行呀,净往云彩里钻,不别枝子!不行,我不看电线杆子,告诉你!"然后他转向我来:"去年,它就这么细高,今年还这样,没办法!"

"它们都是你的朋友?"我笑了。

宋伯公也笑了:"哼,那边的那一片,几时栽的,哪棵是补种的,我都知道。"

看一下!他看了一点多钟!我不明白他怎么会对这些

树感到这样的兴趣。连树干上抹着的白灰，他都得摸一摸，有一片话。诚然，他讲说什么都有趣；可是我对树木本身既没他那样的热诚，所以他的话也就打不到我的心里去。我希望他说些别的。我也看出来，假如我不把他拉走，他是满可以把我说得变成一棵树，一声不出的听他说个三天五天的。

我把他硬扯到家中来。我允许给他打酒买菜，他接收了我的贿赂。他忘了樱花，可是我并想不起一定的事儿来说。瞎扯了半天，我提到孟智辰来。他马上接了过去："提起孟智辰来，那天你见他的经过如何？"

我并不很认识这个孟先生——或者应说孟秘书长——我前几天见过他一面，还是由宋伯公介绍的。我不是要见孟先生，而是必须见孟秘书长；我有件非秘书长不办的事情。"我见着了他，"我说，"跟你告诉我的一点也不差：四棱子脑袋；牙和眼睛老预备着发笑，唯恐笑晚了。脸上的神气明明宣布着：我什么也记不住，只能陪你笑一笑。""是不是？"宋伯公有点得意他形容人的本事，"可是，对那件事他怎么说？"

"他，他没办法。"

"什么？又没办法？这小子又要升官了！"宋伯公咬上

嘴唇，像是想着点什么。

"没办法就又要升官了？"我有点惊异。

"你看，我这儿不是想哪吗？"

我不敢再紧问了，他要说一件事就要说完全了，我必须忍耐的等他想。虽然我的惊异使我想马上问他许多问题，可是我不敢开口；"凭他那个神气，怎能当上秘书长？"这句最先来到嘴边上的，我也咽下去。

我忍耐的等着他，好像避雨的时候渴望黑云裂开一点那样。不久——虽然我觉得仿佛很久——他的眼球里透出点笑光来，我知道他是预备好了。

"哼！"他出了声，"够写篇小说的！"

"说吧，下午请你看电影！"

"值得看三次电影的，真的！"宋伯公知道他所有的故事的价值，"你知道，孟秘书长是我大学里的同学？一点不瞎吹！同系同班，真正的同学。那时候，他就是个重要人物：学生会的会长呀，做各种代表呀，都是他。"

"这家伙有两下子？"我问。

"有两下子？连半下子也没有！"

"因为——"

"因为他连半下子没有，所以大家得举他。明白了吧？"

"大家争会长争得不可开交，"我猜想着，"所以让给他做，是不是？"

宋伯公点了点头："人家孟先生的本事是凡事无办法，因而也就没主张与意见，最好做会长，或做菩萨。"

"学问许不错？"没有办事能干的人往往有会读书的聪明，我想。

"学问？哈哈！我和他都在英文系里，人家孟先生直到毕业不晓得莎士比亚是谁。可是他毕了业，因为无论是主任、教授、讲师，都觉得应当让他毕业。不让他毕业，他们觉得对不起人。人家老孟四年的工夫，没在讲堂上发过问。哪怕教员是条驴呢，他也对着书本发愣，一声不出。教员当然也不问他；即使偶尔问到他，他会把牙露出来，把眼珠收起去，那么一笑。这是天字第一号的好学生，当然得毕业。既准他毕业，大家就得帮助他做卷子，所以他的试卷很不错，因为是教员们给做的。自然，卷子里还有错儿，那可不是教员们做的不好，是被老孟抄错了；他老觉得 M 和 N 是可以通用的，所以把 name 写成 mane，在他，一点也不算出奇。把这些错儿应扣的分数减去，他实得平均分数八十五分，文学士。来碗茶……

"毕业后，同班的先后都找到了事；前些年大学毕业生找事还不像现在这么难。老孟没事。有几个热心教育的同学办了个中学，那时候办中学是可以发财的。他们听说老孟没事，很想拉拔他一把儿，虽然准知道他不行；同学到底是同学，谁也不肯看着他闲起来。他们约上了他。叫他做什么呢，可是？教书，他教不了；训育，他管不住学生；体育，他不会，他顶好做校长。于是他做了校长。他一点不晓得大家为什么让他做校长，可是他也不骄傲，他天生来的是馒首幌子——馒头铺门口放着的那个大馒头，大，体面，木头做的，上着点白漆。

"一来二去不是，同学们看出来这位校长太没用了，可是他既不骄傲，又没主张，生生的把他撵了，似乎不大好意思。于是大家给他运动了个官立中学的校长。这位馒头幌子笑着搬了家。这时候，他结了婚，他的夫人是自幼定下的。她家中很有钱，兄弟们中有两位在西洋留学的。她可是并不认识多少字，所以很看得起她的丈夫。结婚不久，他在校长的椅子上坐不牢了；学校里发生了风潮，他没办法。正在这个时候，他的内兄由西洋回来，得了博士；回来就做了教育部的秘书。老孟一点主意没有，可也并不着急：倒慌了教育局局长——那时候还不叫教育局；管它叫什么呢——这玩艺，免老孟的职简直是和教育部秘书开火；不免职吧，事情办不下去。局长想出条好道，去请示教育部秘书好了。秘书新由外国回来，还没完全把西洋忘掉：'局长看着办吧。不过，派他去考查教育也好。'局长鞠躬而退。不几天，老孟换了西装，由馒头改成了面包。临走的时候，他的内兄嘱咐他：不必调查教育，安心的念二年书倒是好办法，我可以给你办官费。再来碗热的……

"二年无话，赶老孟回到国来，博士内兄已是大学校长。校长把他安置在历史系，教授。孟教授还是不骄傲，老实不客气的告诉系主任：东洋史，他不熟；西洋史，他知道一点；中国史，他没念过。系主任给了他两门最容易的功课，老孟还是教不了。到了学年终，系主任该重新选过——那时候的主任是由教授们选举的——大家一商议，校长的妹夫既是教不了任何功课，顶好是做主任；主任只须教一门功课就行了。老孟做了系主任，一点也不骄傲，可是挺喜欢自己能少教一门功课，笑着向大家说：我就是得少教功课。好像他一点别的毛病没有，而最适宜当主任似的。有一回我到他家里吃饭，孟夫人指着脸子说他：'我哥哥也留过学，你也留过学，怎么哥哥会做大校长，你怎就不会？'老孟低着头对自己笑了一下：'哼，我做主任合适！'我差点没憋死，我不敢笑出来。"后来，他的内兄校长升了部长，他做了编译局局长。叫他做司长吧，他看不懂公事；叫他做秘书吧，他不会写；叫他做编辑委员吧，他不会编也不会译，况且职位也太低。他天生来的该做局长，既不须编，也无须译，又不用天天办公。'哼，我就是做局长合适！'这家伙仿佛很有自知之明似的。可是，我俩是不错的朋友，我不能说我佩服他，也不能说讨厌他。他几乎是一种灵感，一种哲理的化身。每逢当他升官，或是我自己在事业上失败，我必找他去谈一谈。他使我对于成功或失败都感觉到淡漠，使我心中平静。由他身上，我明白了我们的时代——没办法就是办法的时代。一个人无须为他的时代着急，也无须为个人着急，他只须天真的没办法，自然会在波浪上浮着，而且相信：'哼，我浮着最合适。'这并不是我的生命哲学，不过是由老孟看出来这么点道理，这个道理使我每逢遇到失败而不去着急。再来碗茶！"

他喝着茶，我问了句："这个人没什么坏心眼？"

"没有，坏心眼多少需要一些聪明。茶不错，越焖越香！"宋伯公看着手里的茶碗，"在这个年月，凡要成功的必须掏坏，现在的经济制度是大鱼吃小鱼，小鱼吃虾米的制度；掏了坏，成了功，可不见就站得住，三摇两摆，还得栽下来，没有保险的事儿。我说老孟是一种灵感，我的意思就是他有种天才，或是直觉，他无须用坏心眼而能在波浪上浮着，而且浮得很长久。认识了他便认识了保身之道。他没计划，没志愿，他只觉得合适，谁也没法子治他。成功的会再失败；老孟只有成功，无为而治。"

"可是他有位好内兄?"我问了一句。

"一点不错；可是你有那么位内兄，或我有那么位内兄，照样的失败。你，我，不会觉得什么都正合适。不太自傲，便太自贱；不是想露一手儿，便是想故意的藏起一招儿，这便必出毛病。人家老孟自然，糊涂得像条骆驼，可是老那么魁梧壮实，一声不出，能在沙漠里慢慢溜达一个星期! 他不去找缝子钻，社会上自然给他预备好缝子，要不怎么他老预备着发笑呢。他觉得合适。你看，现在人家是秘书长；做秘书得有本事，他没有；做总长也得有本事，而且不愿用个有本事的秘书长；老孟正合适。他见客，他做代表，他没意见，他没的可泄露，他老笑着，他有四棱脑袋，种种样样他都合适。没人看得起他，因而也没人忌恨他；没人敢不尊敬他，因为他做什么都合适，而且越做地位越高。学问，志愿，天才，性格，都足以限制个人事业的发展，老孟都没有。要得着一切的须先失去一切，就是老孟。这个人的前途不可限量。我看将来的总统是给他预备着的。你爱信不信!"

"他连一点脾气都没有?"

"没有,纯粹顺着自然。你看,那天我找他去,正赶上孟太太又和他吵呢。我一进门,他笑脸相迎的:'哼,你来得正好,太太也不知怎么又炸了。'一点不动感情。我把他约出去洗澡,喝!他那件小褂,多么黑先不用提,破的就像个地板擦子。'哼,太太老不给做新的嘛。'这只是陈述,并没有不满意的意思。我请他洗了澡,吃了饭,他都觉得好:'这澡堂子多舒服呀!这饭多好吃呀!'他想不起给钱,他觉得被请合适。他想不起抓外钱,可是他的太太替他收下'礼物',他也很高兴:'多进俩钱也不错!'你看,他歪打正着,正合乎这个时代的心理——礼物送给太太,而后老爷替礼物说话。他以自己的糊涂给别人的聪明开了一条路。他觉得合适,别人也觉得合适。他好像是个神秘派的诗人,默默中抓住种种现象下的一致的真理。他抓到——虽然他自己并不知道——自古以来中国人的最高的生命理想。"

"先喝一盅吧?"我让他。

他好像没听见。"这像篇小说不?"

"不大像,主角没有强烈的性格!"我假充懂得文学似的。

"下午的电影大概要吹?"他笑了笑,"再看看樱花去也好。"

"准请看电影,"我给他斟上一盅酒,"孟先生今年多大?""比我——想想看——比我大好几岁呢。大概有四十八九吧。干吗?哦,我明白了,你怕他不够做总统的年纪?再过几年,五十多岁,正合适!"

一封家信

专就组织上说，这是个理想的小家庭：一夫一妇和一个三岁的小男孩。不过，"理想的"或者不仅是建立在组织简单上，那么这小家庭可就不能完全像个小乐园，而也得分担着尘世上的那些苦痛与不安了。

由这小家庭所发出的声响，我们就可以判断，它的发展似乎有点畸形，而我们也晓得，失去平衡的必将跌倒，就是一个家庭也非例外。

在这里，我们只听见那位太太吵叫，而那位先生仿佛是个哑巴。我们善意的来推测，这位先生的闭口不响，一定具有要维持和平的苦心和盼望。可是，人与人之间是多么不易谅解呢；他不出声，她就越发闹气："你说话呀！说呀！怎么啦？你哑巴了？好吧，冲你这么死不开口，就得离婚！离婚！"

是的，范彩珠——那小家庭的女性独裁者——是懂得世界上有离婚这件事的，谁知道离婚这件事，假若实际的去做，都有什么手续与意义呢。反正她觉得这两字很有些力量，说出来既不蠢野，又足以使丈夫多少着点急。她，头发烫得那么细腻，真正一九三七的飞机式，脸上是那么香润；圆圆的胳臂，高高的乳房，衣服是那么讲究抱身；她要说句离婚，他怎能不着急呢？当吵闹一阵之后，她对着衣镜端详自己，觉得正像个电影明星。虽然并不十分厌恶她的丈夫——他长得很英俊，心眼很忠厚——可是到底她应当常常发脾气，似乎只有教他难堪才足以减少她自己的委屈。他的确不坏，可是"不坏"并不就是"都好"，他一月才能挣二百块钱！不错，这二百元是全数交给她，而后她再推测着他的需要给他三块五块的；可是凭她的脸，她的胳臂，她的乳，她的脚，难道就能在二百元以下充分的把美都表现出来么？况且，越是因为美而窘，便越须撑起架子，看电影去即使可以买二等票，因为是坐在黑暗之中，可是听戏去便非包厢不可了——绝对不能将就！啊，这二百元的运用，与一切家事，交际，脸面的维持——在二百元之内要调动得灵活漂亮，是多么困难恼人的事！特别是对她自己，太难了！连该花在男人与小孩身上的都借来用在自己身上，还是不能不拿掺了麻的丝袜当作纯丝袜

子穿！连被褥都舍不得按时拆洗，还是不能回回看电影去
都叫小汽车，而得有时候坐那破烂、使人想落泪的胶皮车！
是的，老范不错，不挑吃不挑喝的怪老实，可是，只能挣
二百元哟！

老范真爱他的女人，真爱他的小男孩。在结婚以前，
他立志非娶个开通的美女不可。为这个志愿，他极忠诚的
去做事，极俭朴的过活；把一切青年们所有的小小浪漫行
为，都像冗枝乱叶似的剪除净尽，单单培养那一朵浪漫的
大花。连香烟都不吃！

省下了钱，便放大了胆，他穿上特为浪漫事件裁制的
西装去探险。他看见，他追求，他娶了彩珠小姐。

彩珠并不像她自己所想的那样美妙惊人，也不像老范
所想的那么美丽的女子。可是她年轻，她活泼，她会作伪；
教老范觉得彩珠即使不是最理想的女子，也和那差不多；
把她摆在任何地方，她也不至显出落伍或乡下气。于是，
就把储蓄金拿出来，清偿那生平最大的浪漫之债，结了婚。
他没有多挣钱的坏手段，而有维持二百元薪水的真本领。
消极的，他兢兢业业的不许自己落在二百元的下边来，这
是他浪漫的经济水准。

他领略了以肤浅为开通，以作伪为本事，以修饰为美

丽的女子的滋味。可是他并不后悔。他以为他应该在讨她的喜欢上见出自己的真爱情,应该在不还口相讥上表示自己的沉着有为,应该在尽力供给她显出自己的勇敢。他得做个模范丈夫,好对得起自己的理想,即使他的伴侣有不尽合理想的地方。况且,她还生了小珠。在生了小珠以后,她显着更圆润,更开通,更活泼,既是少妇,又是母亲,青春的娇美与母亲的尊严联在一身,香粉味与乳香合在一处;他应当低头!不错,她也更厉害了,可是他细细一想呢,也就难以怪她。女子总是女子,他想,既要女子,就须把自己放弃了。再说,他还有小珠呢,可以一块儿玩,一块儿睡;教青年的妈妈吵闹吧,他会和一个新生命最亲密的玩耍,做个理想的父亲。他会用两个男子——他与小珠——的嬉笑亲热抵抗一个女性的霸道;就是抵抗与霸道这样的字眼也还是偶一想到,并不永远在他心中,使他的心里坚硬起来。

从对彩珠的态度上,可以看出他处世为人的居心与方法。他非常的忠诚,消极的他不求有功,只求无过,积极的他要事事对得起良心与那二百元的报酬——他老愿卖出三百元的力气,而并不觉得冤枉。这样,他被大家视为没有前途的人,就是在求他多做点事的缘故,也不过认为他窝囊好欺,而绝对不感谢。

他自己可并不小看自己，不，他觉得自己很有点硬劲。他绝对不为自己发愁，凭他的本事，到哪里也挣得出二百元钱来，而且永远对得起那些钱。维持住这个生活费用，他就不便多想什么向前发展的方法与计划。他永远不去相面算命。他不求走运，而只管尽心尽力。他不为任何事情任何主义去宣传，他只把自己的生命放在正当的工作上。有时候他自认为牛，正因为牛有相当的伟大。

平津像个恶梦似的丢掉，老范正在北平。他必须出来，良心不许他接受任何不正道的钱。可是，他走不出来。他没有钱，而有个必须起码坐二等车才肯走的太太。

在彩珠看，世界不过是个大游戏场，不管刮风还是下雨，都须穿着高跟鞋去看热闹。"你上哪儿？你就忍心的撇下我和小珠？我也走？逃难似的教我去受罪？你真懂事就结了！这些东西，这些东西，怎么拿？先不用说别的！你可以叫花子似的走，我缺了哪样东西也不行！又不出声啦？好吧，你有主意把东西都带走，体体面面的，像旅行似的，我就跟你去，开开眼也好！"

抱着小珠，老范一声也不出。他不愿去批评彩珠，只觉得放弃妻子与放弃国旗是同样忍心的事，而他又没能力把二者同时都保全住！他恨自己无能，所以原谅了彩珠的无知。

几天，他在屋中转来转去。他不敢出门，不是怕被敌人杀死，而是怕自己没有杀敌的勇气。在家里，他听着太太叨唠，看着小珠玩耍，热泪时时的迷住他的眼。每逢听到小珠喊他"爸"他就咬上嘴唇点点头。

"小珠！"他苦痛到无可奈何，不得不说句话了，"小珠！你是小亡国奴！"

这，被彩珠听见了。"扯什么淡呢！有本事把我们送到香港去，在这儿瞎发什么愁！小珠，这儿来，你爸爸要像小钟的爸爸那么样，够多好！"她的声音温软了许多，眼看着远处，脸上露出娇痴的羡慕，"人家带走二十箱衣裳，住天津租界去！小钟的妈有我这么美吗？"

"小钟妈，耳朵这样！"小珠的胖手用力往前推耳朵，准知道这样可以得妈妈的欢心，因为做过已经不是一次了。

乘小珠和彩珠睡熟，老范轻轻的到外间屋去。把电灯用块黑布罩上，找出信纸来。他必须逃出亡城，可是自结婚以后，他没有一点儿储蓄，无法把家眷带走。即使勉强的带了出去，他并没有马上找到事情的把握，还不如把目下所能凑到的一点钱留给彩珠，而自己单独去碰运气；找到相当的工作，再设法接他们；一时找不到工作，他自己怎样都好将就活着，而他们不至马上受罪。好，他想给彩珠留下几个字，说明这个意思，而后他偷偷的跑出去，连被褥也无须拿。

他开始写信。心中像有千言万语，夫妻的爱恋，国事的危急，家庭的责任，国民的义务，离别的难堪，将来的希望，对妻的安慰，对小珠的嘱托……都应当写进去。可是，笔画在纸上，他的热情都被难过打碎，写出的只是几个最平凡无力的字！撕了一张，第二张一点也不比第一张强，又被扯碎。他没有再拿笔的勇气。

一张字纸也不留，就这么偷偷走？他又没有这个狠心。他的妻，他的子，不能在国危城陷的时候抛下不管，即使自己的逃亡是为了国家。

轻轻的走进去，借着外屋一点点灯光，他看到妻与子的轮廓。这轮廓中的一切，他都极清楚的记得；一个痣，一块小疤的地位都记得极正确。这两个是他生命的生命。不管彩珠有多少缺点，不管小珠有什么前途，他自己须先尽了爱护保卫的责任。他的心软了下去。不能走，不能走！死在一处是不智慧的，可是在感情上似乎很近人情。他一夜没睡。

同时，在亡城之外仿佛有些呼声，叫他快走，在国旗下去做个有勇气有用处的人。

　　假若他把这呼声传达给彩珠，而彩珠也能明白，他便能含泪微笑的走出家门；即使永远不能与她相见，他也能忍受，也能无愧于心。可是，他知道彩珠绝不能明白；跟她细说，只是引起她的吵闹；不辞而别，又太狠心。他想不出好的办法。走？不走？必须决定，而没法决定；他成了亡城里一个困兽。

　　在焦急之中，他看出一线的光亮来。他必须在彩珠所能了解的事情中，找出不至太伤她的心，也不至使自己太难过的办法。跟她谈国家大事是没有任何用处的，她的身体就是她的生命，她不知道身外还有什么。

　　"我去挣钱，所以得走！"他明知这里不尽实在，可是只有这么说，才能打动她的心，而从她手中跑出去，"我有了事，安置好了家，就来接你们；一定不能像逃难似的，尽我的全力教你和小珠舒服！"

　　"现在呢？"彩珠手中没有钱。

　　"我去借！能借多少就借多少；我一个不拿，全给你们留下！"

　　"你上哪儿去？"

　　"上海，南京——能挣钱的地方！"

"到上海可务必给我买个衣料!"

"一定!"

用这样实际的诺许与条件,老范才教自己又见到国旗。由南京而武汉,他勤苦的工作;工作后,他默默的思念他的妻子。他一个钱也不敢虚花,好对得住妻子;一件事不敢敷衍,好对得起国家。他瘦,他忙,他不放心家小,不放心国家。他常常给彩珠写信,报告他的一切,歉意的说明他在外工作的意义。他盼家信像盼打胜仗那样恳切,可是彩珠没有回信。他明知这是彩珠已接到他的钱与信,钱到她手里她就会缄默,一向是如此。可是他到底不放心;他不怨彩珠糊涂与疏忽,而正因为她糊涂,他才更不放心。他甚至忧虑到彩珠是否能负责看护小珠,因为彩珠虽然不十分了解反贤妻良母主义,可是她很会为了自己的享受而忘了一切家庭的责任。老范并不因此而恨恶彩珠,可是他既在外,便不能给小珠做些忽略了的事,这很可虑,这当自咎。

他在六七个月中已换了三次事,不是因为他见利思迁,而是各处拉他,知道他肯负责做事。在战争中,人们确是慢慢的把良心拿出来,也知道用几个实心任事的人,即使还不肯自己卖力气。在这种情形下,老范的价值开始被大家看出,而成为了干员。他还保持住了二百元薪金的水准,虽然实际上只拿一百将出头。他不怨少拿钱而多做事；可是他知道彩珠会花钱。既然无力把她接出来，而又不能多给她寄钱，在他看，是件残酷的事。他老想对得起她，不管她是怎样的肤浅无知。

到武昌，他在军事机关服务。他极忙，可是在万忙中还要担心彩珠，这使他常常弄出小小的错误。忙，忧，愧，三者一齐进攻，他有时候心中非常的迷乱，愿忘了一切而又要同时顾虑一切，很怕自己疯了，而心中的确时时的恍惚。

在敌机的狂炸下，他还照常做他的事。他害怕，却不是怕自己被炸死，而是在危患中忧虑他的妻子。怎么一封信没有呢？假若有她一封信，他便可以在轰炸中无忧无虑的做事，而毫无可惧。那封信将是他最大的安慰！

信来了！他什么也顾不得，而颤抖着一遍二遍三遍的去读念。读了三遍，还没明白了她说的是什么，却在那些字里看到她的形影，想起当年恋爱期间的欣悦，和小珠的可爱的语声与面貌。小珠怎样了呢？他从信中去找，一字一字的细找；没有，没提到小珠一个字！失望使他的心清凉了一些；看明白了大部分的字，都是责难他的！她的形影与一切都消逝了，他眼前只是那张死板板的字，与一些冷酷无情的字！警报！他往外走，不知到哪里去好；手中拿着那封信。再看，再看，虽然得不到安慰，他还想从字里行间看出她与小珠都平安。没有，没有一个"平"字与"安"字，哪怕是分开来写在不同的地方呢；没有！钱不够用，没有娱乐，没有新衣服，为什么你不回来呢？你在外边享福，就忘了家中……紧急警报！他立在门外，拿着那封信。飞机到了，高射炮响了，他不动。紧紧地握着那封信，他看到的不是天上的飞机，而是彩珠的飞机式的头发，他愿将唇放在那曲折香润的发上；看了看手中的信纸，心中像刀刺了一下。极忙地往里跑，他忽然想起该赶快办的一件公事。

刚跑出几步，他倒在地上，头齐齐的从项上炸开，血溅到前边，给家信上加了些红点子。

老年的浪漫

　　自慰的话是苦的，外面包了层糖皮。刘兴仁不再说这种话。失败有的是因为自己没用，有的是外方的压迫；刘兴仁不是没用的人，他自己知道，所以用不着那种示弱的自慰。他得努力，和一切的事与一切的人硬干，不必客气。他的失败是受了外方的欺侮，他得报仇。他已经六十了，还得活着，至少还得活上几十年，叫社会看看他到底是个人物。社会对不起他，他也犯不上对得起社会；他只要对得起自己，对得起这一生。六十岁看明白了这个还不算晚。没有自慰；他对人人事事宣战。

　　在他做过的事情上，哪一件不是他的经营与设计？他有才，有眼睛。可是事情办得有了眉目，因着他的计划大家看出甜头来；好，大家把他牺牲了。六十以前，对这种牺牲，他还为自己开路儿，附带着也原谅了朋友："凡事是我打开道锣，我开的道，别人得了便宜，也好！"到了六十上，他不能再这么想。他不甘于躺在棺材里，抱着一团委屈与牺牲，他得为自己弄点油水。

哪件事他对不起人？惜了力？走在后头？手段不漂亮？没有！没有！对政治，哪一个有来头的政党，他不是首先加入？对社会事业，哪件有甜头的善事，不是他发起的？对人，哪个有出息的，他不先去拉拢？凭良心说，他永远没落在后头过；可是始终也没走到前边去。命！不，不是命；是自己太老实，太好说话，太容易欺侮了。到六十岁，他明白了，不辣到底，不狠到家，是不能成功的。

对家人，他也尽到了心。在四十岁上丧了妻，他不打算再娶；对得起死鬼，对得起活着的。他不能为自己的舒服而委屈了儿女。儿女！儿子是傻子；女儿——已经给她说好了人家，顶好的人家——会跟个穷画画的偷跑了！他不能再管她，叫她去受罪；他对得起她，她不要脸。儿子，无论怎么傻，得养着，也必定给娶个媳妇；凡是他该办的，他都得办。谁叫他有个傻儿子呢！

天非常的冷，一夜的北风把屋里的水缸都盖上层冰。刘兴仁得早早的起。一出被窝，一阵凉风把一身老骨头吹得揪成一团。他咳嗽了一阵。还得起！风是故意地欺侮他，他不怕。他一边咳嗽，一边咒骂，一边穿衣服。

下了地，火炉还没有升上；张妈大概还没有起来。他是太好说话了，连个老妈子都纵容得没有个样子，他得骂她一顿，和平是讲不通的。

他到院中走走溜儿。风势已杀了点，尖溜溜的可是刺骨。太阳还没出来，东方有些冷淡的红色。天上的蓝色含着夜里吹来的黄沙，使他觉得无聊，惨淡。他喊张妈。她已经起来，在厨房里熬粥呢。他没骂出来，可是又干又偏的要洗脸水。南屋里，他的傻儿子还睡呢，他在窗外听了听，更使他茫然。他不信什么天理报应，不信；设若老天有知，怎能叫他有个傻儿子？比他愚蠢的人多极了，他的儿子倒是个傻子；没理可讲！他只能依着自己的道儿办。儿子傻也得娶个媳妇；老天既跟他过不去，他也得跟别人过不去。他有个傻小子，反正得有个姑娘来位傻丈夫；这无法，而且并非不公道。

洗了脸，他对着镜子发愣。他确是不难看，虽然是上了岁数。他想起少年的事来。二十，三十，四十，五十，他总是体面的。现在六十了，还不难看。瘦瘦的长脸，长黑胡子，高鼻梁，眼睛有神。凭这样体面一张脸，断了弦都不想续，不用说走别的花道儿了。窑子是逛的，只为是陪朋友；对别的妇女是敬而远之，不能为娘们耽误了自己的事；可是自己的事在哪里呢？为别人说过媒，买过人儿，总是为别人，可是自己没占了便宜，连应得的好处也得不到。自己是干什么的呢？

张妈拿来早饭，他拼命地吃。往常他是只喝一碗粥，和一个烧饼的。今天他吃了双份，而且叫她去煮两个鸡子。他得吃，得充实自己；东西吃在自己肚里才不冤。吃过饭，用湿手巾擦顺了胡子，他预备出去。风又大起来，不怕；奔走了一辈子，还怕风么？他盘算这一天该办的事，不，该打的仗。他不能再把自己做好的饭叫别人端了去，拼着这一身老骨头跟他们干！

他得先到赈灾会去。他是发起人，为什么钱、米、衣服，都是费子春拿着，而且独用着会里的汽车？先和费子春干一通，不能再那么傻。赈了多少回灾了，自己可剩下了什么？这回他不能再让！他穿起水獭领子的大衣，长到脚面，戴上三块瓦的皮帽，提起手杖，他知道自己体面；在世上六十年，不记得自己寒碜过一回。他不老，他的前途还远得很呢；只要他狠、辣，他总会有对得起自己的一天。

太阳已经出来，一些薄软的阳光似乎在风中哆嗦。刘兴仁推开了门。他不觉得很冷，肚子里有食，身上衣厚，心中冒着热气。他无须感谢上天，他的饱暖是自己卖力气挣来的；假如他能把费子春打倒，登时他便能更舒服好多。

他高兴，先和北风反抗，而后打倒费子春。他看见了他的儿子，在南屋门口立着呢，披着床被子。他的儿子不难看，有他的个儿，他的长脸，他的高鼻子，就是缺心眼。他疼爱这个傻小子。女儿虽然聪明，可是偷着跟个穷画画儿的跑了，还不如缺心眼的儿子。况且爸爸有本事，儿子傻一点也没多大关系，虽然不缺心眼自然更好。

"进去，冻着！"他命令着，声音硬，可是一心的爱意。

"爸，"傻小子的热脸红扑扑的，两眼挺亮，可是直着，委委屈屈地叫，"你几儿个给我娶媳妇呀？说了不算哪？看我不揍你的！"

"什么话！进去！"刘老头子用手杖叱画着，往屋里赶傻小子。他心中软了！只有这么一个儿子！虽然傻一点，安知不比油滑鬼儿更保险呢？他几乎忘了他是要出门，呆呆地看着傻小子的后影——背上披着红蓝条儿的被子。傻小子忘了关屋门，他赶过去，轻轻把门对上。

出了街门，又想起费子春来。不仅是去找费子春，今天还得到市参议会去呢。把他们捧上了台，没老刘的事，行！老刘给他们一手瞧瞧！还有商会的孙老西儿呢，饶不了他。老刘不再那么好说话。不过，给儿子张罗媳妇也得办着；找完孙老西儿就找冯二去。想着这些事，他已出了

胡同口。街上的北风吹断了他的思路。马路旁的柳树几乎
被吹得对头弯，空中飕飕的吹着哨子，电线颤动着扔扔地
响。他得向北走，把头低下去，用力拄着手杖，往北曳。
他的高鼻子插入风中，不大会儿流出清水，往胡子上滴。
他上边缓不过气来，下边大衣裹着他的腿。他不肯回头喘
口气，不能服软；喉中咽得直响。他往前走，头向左偏一
会儿，又向右偏一会儿，好像是在游泳。他走。老背上出
了汗。街上没有几辆车；问他，他也不雇；知道这样的天
气会被车夫敲一下的。他不肯被敲。有能力把费子春的汽
车弄过来，那是本事。在没弄过汽车来的时候，不能先受
洋车夫的敲。他走。他的手已有些发颤，还走。他是有过
包车的；车夫欺侮他，他不能花着钱找气受。下等人没一
个懂得好歹，没有。他走。谁的气也不受。可是风野得厉
害，他已喘上了。想找个地方避一避。路旁有小茶馆，但
是他不能进去，他不能和下等人一块挤着去。他走。不远
就该进胡同了，风当然可以小一些，风不会永远挡着他的
去路的。他拿出最后的力量，手杖敲在冻地上，口邦口邦
儿地响；可是风也顶得他更加了劲，他的腿在大衣里裹得
找不着地方，步儿乱了，他不由得要打转。他的心中发热，
眼中起了金花。他拄住了手杖，不敢再动；可是用力的镇
定，渺渺茫茫的他把生命最后的勇气唤出来，好像母亲对
受了惊的小儿那么说："不怕! 不怕!"他知道他的心力是
足的；站住不动，一会儿就会好的。听着耳旁的风声，闭

着眼，糊涂了一会儿；可是心里还知道事儿，任凭风从身上过去，他就是不撒手手杖。像风前的烛光，将要被吹灭而又亮起来，他心中一迷忽，浑身下了汗，紧跟着清醒了。他又确定地抓住了生命，可不敢马上就睁眼。脸上满是汗，被风一吹，他颤起来。他软了许多，无可奈何地睁开了眼，一切都随着风摇动呢。他本能地转过身来，倚住了墙；背着风，他长叹了口气。

还找费子春去吗？他没精神想，可又不能不打定了主意，不能老在墙根儿下站着——蹲一蹲才舒服。他得去，不能输给这点北风。后悔没坐个车来，但后悔是没用的。他相信他精力很足，从四十上就独身，修道的人也不过如是。腿可是没了力量。去不去呢？就这样饶了费子春么？又是一阵狂风，掀他的脚跟，推他的脖子，好像连他带那条街都要卷了走。他飘轻的没想走而走了几步，迷迷忽忽的，随着沙土向前去，仿佛他自己也不过是片鸡毛；风一点也不尊重他。走开了，不用他费力，胡子和他一齐随着风往南飘飘。找费子春是向北去。可是他收不住脚，往南就往南吧；不是他软弱，是费子春运气好，简直没法不信运气，多少多少事情是这么着，一阵风，一阵雨，都能使这个人登天，那个人入地。刘兴仁长叹了一口气，谁都欺侮他，连风算上。

又回到自己的胡同口，他没思索得进了胡同。胡同里的风好像只是大江的小支流，没有多大的浪。顺着墙走，简直觉不到什么，而且似乎暖和了许多。他的胡子不在面前引路了，大衣也宽松了，他可以自由地端端肩膀，自由地呼吸了。他又活了，到底风没治服了他。他放慢了步，想回家喝杯茶去。不，他还得走。假如风帮助费子春成功，他不能也饶了冯二。到了门口，不进去，傻儿子做什么呢？不进去。去找冯二。午后风小了——假如能小了——再找费子春；先解决冯二。

走过自己的门口。是有点累得慌，他把背弯下去一点，稍微弯下去一点，拄着手杖，慢慢的，不忙，征服冯二是不要费多大力气的。

想起冯二，立刻又放下冯二，而想起冯二的女儿。冯二不算什么东西。冯二只是铺子的一块匾，货物是在铺子里面呢。冯姑娘是货物。可是事情并不这样简单，他的背更低了些。每一想起冯姑娘，他就心里发软，就想起他年轻时候的事来，不由得。他不愿这么想，这么想使他为难，可是不由得就这么想了。他是为儿子说亲事，而想到了自己，怎好意思呢？这个丫头也不是东西，叫他这么别扭！谁都欺侮他，这个冯丫头也不是例外，她叫他别扭。

往南一拐就是冯二的住处，随着风一飘就到了，仿佛是。冯二在家呢。刘兴仁不由得挂了气。凭冯二这块料，会舒舒服服地在家里蹲着，而他自己倒差点被风刮碎了！冯二的小屋非常的暖和，使老刘的脸上刺闹的慌，心里暴躁。冯二安安静静地抱着炉子烤手，可恶的东西。

"刘大哥，这么大风还出来？"冯二笑着问。

"命苦吗，该受罪！"刘兴仁对冯二这种人是向来不留情的。

"得了吧，大哥的命还苦；看我，连件整衣裳都没有！"冯二扯了扯了自己的衣襟，一件小棉袄，好几处露着棉花。

刘兴仁没工夫去看那件破棉袄，更没工夫去同情冯二。冯二是他最看不起的人，该着他的钱，不要强，大风的天在屋里烤手，不想点事情做！他脱了大衣，坐在离火最远的一把破椅子上，他不冷；冯二是越活越抽抽。

冯二，五十多岁，瘦、和善、穷，细长的白手被火烤得似乎透明。

刘老头子越看冯二越生气。为减少他的怒气，他问了声："姑娘呢？"

"上街了，去当点当；没有米了。"冯二的眼盯着自己的手。

"这么冷的天，你自己不会去，单叫她去？"刘老头子简直没法子不和冯二拌嘴，虽然不屑于和他这样。

"姑娘还有件长袍，她自己愿意去，她怕我出去受不了；老是这么孝顺，她。"冯二慢慢地说，每个字都带着怜爱女儿的意思。

这几句话的味儿使刘兴仁找不到合适的回答。驳这几句话的话是很多很多；可是这点味儿，这点味儿使他心里的硬劲忽然软了一些，好像忽然闻到一股花香，给心里的感情另开了一条道儿，要放下怒气而追那股香味去。

可是紧跟着他又硬起来。他想出来了：他自己对家中的傻小子便常有这种味儿，对。可是亲族朋友，连傻小子，对"他"可曾有过这种味儿没有呢？没有！谁都欺侮他！冯二倒有个姑娘替他去做事，孝顺，凭什么呢？凭哪点呢？

他也想到：冯二是个无能之辈。可是怎会有个孝顺女儿的呢？呕！冯二并不老实，冯二是有手段的，至少是有治服了女儿的手段！连冯二这无用的人也有相当的本事，会治服了女儿。刘兴仁想到这里，几乎坐不住了。他一辈子没把任何人治服。自己的女儿跟个穷画画的跑了，儿子是个傻子。费子春，孙老西儿……都欺侮他，而他没把任何人拿下去。冯二倒在家中烤着手，有姑娘给他去当当！连冯二都不如，怎么活来着？他得收拾冯二。拿冯二开刀，证明他也能治服了人。

冯二烤着手，连大气也不敢出，他一辈子没得罪过人，没说过错话。和善使他软弱，使他没有抵抗的力量。穿着飞棉花的短袄，他还怕得罪人。他爱他的女儿，也怕她。设若不是怕她，他决不肯叫她在这么冷的天出去。"怕"使"爱"有了边界，要不然他简直可以成佛成仙了。他可怜刘兴仁，可是不敢这么说，虽然他俩是老朋友，他怕。他不敢言语。

两个人正在这么一声不出，门儿开了，进来一股冷风，他们都哆嗦了一下。冯姑娘进来。

"快烤烤来！"冯二看着女儿的脸叫。

女儿没注意父亲说了什么，去招呼客人："刘伯伯？这么冷还出来哪？身体可真是硬朗！"

刘兴仁没答出话来。不晓得为什么，他一见冯姑娘，心中就发乱。他看着她。她的脸冻得通红，鼻洼挂着些土，青棉袍的褶儿里也有些黄沙。她的个儿不高，圆脸，大眼睛，头发多得盖上了耳朵。全身都圆圆的，有力气，活泼。手指冻得鲜红，腋下夹着个小蓝布包。她不甚好看，不甚干净，可是有一种活力叫刘老头子心乱。她简单，灵便，说话好听。她把蓝布包放在爸的身旁，立在炉前烤手，烤一烤，往耳上鼻上焐一焐："真冷！我不叫你出去，好不好？"她笑着问爸——不像是问爸，像问小孩呢。

冯二点了点头。

"沏茶了没有？"姑娘问，看了客人一眼。

"没有茶叶吧？"爸的手离火更近了些。

"可说呢，忘了买。刘伯伯喝碗开水吧？"她脸对脸地问客人。

刘兴仁爱这对大眼睛，可又有点怕。他摇了摇头。他心中乱。父女这种说话法，屋里那种暖和劲儿，这种诚爽亲爱，使他木在那里。他羡慕，忌恨冯二。有这个女儿，他简直治服不了冯二，除非先把这个女儿擒住。怎么擒她呢？叫她做儿媳妇呢？还是做……他的傻儿子闹着要老婆，不是一天了。只有冯姑娘合适。她身体好，她的爸在姓刘的手心里攥着。娶了她，一定会生个孙子；儿子傻，孙子可未必傻，刘家有了根。可是，一见冯姑娘，他不知怎的多了一点生力，使他想起年轻的事儿来。他要对得起儿子，可是他相信还会得个——或者不止一个——小儿子，不傻的儿子。他自己不老，必能再得儿子。他自己要是娶了她，他自己的屋中也会有旺旺的火，也会这样暖和，也会这样彼此亲爱地谈话。他恨张妈，张妈生的火没有暖气。要她当儿媳妇，或是自己要了她，都没困难。只是，自己爱那个傻小子，肯……他心中发乱。

可是，他受了一辈子欺侮，难道还得受傻儿子的气么？冯二可以治服了女儿，姓刘的就不能治服了个傻小子么？他想起许多心事，没有一件痛快的。他一辈子没抖起来过，虽然也弄个不缺吃不缺穿。衣食不就是享受，他六十了，应当赶紧打主意，叫生命多些油水；不，还不是油水，他得有个知心的，肉挨肉的，一切都服从他的，一点什么东西；也许就是个女人，像冯姑娘这样的。他还不老，打倒费子春们是必要的，可是也应当在家里，在床上，把生命充实起来。他还不老，他觉得出他的血脉流动得很快，能听到声儿似的，像雨后的高粱拔节儿，吱吱的响。傻小子可以等着。傻小子大不过去爸爸。爸应当先顾自己。一辈子没走在别人前面，虽然是费尽了心机；难道还叫傻小子再占去这点便宜么？他看着冯姑娘，红红的脸，大眼睛，黑亮的头发，是块肉！凭什么自己不可以吃一口呢？为冯姑娘打算也是有便宜的：自己有俩钱，虽然不多；一过门，她便是有吃有喝的太太，假如他先死，假如，她的后半辈子有了落儿。是的，他办事不能只为自己想，他公道。冯姑娘的福气不小，胖胖大大的，有福气——刘兴仁给他的。

姑娘进了里屋。他得说了，就是这么办了。他的血流到脸上来，自己觉出腮上有点发烧，他倒退了二三十年。怎么想怎么对，怎么使自己年轻。血是年轻的，而计划是老人的，他知道自己厉害。只要说出来，事情就算行了，冯二还有什么蹦儿么？这件小事还办不动，还成个人么？

可是他没说出来。愣看是没关系的：反正他不发言，冯二可以一辈子不出声的。那个傻儿子甩不开，他恨那个傻小子了。怎么安置这块痴累呢？傻小子要媳妇，已经在街上向姑娘们解下来过裤子，自己娶，叫傻哥儿瞧着？大概不行。跟他讲理是没用的，他傻。嘿，刘兴仁咬住几根胡子。上天，假如有这么个上天，会欺侮人到底！给刘兴仁预备下一群精明的对头也还罢了，他的对头并不比他聪明；临完还来个无法处置的傻小子！嘿！聪明的会欺侮人，傻蛋也会欺侮人，都叫刘兴仁遇见了！他谁也不怕；谁也得怕，连傻儿子在内！

"刘伯伯，"姑娘觉得爸招待客人方法太僵得慌，在屋里叫，"吃点什么呀？我会做，说吧。"

"我还得找费子春去呢，跟他没完！"刘兴仁立起来。

"这么大的风？"

"我不怕！不怕！"刘老头子拿起大衣。

冯二没主意，手还在火上，立起来。送客出去会叫他着凉，不送又不好意思。

"爸爸，别动，我送刘伯伯！"姑娘已在屋里把脸上的土擦去，更光润了些。

"不用送！"看了她一眼，刘老头子喊了这么一句。

冯姑娘赶出来。刘兴仁几乎是跑着往外奔。姑娘的腿快，赶上了他：

"刘伯伯慢着点，风大！回家问傻兄弟好！"

一阵冷风把刘老头子———一片鸡毛似的——裹了走。

我这一辈子

一

我幼年读过书，虽然不多，可是足够读《七侠五义》与《三国志演义》什么的。我记得好几段聊斋，到如今还能说得很齐全动听，不但听的人都夸奖我的记性好，连我自己也觉得应该高兴。可是，我并念不懂聊斋的原文，那太深了；我所记得的几段，都是由小报上的"评讲聊斋"念来的——把原文变成白话，又添上些逗哏打趣，实在有个意思！

我的字写得也不坏。拿我的字和老年间衙门里的公文比一比，论个儿的匀适，墨色的光润，与行列的齐整，我实在相信我可以做个很好的"笔帖式"。自然我不敢高攀，说我有写奏折的本领，可是眼前的通常公文是准保能写到好处的。

　　凭我认字与写的本事，我本该去当差。当差虽不见得一定能增光耀祖，但是至少也比做别的事更体面些。况且呢，差事不管大小，多少总有个升腾。我看见不止一位了，官职很大，可是那笔字还不如我的好呢，连句整话都说不出来。这样的人既能做高官，我怎么不能呢？

　　可是，当我十五岁的时候，家里教我去学徒。五行八作，行行出状元，学手艺原不是什么低搭的事；不过比较当差稍差点劲儿罢了。学手艺，一辈子逃不出手艺人去，即使能大发财源，也高不过大官儿不是？可是我并没和家里闹别扭，就去学徒了；十五岁的人，自然没有多少主意。况且家里老人还说，学满了艺，能挣上钱，就给我说亲事。在当时，我想象着结婚必是件有趣的事。那么，吃上二三年的苦，而后大人似的去耍手艺挣钱，家里再有个小媳妇，大概也很下得去了。

　　我学的是裱糊匠。在那太平年月，裱匠是不愁没饭吃的。那时候，死一个人不像现在这么省事。这可并不是说，老年间的人要翻来覆去的死好几回，不干脆的一下子断了气。我是说，那时候死人，丧家要拼命地花钱，一点不惜力气与金钱地讲排场。就拿与冥衣铺有关系的事来说吧，就得花上老些个钱。人一断气，马上就得去糊"倒头车"——现在，连这个名词儿也许有好多人不晓得了。紧跟着便是"接三"，必定有些烧活：车轿骡马，墩箱灵人，引魂幡，灵花等等。要是害月子病死的，还必须另糊一头牛，和一个鸡罩。赶到"一七"念经，又得糊楼库，金山银山，尺头元宝，四季衣服，四季花草，古玩陈设，各样木器。及至出殡，纸亭纸架之外，还有许多烧活，至不济也得弄一对"童儿"举着。"五七"烧伞，六十天糊船桥。一个死人到六十天后才和我们裱糊匠脱离关系，一年之中，死那么十来个有钱的人，我们便有了吃喝。

裱糊匠并不专伺候死人，我们也伺候神仙。早年间的神仙不像如今晚儿的这样寒碜，就拿关老爷说吧，早年间每到六月二十四，人们必给他糊黄幡宝盖，马童马匹，和七星大旗什么的。现在，几乎没有人再惦记着关公了！遇上闹"天花"，我们又得为娘娘们忙一阵。九位娘娘得糊九顶轿子，红马黄马各一匹，九份凤冠霞帔，还得预备痘哥哥痘姐姐们的袍带靴帽，和各样执事。如今，医院都施种牛痘，娘娘们无事可做，裱糊匠也就陪着她们闲起来了。此外还有许许多多的"还愿"的事，都要糊点什么东西，可是也都随着破除迷信没人再提了。年头真是变了啊！

除了伺候神与鬼外，我们这行自然也为活人做些事。这叫作"白活"，就是给人家糊顶棚。早年间没有洋房，每遇到搬家，娶媳妇，或别项喜事，总要把房间糊得四白落地，好显出焕然一新的气象。那大富之家，连春秋两季糊窗子也雇用我们。人是一天穷似一天了，搬家不一定糊棚顶，而那些有钱的呢，房子改为洋式的，棚顶抹灰，一劳永逸；窗子改成玻璃的，也用不着再糊上纸或纱。什么都是洋式好，耍手艺的可就没了饭吃。我们自己也不是不努力呀，洋车时行，我们就照样糊洋车；汽车时行，我们就糊汽车，我们知道改良。可是有几家死了人来糊一辆洋车或汽车呢？年头一旦大改良起来，我们的小改良全算白饶，水大漫不过鸭子去，有什么法儿呢！

二

上面交代过了：我若是始终仗着那份儿手艺吃饭，恐怕就早已饿死了。不过，这点本事虽不能永远有用，可是三年的学艺并非没有很大的好处，这点好处教我一辈子享用不尽。我可以撂下家伙，干别的营生去；这点好处可是老跟着我。就是我死后，有人谈到我的为人如何，他们也必须要记得我少年曾学过三年徒。

学徒的意思是一半学手艺，一半学规矩。在初到铺子去的时候，不论是谁也得害怕，铺中的规矩就是委屈。当徒弟的得晚睡早起，得听一切的指挥与使遣，得低三下四地伺候人，饥寒劳苦都得高高兴兴地受着，有眼泪往肚子里咽。像我学艺的所在，铺子也就是掌柜的家；受了师傅的，还得受师母的，夹板儿气！能挺过这么三年，顶倔强的人也得软了，顶软和的人也得硬了；我简直的可以这么说，一个学徒的脾性不是天生带来的，而是被板子打出来的；像打铁一样，要打什么东西便成什么东西。

在当时正挨打受气的那一会儿，我真想去寻死，那种气简直不是人所受得住的！但是，现在想起来，这种规矩与调教实在值金子。受过这种排练，天下便没有什么受不了的事啦。随便提一样吧，比方说教我去当兵，好哇，我可以做个满好的兵。军队的操演有时有会儿，而学徒们是除了睡觉没有任何休息时间的。我抓着工夫去出恭，一边蹲着一边就能打个盹儿，因为遇上赶夜活的时候，我一天一夜只能睡上三四点钟的觉。我能一口吞下去一顿饭，刚端起饭碗，不是师傅喊，就是师娘叫，要不然便是有照顾主儿来定活，我得恭而敬之地招待，并且细心听着师傅怎样论活讨价钱。不把饭整吞下去怎办呢？这种排练教我遇到什么苦处都能硬挺，外带着还是挺和气。读书的人，据我这粗人看，永远不会懂得这个。现在的洋学堂里开运动会，学生跑上两个圈就仿佛有了汗马功劳一般，喝！又是搀着，又是抱着，往大腿上拍火酒，还闹脾气，还坐汽车！这样的公子哥儿哪懂得什么叫作规矩，哪叫排练呢？话往回来说，我所受的苦处给我打下了做事任劳任怨的底子，我永远不肯闲着，做起活来永不晓得闹脾气，耍别扭，我能和大兵们一样受苦，而大兵们不能像我这么和气。

再拿件实事来证明这个吧：在我学成出师以后，我和别的耍手艺的一样，为表明自己是凭本事挣钱的人，第一我先买了根烟袋，只要一闲着便捻上一袋吧唧着，仿佛很有身份，慢慢的，我又学了喝酒，时常弄两盅猫尿哑着嘴儿抿几口。嗜好就怕开了头，会了一样就不难学第二样，反正都是个玩艺吧咧。这可也就出了毛病。我爱烟爱酒，原本不算什么稀奇的事，大家伙儿都差不多是这样。可是，我一来二去的学会了吃大烟。那个年月，鸦片烟不犯私，非常的便宜；我先是吸着玩，后来可就上了瘾。不久，我便觉出手紧来了，做事也不似先前那么上劲了。我并没等谁劝告我，不但戒了大烟，而且把旱烟袋也撅了，从此烟酒不动！我入了"理门"。入理门，烟酒都不准动；一旦破戒，必走背运。所以我不但戒了嗜好，而且入了理门；背运在那儿等着我，我怎肯再犯戒呢？这点心胸与硬气，如今想起来，还是由学徒得来的。多大的苦处我都能忍受。初一戒烟戒酒，看着别人吸，别人饮，多么难过呢！心里真像有一千条小虫爬挠那么痒痒触触的难过。但是我不能破戒，怕走背运。其实背运不背运的，都是日后的事，眼前的罪过可是不好受呀！硬挺，只有硬挺才能成功，怕走背运还在其次。我居然挺过来了，因为我学过徒，受过排练呀！

　　提到我的手艺来，我也觉得学徒三年的光阴并没白费了。凡是一门手艺，都得随时改良，方法是死的，运用可是活的。三十年前的瓦匠，讲究会磨砖对缝，作细工儿活；现在，他得会用洋灰和包镶人造石什么的。三十年前的木匠，讲究会雕花刻木，现在得会造洋式木器。我们这行也如此，不过比别的行业更活动。我们这行讲究看见什么就能糊什么。比方说，人家落了丧事，教我们糊一桌全席，我们就能糊出鸡鸭鱼肉来。赶上人家死了未出阁的姑娘，教我们糊一全份嫁妆，不管是四十八抬，还是三十二抬，我们便能由粉罐油瓶一直糊到衣橱穿衣镜。眼睛一看，手就能模仿下来，这是我们的本事。我们的本事不大，可是得有点聪明，一个心窟窿的人绝不会成个好裱糊匠。

　　这样，我们做活，一边工作也一边游戏，仿佛是。我们的成败全仗着怎么把各色的纸调动的合适，这是耍心路的事儿。以我自己说，我有点小聪明。在学徒时候所挨的打，很少是为学不上活来，而多半是因为我有聪明而好调皮不听话。我的聪明也许一点也显露不出来，假若我是去学打铁，或是拉大锯——老那么打，老那么拉，一点变动没有。幸而我学了裱糊匠，把基本的技能学会了以后，我便开始自出花样，怎么灵巧逼真我怎么作。有时候我白费了许多工夫与材料，而作不出我所想到的东西，可是这更教我加紧的去揣摸，去调动，非把它做成下可。这个，真是个好习惯。有聪明，而且知道用聪明，我必须感谢这三年的学徒，在这三年养成了我会用自己的聪明的习惯。诚然，我一辈子没做过大事，但是无论什么事，只要是平常人能做的，我一瞧就能明白个五六成。我会砌墙，栽树，修理钟表，看皮货的真假，合婚择日，知道五行八作的行话上诀窍……这些，我都没学过，只凭我的眼去看，我的手去试验；我有勤苦耐劳与多看多学的习惯；这个习惯是在冥衣铺学徒三年养成的。到如今我才明白过来——我已是快饿死的人了！——假若我多读上几年书，只抱着书本死啃，像那些秀才与学堂毕业的人们那样，我也许一辈子就糊糊涂涂的下去，而什么也不晓得呢！裱糊的手艺没有给我带来官职和财产，可是它让我活的很有趣；穷，但是有趣，有点人味儿。

刚二十多岁，我就成为亲友中的重要人物了。不因为我有钱与身份，而是因为我办事细心，不辞劳苦。自从出了师，我每天在街口的茶馆里等着同行的来约请帮忙。我成了街面上的人，年轻，利落，懂得场面。有人来约，我便去作活；没人来约，我也闲不住：亲友家许许多多的事都托付我给办，我甚至于刚结过婚便给别人家做媒了。

给别人帮忙就等于消遣。我需要一些消遣。为什么呢？前面我已说过：我们这行有两种活，烧活和白活。作烧活是有趣而干净的，白活可就不然了。糊顶棚自然得先把旧纸撕下来，这可真够受的，没做过的人万也想不到顶棚上会能有那么多尘土，而且是日积月累攒下来的，比什么土都干，细，钻鼻子，撕完三间屋子的棚，我们就都成了土鬼。及至扎好了秫秸，糊新纸的时候，新银花纸的面子是又臭又挂鼻子。尘土与纸面子就能教人得痨病——现在叫作肺病。我不喜欢这种活儿。可是，在街上等工作，有人来约就不能拒绝，有什么活得干什么活。应下这种活儿，我差不多老在下边裁纸递纸抹糨糊，为的是可以不必上"交手"，而且可以低着头干活儿，少吃点土。就是这样，我也得弄一身灰，我的鼻子也得像烟筒。做完这么几天活，我愿意做点别的，变换变换。那么，有亲友托我办点什么，我是很乐意帮忙的。

再说呢，作烧活吧，作白活吧，这种工作老与人们的喜事或丧事有关系。熟人们找我定活，也往往就手儿托我去讲别项的事，如婚丧事的搭棚，讲执事，雇厨子，定车马等等。我在这些事儿中渐渐找出乐趣，晓得如何能捏住巧处，给亲友们既办得漂亮，又省些钱，不能窝窝囊囊的被人捉了"大头"。我在办这些事儿的时候，得到许多经验，明白了许多人情，久而久之，我成了个很精明的人，虽然还不到三十岁。

三

　　由前面所说过的去推测，谁也能看出来，我不能老靠着裱糊的手艺挣饭吃。像逛庙会忽然遇上雨似的，年头一变，大家就得往四散里跑。在我这一辈子里，我仿佛是走着下坡路，收不住脚。心里越盼着天下太平，身子越往下出溜。这次的变动，不使人缓气，一变好像就要变到底。这简直不是变动，而是一阵狂风，把人糊糊涂涂的刮得不知上哪里去了。在我小时候发财的行当与事情，许多许多都忽然走到绝处，永远不再见面，仿佛掉在了大海里头似的。裱糊这一行虽然到如今还阴死巴活的始终没完全断了气，可是大概也不会再有抬头的一日了。我老早的就看出这个来。在那太平的年月，假若我愿意的话，我满可以开个小铺，收两个徒弟，安安顿顿的混两顿饭吃。幸而我没那么办。一年得不到一笔大活，只仗着糊一辆车或两间屋子的顶棚什么的，怎能吃饭呢？睁开眼看看，这十几年了，可有过一笔体面的活？我得改行，我算是猜对了。

　　不过，这还不是我忽然改了行的唯一的原因。年头儿的改变不是个人所能抵抗的，胳臂扭不过大腿去，跟年头儿叫死劲简直是自己找别扭。可是，个人独有的事往往来得更厉害，它能马上教人疯了。去投河觅井都不算新奇，不用说把自己的行业放下，而去干些别的了。个人的事虽然很小，可是一加在个人身上便受不住；一个米粒很小，教蚂蚁去搬运便很费力气。个人的事也是如此。人活着是仗了一口气，多嚼有点事儿，把这些气憋住，人就要抽风。人是多么小的玩艺儿呢！

我的精明与和气给我带来背运。乍一听这句话仿佛是不合情理，可是千真万确，一点儿不假，假若这要不落在我自己身上，我也许不大相信天下会有这宗事。它竟自找到了我；在当时，我差不多真成了个疯子。隔了这么二三十年，现在想起那回事儿来，我满可以微微一笑，仿佛想起一个故事来似的。现在我明白了个人的好处不必一定就有利于自己。一个人好，大家都好，这点好处才有用，正是如鱼得水。一个人好，而大家并不都好，个人的好处也许就是让他倒霉的祸根。精明和气有什么用呢！现在，我悟过这点理儿来，想起那件事不过点点头，笑一笑罢了。在当时，我可真有点咽不下去那口气。那时候我还很年轻啊。

哪个年轻的人不爱漂亮呢？在我年轻的时候，给人家行人情或办点事，我的打扮与气派谁也不敢说我是个手艺人。在早年间，皮货很贵，而且不准乱穿。如今晚的人，今天得了马票或奖券，明天就可以穿上狐皮大衣，不管是个十五岁的孩子还是二十岁还没刮过脸的小伙子。早年间可不行，年纪身份决定个人的服装打扮。那年月，在马褂或坎肩上安上一条灰鼠领子就仿佛是很漂亮阔气。我老安着这么条领子，马褂与坎肩都是青大缎的——那时候的缎子也不怎么那样结实，一件马褂至少也可以穿上十来年。在给人家糊棚顶的时候，我是个土鬼；回到家中一梳洗打扮，我立刻变成个漂亮小伙子。我不喜欢那个土鬼，所以更爱这个漂亮的青年。我的辫子又黑又长，脑门剃得锃光青亮，穿上带灰鼠领子的缎子坎肩，我的确像个"人儿"！

一个漂亮小伙子所最怕的恐怕就是娶个丑八怪似的老婆吧。我早已有意无意的向老人们透了个口话：不娶倒没什么，要娶就得来个够样儿的。那时候，自然还不时兴自由婚，可是已有男女两造对相对看的办法。要结婚的话，我得自己去相看，不能马马虎虎就凭媒人的花言巧语。

二十岁那年，我结了婚，我的妻比我小一岁。把她放在哪里，她也得算个俏式利落的小媳妇；在订婚以前，我亲眼相看的呀。她美不美，我不敢说，我说她俏式利落，因为这四个字就是我择妻的标准；她要是不够这四个字的格儿，当初我决不会点头。在这四个字里很可以见出我自己是怎样的人来。那时候，我年轻，漂亮，做事麻利，所以我一定不能要个笨牛似的老婆。

这个婚姻不能说不是天配良缘。我俩都年轻，都利落，都个子不高；在亲友面前，我们像一对轻巧的陀螺似的，四面八方的转动，招得那年岁大些的人们眼中要笑出一朵花来。我俩竞争着去在大家面前显出个人的机警与口才，到处争强好胜，只为教人夸奖一声我们是一对最有出息的小夫妇。别人的夸奖增高了我俩彼此间的敬爱，颇有点英雄惜英雄，好汉爱好汉的劲儿。

我很快乐，说实话：我的老人没挣下什么财产，可是有一所儿房。我住着不用花租金的房子，院中有不少的树木，檐前挂着一对黄鸟。我呢，有手艺，有人缘，有个可心的年轻女人。不快乐不是自找别扭吗？

对于我的妻，我简直找不出什么毛病来。不错，有时候我觉得她有点太野；可是哪个利落的小媳妇不爽快呢？她爱说话，因为她会说；她不大躲避男人，因为这正是做媳妇所应享的利益，特别是刚出嫁而有些本事的小媳妇，她自然愿意把做姑娘时的腼腆收起一些，而大大方方的自居为"媳妇"。这点实在不能算作毛病。况且，她见了长辈又是那么亲热体贴，殷勤的伺候，那么她对年轻一点的人随便一些也正是理之当然；她是爽快大方，所以对于年老的正像对于年少的，都愿表示出亲热周到来。我没因为她爽快而责备她过。

她有了孕，做了母亲，她更好看了，也更大方了——我简直的不忍再用那个"野"字！世界上还有比怀孕的少妇更可怜，年轻的母亲更可爱的吗？看她坐在门槛上，露着点胸，给小娃娃奶吃，我只能更爱她，而想不起责备她太不规矩。

到了二十四岁，我已有一儿一女。对于生儿养女，做丈夫的有什么功劳呢！赶上高兴，男子把娃娃抱起来，耍巴一回；其余的苦处全是女人的。我不是个糊涂人，不必等谁告诉我才能明白这个。真的，生小孩，养育小孩，男人有时候想去帮忙也归无用；不过，一个懂得点人事的人，自然该使作妻的痛快一些，自由一些；欺侮孕妇或一个年轻的母亲，据我看，才真是混蛋呢！对于我的妻，自从有了小孩之后，我更放任了些；我认为这是当然的合理的。

再一说呢，夫妇是树，儿女是花；有了花的树才能显出根儿深。一切猜忌，不放心，都应该减少，或者完全消灭；小孩子会把母亲拴得结结实实的。所以，即使我觉得她有点野——真不愿用这个臭字——我也不能不放心了，她是个母亲呀。

四

直到如今，我还是不能明白那到底是怎么一回事。我所不能明白的事也就是当时教我差点儿疯了的事，我的妻跟人家跑了。

　　我再说一遍，到如今我还不能明白那到底是怎回事。我不是个固执的人，因为我久在街面上，懂得人情，知道怎样找出自己的长处与短处。但是，对于这件事，我把自己的短处都找遍了，也找不出应当受这种耻辱与惩罚的地方来。所以，我只能说我的聪明与和气给我带来祸患，因为我实在找不出别的道理来。

　　我有位师哥，这位师哥也就是我的仇人。街口上，人们都管他叫作黑子，我也就还这么叫他吧；不便道出他的真名实姓来，虽然他是我的仇人。"黑子"，由于他的脸不白；不但不白，而且黑得特别，所以才有这个外号。他的脸真像个早年间人们揉的铁球，黑，可是非常的亮；黑，可是光润；黑，可是油光水滑的可爱。当他喝下两盅酒，或发热的时候，脸上红起来，就好像落太阳时的一些黑云，黑里透出一些红光。至于他的五官，简直没有什么好看的地方，我比他漂亮多了。他的身量很高，可也不见得怎么魁梧，高大而懈懈松松的。他所以不至教人讨厌他，总而言之，都仗着那一张发亮的黑脸。

　　我跟他是很好的朋友。他既是我的师哥，又那么傻大黑粗的，即使我不喜爱他，我也不能无缘无故的怀疑他。我的那点聪明不是给我预备着去猜疑人的；反之，我知道我的眼睛里不容沙子，所以我因信任自己而信任别人。我以为我的朋友都不至于偷偷地对我掏坏招数。一旦我认定谁是个可交的人，我便真拿他当个朋友看待。对于我这个师哥，即使他有可猜疑的地方，我也得敬重他，招待他，因为无论怎样，他到底是我的师哥呀。同是一门儿学出来的手艺，又同在一个街口上混饭吃，有活没活，一天至少也得见几面；对这么熟的人，我怎能不拿他当作个好朋友呢？有活，我们一同去做活；没活，他总是到我家来吃饭喝茶，有时候也摸几把索儿胡玩——那时候"麻将"还不十分时兴。我和蔼，他也不客气；遇到什么就吃什么，遇到什么就喝什么，我一向不特别为他预备什么，他也永远不挑剔。他吃得很多，可是不懂得挑食。看他端着大碗，跟着我们吃热汤儿面什么的，真是个痛快的事。他吃得四脖子汗流，嘴里西啦胡噜的响，脸上越来越红，慢慢的成了个半红的大煤球似的；谁能说这样的人能存着什么坏心眼儿呢！

一来二去，我由大家的眼神看出来天下并不很太平。可是，我并没有怎么往心里搁这回事。假若我是个糊涂人，只有一个心眼，大概对这种事不会不听见风就是雨，马上闹个天昏地暗，也许立刻把事情弄个水落石出，也许是望风捕影而弄一鼻子灰。我的心眼多，决不肯这么糊涂瞎闹，我得平心静气地想一想。

先想我自己，想不出我有什么不对的地方来，即使我有许多毛病，反正至少我比师哥漂亮，聪明，更像个人儿。

再看师哥吧，他的长相，行为，财力，都不能教他为非作歹，他不是那种一见面就教女人动心的人。

最后，我详详细细地为我的年轻的妻子想一想：她跟了我已经四五年，我俩在一处不算不快乐。即使她的快乐是假装的，而愿意去跟个她真喜爱的人——这在早年间几乎是不能有的——大概黑子也绝不会是这个人吧？他跟我都是手艺人，他的身份一点不比我高。同样，他不比我阔，不比我漂亮，不比我年轻；那么，她贪图的是什么呢？想不出。就满打说她是受了他的引诱而迷了心，可是他用什么引诱她呢，是那张黑脸，那点本事，那身衣裳，腰里那几吊钱？笑话！哼，我要是有意的话吗，我倒满可以去引诱引诱女人；虽然钱不多，至少我有个样子。黑子有什么呢？再说，就是说她一时迷了心窍，分别不出好歹来，难道她就肯舍得那两个小孩吗？

我不能信大家的话，不能立时疏远了黑子，也不能傻子似的去盘问她。我全想过了，一点缝子没有，我只能慢慢的等着大家明白过来他们是多虑。即使他们不是凭空造谣，我也得慢慢地察看，不能无缘无故的把自己，把朋友，把妻子，都卷在黑土里边。有点聪明的人做事不能鲁莽。

可是，不久，黑子和我的妻子都不见了。直到如今，我没再见过他俩。为什么她肯这么办呢？我非见着她，由她自己吐出实话，我不会明白。我自己的思想永远不够对付这件事的。

我真盼望能再见她一面，专为明白明白这件事。到如今我还是在个葫芦里。

当时我怎样难过，用不着我自己细说。谁也能想到，一个年轻漂亮的人，守着两个没了妈的小孩，在家里是怎样的难过；一个聪明规矩的人，最亲爱的妻子跟师哥跑了，在街面上是怎么难堪。同情我的人，有话说不出，不认识我的人，听到这件事，总不会责备我的师哥，而一直的管我叫"王八"。在咱们这讲孝悌忠信的社会里，人们很喜欢有个王八，好教大家有放手指头的准头。我的口闭上，我的牙咬住，我心中只有他们俩的影儿和一片血。不用教我见着他们，见着就是一刀，别的无须乎再说了。

在当时，我只想拼上这条命，才觉得有点人味儿。现在，事情过去这么多年了。我可以细细的想这件事在我这一辈子里的作用了。

我的嘴并没闲着，到处我打听黑子的消息。没用，他俩真像石沉大海一般，打听不着确实的消息，慢慢的我的怒气消散了一些；说也奇怪，怒气一消，我反倒可怜我的妻子。黑子不过是个手艺人，而这种手艺只能在京津一带大城里找到饭吃，乡间是不需要讲究的烧活的。那么，假若他俩是逃到远处去，他拿什么养活她呢？哼，假若他肯偷好朋友的妻子，难道他就不会把她卖掉吗？这个恐惧时常在我心中绕来绕去。我真希望她忽然逃回来，告诉我她怎样上了当，受了苦处；假若她真跪在我的面前，我想我不会不收下她的，一个心爱的女人，永远是心爱的，不管她做了什么错事。她没有回来，没有消息，我恨她一会儿，又可怜她一会儿，胡思乱想，我有时候整夜地不能睡。

过了一年多，我的这种乱想又轻淡了许多。是的，我这一辈子也不能忘了她，可是我不再为她思索什么了。我承认了这是一段千真万确的事实，不必为它多费心思了。

我到底怎样了呢？这倒是我所要说的，因为这件我永远猜不透的事在我这一辈子里实在是件极大的事。这件事好像是在梦中丢失了我最亲爱的人，一睁眼，她真的跑得无影无踪了。这个梦没法儿明白，可是它的真确劲儿是谁也受不了的。做过这么个梦的人，就是没有成疯子，也得大大的改变；他是丢失了半个命呀！

五

最初，我连屋门也不肯出，我怕见那个又明又暖的太阳。

顶难堪的是头一次上街：抬着头大大方方的走吧，准有人说我天生来的不知羞耻。低着头走，便是自己招认了脊背发软。怎么着也不对。我可是问心无愧，没作过一点对不起人的事。

我破了戒，又吸烟喝酒了。什么背运不背运的，有什么再比丢了老婆更倒霉的呢？我不求人家可怜我，也犯不上成心对谁耍刺儿，我独自吸烟喝酒，把委屈放在心里好了。再没有比不测的祸患更能扫除了迷信的；以前，我对什么神仙都不敢得罪；现在，我什么也不信，连活佛也不信了。迷信，我哑摸出来，是盼望得点意外的好处；赶到遇上意外的难处，你就什么也不盼望，自然也不迷信了。我把财神和灶王的龛——我亲手糊的——都烧了。亲友中很有些人说我成了二毛子的。什么二毛子三毛子的，我再不给谁磕头。人若是不可靠，神仙就更没准儿了。

我并没变成忧郁的人。这种事本来是可以把人愁死的，可是我没往死牛犄角里钻。我原是个活泼的人，好吧，我要打算活下去，就得别丢了我的活泼劲儿。不错，意外的大祸往往能忽然把一个人的习惯与脾气改变了；可是我决定要保持住我的活泼。我吸烟，喝酒，不再信神佛，不过都是些使我活泼的方法。不管我是真乐还是假乐，我乐！在我学艺的时候，我就会这一招，经过这次的变动，我更必须这样了。现在，我已快饿死了，我还是笑着，连我自己也说不清这是真的还是假的笑，反正我笑，多喀死了多喀我并上嘴。从那件事发生了以后，直到如今，我始终还是个有用的人，热心的人，可是我心中有了个空儿。这个空儿是那件不幸的事给我留下的，像墙上中了枪弹，老有个小窟窿似的。我有用，我热心，我爱给人家帮忙，但是不幸而事情没办到好处，或者想不到的扎手，我不着急，也不动气，因为我心中有个空儿。这个空儿会教我在极热心的时候冷静，极欢喜的时候有点悲哀，我的笑常常和泪碰在一处，而分不清哪个是哪个。

这些，都是我心里头的变动，我自己要是不说——自然连我自己也说不大完全——大概别人无从猜到。在我的生活上，也有了变动，这是人人能看到的。我改了行，不再当裱糊匠，我没脸再上街口去等生意，同行的人，认识我的，也必认识黑子；他们只需多看我几眼，我就没法再咽下饭去。在那报纸还不大时行的年月，人们的眼睛是比新闻还要厉害的。现在，离婚都可以上衙门去明说明讲，早年间男女的事儿可不能这么随便。我把同行中的朋友全放下了，连我的师傅师母都懒得去看，我仿佛是要由这个世界一脚跳到另一个世界去。这样，我觉得我才能独自把那桩事关在心里头。年头的改变教裱糊匠们的活路越来越狭，但是要不是那回事，我也不会改行改得这么快，这么干脆。放弃了手艺，没什么可惜；可是这么放弃了手艺，我也不会感谢"那"回事儿！不管怎说吧，我改了行，这是个显然的变动。

决定扔下手艺可不就是我准知道应该干什么去。我得去乱碰，像一支空船浮在水面上，浪头是它的指南针。在前面我已经说过，我认识字，还能抄抄写写，很够当个小差事的。再说呢，当差是个体面的事，我这丢了老婆的人若能当上差，不用说那必能把我的名誉恢复了一些。现在想起来，这个想法真有点可笑；在当时我可是诚心地相信这是最高明的办法。"八"字还没有一撇儿，我觉得很高兴，仿佛我已经很有把握，既得到差事，又能恢复了名誉。我的头又抬得很高了。

哼！手艺是三年可以学成的；差事，也许要三十年才能得上吧！一个钉子跟着一个钉子，都预备着给我碰呢！我说我识字，哼！敢情有好些个能整本背书的人还挨饿呢。我说我会写字，敢情会写字的绝不算出奇呢。我把自己看得太高了。可是，我又亲眼看见，那做着很大的官儿的，一天到晚山珍海味的吃着，连自己的姓都不大认得。那么，是不是我的学问又太大了，而超过了做官所需要的呢？我这个聪明人也没法儿不显着糊涂了。

慢慢的，我明白过来。原来差事不是给本事预备着的，想做官第一得有人。这简直没了我的事，不管我有多么大的本事。我自己是个手艺人，所认识的也是手艺人；我爸爸呢，又是个白丁，虽然是很有本事与品行的白丁。我上哪里去找差事当呢？

事情要是逼着一个人走上哪条道儿，他就非去不可，就像火车一样，轨道已摆好，照着走就是了，一出花样准得翻车！我也是如此。决定扔下了手艺，而得不到个差事，我又不能老这么闲着。好啦，我的面前已摆好了铁轨，只准上前，不许退后。

我当了巡警。

巡警和洋车是大城里头给苦人们安好的两条火车道。大字不识而什么手艺也没有的，只好去拉车。拉车不用什么本钱，肯出汗就能吃窝窝头。识几个字而好体面的，有手艺而挣不上饭的，只好去当巡警；别的先不提，挑巡警用不着多大的人情，而且一挑上先有身制服穿着，六块钱拿着；好歹是个差事。除了这条道，我简直无路可走。我既没混到必须拉车去的地步，又没有作高官的舅舅或姐丈，巡警正好不高不低，只要我肯，就能穿上一身铜纽子的制服。当兵比当巡警有起色，即使熬不上军官，至少能有抢劫些东西的机会。可是，我不能去当兵，我家中还有俩没娘的小孩呀。当兵要野，当巡警要文明；换句话说，当兵有发邪财的机会，当巡警是穷而文明一辈子；穷得要命，文明得稀松！

以后这五六十年的经验，我敢说这么一句：真会办事的人，到时候才说话，爱张罗办事的人——像我自己——没话也找话说。我的嘴老不肯闲着，对什么事我都有一片说词，对什么人我都想很恰当地给起个外号。我受了报应：第一件事，我丢了老婆，把我的嘴封起来一二年！第二件是我当了巡警。在我还没当上这个差事的时候，我管巡警们叫作"马路行走""避风阁大学士"和"臭脚巡"。这些无非都是说巡警们的差事只是站马路，无事忙，跑臭脚。哼！我自己当上"臭脚巡"了！生命简直就是自己和自己开玩笑，一点不假！我自己打了自己的嘴巴，可并不因为我作了什么缺德的事；至多也不过爱多说几句玩笑话罢了。在这里，我认识了生命的严肃，连句玩笑话都说不得的！好在，我心中有个空儿；我怎么叫别人"臭脚巡"，也照样叫自己。这在早年间叫作"抹稀泥"，现在的新名词应叫着什么，我还没能打听出来。

　　我没法不去当巡警，可是真觉得有点委屈。是呀，我没有什么出众的本事，但是论街面上的事，我敢说我比谁知道的也不少。巡警不是管街面上的事情吗？那么，请看看那些警官儿吧：有的连本地的话都说不上来，二加二是四还是五都得想半天。哼！他是官，我可是"招募警"；他的一双皮鞋够开我半年的饷！他什么经验与本事也没有，可是他作官。这样的官儿多了去啦！上哪儿讲理去呢？记得有位教官，头一天教我们操法的时候，忘了叫"立正"，而叫了"闸住"。用不着打听，这位大爷一定是拉洋车出身。有人情就行，今天你拉车，明天你姑父作了什么官儿，你就可以弄个教官当当；叫"闸住"也没关系，谁敢笑教官一声呢！这样的自然是不多，可是有这么一位教官，也就可以教人想到巡警的操法是怎么稀松二五眼了。内堂的功课自然绝不是这样教官所能担任的，因为至少得认识些个字才能"虎"得下来。我们的内堂的教官大概可以分为两种：一种是老人儿们，多数都有口鸦片烟瘾；他们要是能讲明白一样东西，就凭他们那点人情，大概早就做上大官儿了；唯其什么也讲不明白，所以才来做教官。另一种是年轻的小伙子们，讲的都是洋事，什么东洋巡警怎么样，什么法国违警律如何，仿佛我们都是洋鬼子。这种讲法有个好处，就是他们信口开河瞎扯，我们一边打盹一边听着，谁也不准知道东洋和法国是什么样儿，可不就随他的便说吧。我满可以编一套美国的事讲给大家听，可惜我不是教官罢了。这群年轻的小人们真懂外国事儿不懂，无从知道；反正我准知道他们一点中国事儿也不晓得。这两种教官的年纪上学问上都不同，可是他们有个相同的地方，就是他们都高不成低不就，所以对对付付的只能做教官。他们的人情真不小，可是本事太差，所以来教一群为六块洋钱而一声不敢出的巡警就最合适。

　　教官如此，别的警官也差不多是这样。想想：谁要是能去作一任知县或税局局长，谁肯来做警官呢？前面我已交代过了，当巡警是高不成低不就，不得已而为之。警官也是这样。这群人由上至下全是"狗熊耍扁担，混碗儿饭吃"。不过呢，巡警一天到晚在街面上，不论怎样抹稀泥，多少得能说会道，见机而作，把大事化小，小事化无；既不多给官面上惹麻烦，又让大家都过得去；真的吧假的吧，这总得算点本事。而做警官的呢，就连这点本事似乎也不必有。阎王好做，小鬼难当，诚然！

六

　　我再多说几句，或者就没人再说我太狂傲无知了。我说我觉得委屈，真是实话；请看吧：一月挣六块钱，这跟当仆人的一样，而没有仆人们那些"外找儿"；死挣六块钱，就凭这么个大人——腰板挺直，样子漂亮，年轻力壮，能说会道，还得识文断字！这一大堆资格，一共值六块钱！

　　六块钱饷粮，扣去三块半钱的伙食，还得扣去什么人情公议儿，净剩也就是两块上下钱吧。衣服自然是可以穿官发的，可是到休息的时候，谁肯还穿着制服回家呢；那么，不作不作也得有件大褂什么的。要是把钱作了大褂，一个月就算白混。再说，谁没有家呢？父母——呕，先别提父母吧！就说一夫一妻吧：至少得赁一间房，得有老婆的吃，喝，穿。就凭那两块大洋！谁也不许生病，不许生小孩，不许吸烟，不许吃点零碎东西；连这么着，月月还不够嚼谷！

　　我就不明白为什么肯有人把姑娘嫁给当巡警的，虽然我常给同事的做媒。当我一到女家提说的时候，人家总对我一撇嘴，虽不明说，但是意思很明显，"哼！当巡警的！"可是我不怕这一撇嘴，因为十回倒有九回是撇完嘴而点了头。难道是世界上的姑娘太多了吗？我不知道。

　　由哪面儿看，巡警都活该是鼓着腮帮子充胖子而教人哭不得笑不得的。穿起制服来，干净利落，又体面又威风，车马行人，打架吵嘴，都由他管着。他这是差事；可是他一月除了吃饭，净剩两块来钱。他自己也知道中气不足，可是不能不硬挺着腰板，到时候他得娶妻生子，还是仗着那两块来钱。提婚的时候，头一句是说："小人呀当差！"当差的底下还有什么呢？没人愿意细问，一问就糟到底。

是的，巡警们都知道自己怎样的委屈，可是风里雨里他得去巡街下夜，一点懒儿不敢偷；一偷懒就有被开除的危险；他委屈，可不敢抱怨，他劳苦，可不敢偷闲，他知道自己在这里混不出来什么，而不敢冒险搁下差事。这点差事扔了可惜，作着又没劲；这些人也就人儿似的先混过一天是一天，在没劲中要露出劲儿来，像打太极拳似的。

世上为什么应当有这种差事，和为什么有这样多肯做这种差事的人？我想不出来。假若下辈子我再托生为人，而且忘了喝迷魂汤，还记得这一辈子的事，我必定要扯着脖子去喊：这玩艺儿整个的是丢人，是欺骗，是杀人不流血！现在，我老了，快饿死了，连喊这么几句也顾不及了，我还得先为下顿的窝窝头着忙呀！

自然在我初当差的时候，我并没有一下子就把这些都看清楚了，谁也没有那么聪明。反之，一上手当差我倒觉出点高兴来：穿上整齐的制服，靴帽，的确我是漂亮精神，而且心里说：好吧歹吧，这是个差事；凭我的聪明与本事，不久我必有个升腾。我很留神看巡长巡官们制服上的铜星与金道，而想象着我将来也能那样。我一点也没想到那铜星与金道并不按着聪明与本事颁给人们呀。

新鲜劲儿刚一过去，我已经讨厌那身制服了。它不叫任何人尊敬，而只能告诉人："臭脚巡"来了！拿制服的本身说，它也很讨厌：夏天它就像牛皮似的，把人闷得满身臭汗；冬天呢，它一点也不像牛皮了，而倒像是纸糊的；它不许谁在里边多穿一点衣服，只好任着狂风由胸口钻进来，由脊背钻出去，整打个穿堂！再看那双皮鞋，冬冷夏热，永远不教脚舒服一会儿；穿单袜的时候，它好像是两大篓子似的，脚趾脚踵都在里边乱抓弄，而始终我不到鞋在哪里；到穿棉袜的时候，它们忽然变得很紧，不许棉袜与脚一齐伸进去。有多少人因包办制服皮鞋而发了财，我不知道，我只知道我的脚永远烂着，夏天闹湿气，冬天闹冻疮。自然，烂脚也得照常的去巡街站岗，要不然就别挣那六块洋钱！多么热，或多么冷，别人都可以找地方去躲一躲，连洋车夫都可以自由的歇半天，巡警得去巡街，得去站岗，热死冻死都活该，那六块现大洋买着你的命呢！

记得在哪儿看见过这么一句：食不饱，力不足。不管这句在原地方讲的是什么吧，反正拿来形容巡警是没有多大错儿的。最可怜，又可笑的是我们既吃不饱，还得挺着劲儿，站在街上得像个样子！要饭的花子有时不饿也弯着腰，假充饿了三天三夜；反之，巡警却不饱也得鼓起肚皮，假装刚吃完三大碗鸡丝面似的。花子装饿倒有点道理，我可就是想不出巡警假装酒足饭饱有什么理由来，我只觉得这真可笑。

人们都不满意巡警的对付事，抹稀泥。哼！抹稀泥自有它的理由。不过，在细说这个道理之前，我愿先说件极可怕的事。有了这件可怕的事，我再反回头来细说那些理由，仿佛就更顺当，更生动。好！就这样办啦。

七

应当有月亮，可是教黑云给遮住了，处处都很黑。我正在个僻静的地方巡夜。我的鞋上钉着铁掌，那时候每个巡警又须带着一把东洋刀，四下里鸦雀无声，听着我自己的铁掌与佩刀的声响，我感到寂寞无聊，而且几乎有点害怕。眼前忽然跑过一只猫，或忽然听见一声鸟叫，都教我觉得不是味儿，勉强着挺起胸来，可是心中总空空虚虚的，仿佛将有些什么不幸的事情在前面等着我。不完全是害怕，又不完全气粗胆壮，就那么怪不得劲的，手心上出了点凉汗。平日，我很有点胆量，什么看守死尸，什么独自看管一所脏房，都算不了一回事。不知为什么这一晚上我这样胆虚，心里越要耻笑自己，便越觉得不定哪里藏着点危险。我不便放快了脚步，可是心中急切的希望快回去，回到那有灯光与朋友的地方去。忽然，我听见一排枪！我立定了，胆子反倒壮起来一点；真正的危险似乎倒可以治好了胆虚，惊疑不定才是恐惧的根源，我听着，像夜行的马竖起耳朵那样。又一排枪，又一排枪！没声了，我等着，听着，静寂得难堪。像看见闪电而等着雷声那样，我的心跳得很快。拍，拍，拍，拍，四面八方都响起来了！

我的胆气又渐渐的往下低落了。一排枪，我壮起气来；枪声太多了，真遇到危险了；我是个人，人怕死；我忽然的跑起来，跑了几步，猛的又立住，听一听，枪声越来越密，看不见什么，四下漆黑，只有枪声，不知为什么，不知在哪里，黑暗里只有我一个人，听着远处的枪响。往哪里跑？到底是什么事？应当想一想，又顾不得想；胆大也没用，没有主意就不会有胆量。还是跑吧，糊涂地乱动，总比呆立哆嗦着强。我跑，狂跑，手紧紧地握住佩刀。像受了惊的猫狗，不必想也知道往家里跑。我已忘了我是巡警，我得先回家看看我那没娘的孩子去，要是死就死在一处！

要跑到家，我得穿过好几条大街。刚到了头一条大街，我就晓得不容易再跑了。街上黑黑忽忽的人影，跑得很快，随跑随着放枪。兵！我知道那是些辫子兵。而我才刚剪了发不多日子。我很后悔我没像别人那样把头发盘起来，而是连根儿烂真正剪去了辫子。假若我能马上放下辫子来，虽然这些兵们平素很讨厌巡警，可是因为我有辫子或者不至于把枪口冲着我来。在他们眼中，没有辫子便是二毛子，该杀。我没有了这么条宝贝！我不敢再动，只能蒙在黑影里，看事行事。兵们在路上跑，一队跟着一队，枪声不停。我不晓得他们是干什么呢？待了一会儿，兵们好像是都过去了，我往外探了探头，见外面没有什么动静，我就像一只夜鸟儿似的飞过了马路，到了街的另一边。在这极快的穿过马路的一会儿里，我的眼梢撩着一点红光。十字街头起了火。我还藏在黑影里，不久，火光远远的照亮了一片；再探头往外看，我已可以影影绰绰地看到十字街口，所有四面把角的铺户已全烧起来，火影中那些兵们来回的奔跑，放着枪。我明白了，这是兵变。不久，火光更多了，一处接着一处，由光亮的距离我可以断定：凡是附近的十字口与丁字街全烧了起来。

说句该挨嘴巴的话，火是真好看！远处，漆黑的天上，忽然一白，紧跟着又黑了。忽然又一白，猛的冒起一个红团，有一块天像烧红的铁板，红得可怕。在红光里看见了多少股黑烟，和火舌们高低不齐的往上冒，一会儿烟遮住了火苗；一会儿火苗冲破了黑烟。黑烟滚着，转着，千变万化的往上升，凝成一片，罩住下面的火光，像浓雾掩住了夕阳。待一会儿，火光明亮了一些，烟也改成灰白色儿，纯净，旺炽，火苗不多，而光亮结成一片，照明了半个天。那近处的，烟与火中带着种种的响声，烟往高处起，火往四下里奔；烟像些丑恶的黑龙，火像些乱长乱钻的红铁笋。烟裹着火，火裹着烟，卷起多高，忽然离散，黑烟里落下无数的火花，或者三五个极大的火团。火花火团落下，烟象痛快轻松了一些，翻滚着向上冒。火团下降，在半空中遇到下面的火柱，又狂喜的往上跳跃，炸出无数火花。火团远落，遇到可以燃烧的东西，整个的再点起一把新火，新烟掩住旧火，一时变为黑暗；新火冲出了黑烟，与旧火联成一气，处处是火舌，火柱，飞舞，吐动，摇摆，癫狂。忽然哗啦一声，一架房倒下去，火星，焦炭，尘土，白烟，一齐飞扬，火苗压在下面，一齐在底下往横里吐射，像千百条探头吐舌的火蛇。静寂，静寂，火蛇慢慢的，忍耐的，往上翻。绕到上边来，与高处的火接到一处，通明，纯亮，忽忽地响着，要把人的心全照亮了似的。

我看着，不，不但看着，我还闻着呢！在种种不同的味道里，我咂摸着：这是那个金匾黑字的绸缎庄，那是那个山西人开的油酒店。由这些味道，我认识了那些不同的火团，轻而高飞的一定是茶叶铺的，迟笨黑暗的一定是布店的。这些买卖都不是我的，可是我都认得，闻着它们火葬的气味，看着它们火团的起落，我说不上来心中怎样难过。

我看着，闻着，难过，我忘了自己的危险，我仿佛是个不懂事的小孩，只顾了看热闹，而忘了别的一切。我的牙打得很响，不是为自己害怕，而是对这奇惨的美丽动了心。

回家是没希望了。我不知道街上一共有多少兵，可是由各处的火光猜度起来，大概是热闹的街口都有他们。他们的目的是抢劫，可是顺着手儿已经烧了这么多铺户，焉知不就棍打腿地杀些人玩玩呢？我这剪了发的巡警在他们眼中还不和个臭虫一样，只需一搂枪机就完了，并不费多少事。想到这个，我打算回到"区"里去，"区"离我不算远，只需再过一条街就行了。可是，连这个也太晚了。当枪声初起的时候，连贫带富，家家关了门；街上除了那些横行的兵们，简直成了个死城。及至火一起来，铺户里的人们开始在火影里奔走，胆大一些的立在街旁，看着自己的或别人的店铺燃烧，没人敢去救火，可也舍不得走开，只那么一声不出的看着火苗乱窜。胆小一些的呢，争着往胡同里藏躲，三五成群的藏在巷内，不时向街上探探头，没人出声，大家都哆嗦着。火越烧越旺了，枪声慢慢的稀少下来，胡同里的住户仿佛已猜到是怎么一回事，最先是有人开门向外望望，然后有人试着步往街上走。街上，只有火光人影，没有巡警，被兵们抢过的当铺与首饰店全大敞着门！……这样的街市教人们害怕，同时也教人们胆大起来；一条没有巡警的街正像是没有老师的学房，多么老实的孩子也要闹哄闹哄。一家开门，家家开门，街上人多起来；铺户已有被抢过的了，跟着抢吧！平日，谁能想到那些良善守法的人民会去抢劫呢？哼！机会一到，人们立刻显露了原形。说声抢，壮实的小伙子们首先进了当铺，金店，钟表行。男人们回去一趟，第二趟出来已搀夹上女人和孩子们。被兵们抢过的铺子自然不必费事，进去随便拿就是了；可是紧跟着那些尚未被抢过的铺户的门也拦不住谁了。粮食店，茶叶铺，百货店，什么东西也是好的，门板一律砸开。

我一辈子只看见了这么一回大热闹：男女老幼喊着叫着，狂跑着，拥挤着，争吵着，砸门的砸门，喊叫的喊叫，嗑喳！门板倒下去，一窝蜂似地跑进去，乱挤乱抓，压倒在地的狂号，身体利落的往柜台上蹿，全红着眼，全拼着命，全奋勇前进，挤成一团，倒成一片，散走全街。背着，抱着，扛着，曳着，像一片战胜的蚂蚁，昂首疾走，去而复归，呼妻唤子，前呼后应。

苦人当然出来了，哼！那中等人家也不甘落后呀！

贵重的东西先搬完了，煤米柴炭是第二拨。有的整坛地搬着香油，有的独自扛着两口袋面，瓶子罐子碎了一街，米面洒满了便道，抢啊！抢啊！抢啊！谁都恨自己只长了一双手，谁都嫌自己的腿脚太慢！有的人会推着一坛子白糖，连人带坛在地上滚，像屎壳郎推着个大粪球。

强中自有强中手，人是到处会用脑子的！有人拿出切菜刀来了，立在巷口等着："放下！"刀晃了晃。口袋或衣服，放下了；安然的，不费力的，拿回家去。"放下！"不灵验，刀下去了，把面口袋砍破，下了一阵小雷，二人滚在一团。过路的急走，捎带着说了句："打什么，有的是东西！"两位明白过来，立起来向街头跑去。抢啊，抢啊！有的是东西！

我挤在了一群买卖人的中间，藏在黑影里。我并没说什么，他们似乎很明白我的困难，大家一声不出，而紧紧地把我包围住。不要说我还是个巡警，连他们买卖人也不敢抬起头来。他们无法去保护他们的财产与货物，谁敢出头抵抗谁就是不要命，兵们有枪，人民也有切菜刀呀！是的，他们低着头，好像倒怪羞惭似的。他们唯恐和抢劫的人们——也就是他们平日的照顾主儿——对了脸，羞恼成怒，在这没有王法的时候，杀几个买卖人总不算一回事呢！所以，他们也保护着我。想想看吧，这一带的居民大概不会不认识我吧！我三天两头的到这里来巡逻。平日，他们在墙根撒尿，我都要讨他们的厌，上前干涉；他们怎能不恨恶我呢！现在大家正在兴高采烈地白拿东西，要是遇见我，他们一人给我一砖头，我也就活不成了。即使他们不认识我，反正我是穿着制服，佩着东洋刀呀！在这个局面下，冒而咕咚地出来个巡警，够多么不合适呢！我满可以上前去道歉，说我不该这么冒失，他们能白白地饶了我吗？

街上忽然清静了一些，便道上的人纷纷往胡同里跑，马路当中走着七零八散的兵，都走得很慢；我摘下帽子，从一个学徒的肩上往外看了一眼，看见一位兵士，手里提着一串东西，像一串儿螃蟹似的。我能想到那是一串金银的镯子。他身上还有多少东西，不晓得，不过一定有许多硬货，因为他走得很慢。多么自然，多么可羡慕呢！自自然然的，提着一串镯子，在马路中心缓缓的走，有烧亮的铺户作着巨大的火把，给他们照亮了全城！

　　兵过去了，人们又由胡同里钻出来。东西已抢得差不多了，大家开始搬铺户的门板，有的去摘门上的匾额。我在报纸上常看见"彻底"这两个字，咱们的良民们打抢的时候才真正彻底呢！

　　这时候，铺户的人们才有出头喊叫的："救火呀！救火呀！别等着烧净了呀！"喊得教人一听见就要落泪！我身旁的人们开始活动。我怎么办呢？他们要是都去救火，剩下我这一个巡警，往哪儿跑呢？我拉住了一个屠户！他脱给了我那件满是猪油的大衫。把帽子夹在夹肢窝底下。一手握着佩刀，一手揪着大襟，我擦着墙根，逃回"区"里去。

八

　　我没去抢，人家所抢的又不是我的东西，这回事简直可以说和我不相干。可是，我看见了，也就明白了。明白了什么？我不会干脆的，恰当的，用一半句话说出来；我明白了点什么意思，这点意思教我几乎改变了点脾气。丢老婆是一件永远忘不了的事，现在它有了伴儿，我也永远忘不了这次的兵变。丢老婆是我自己的事，只需记在我的心里，用不着把家事国事天下事全拉扯上。这次的变乱是多少万人的事，只要我想一想，我便想到大家，想到全城，简直的我可以用这回事去断定许多的大事，就好像报纸上那样谈论这个问题那个问题似的。对了，我找到了一句漂亮的了。这件事教我看出一点意思，由这点意思我哑摸着许多问题。不管别人听得懂这句与否，我可真觉得它不坏。

我说过了：自从我的妻潜逃之后，我心中有了个空儿。经过这回兵变，那个空儿更大了一些，松松通通的能容下许多玩艺儿。还接着说兵变的事吧！把它说完全了，你也就可以明白我心中的空儿为什么大起来了。

当我回到宿舍的时候，大家还全没睡呢。不睡是当然的，可是，大家一点也不显着着急或恐慌，吸烟的吸烟，喝茶的喝茶，就好像有红白事熬夜那样。我的狼狈的样子，不但没引起大家的同情，倒招得他们直笑。我本排着一肚子话要向大家说，一看这个样子也就不必再言语了。我想去睡，可是被排长给拦住了："别睡！待一会儿，天一亮，咱们全得出去弹压地面！"这该轮到我发笑了；街上烧抢到那个样子，并不见一个巡警，等到天亮再去弹压地面，岂不是天大的笑话！命令是命令，我只好等到天亮吧！

还没到天亮，我已经打听出来：原来高级警官们都预先知道兵变的事儿，可是不便于告诉下级警官和巡警们。这就是说，兵变是警察们管不了的事，要变就变吧；下级警官和巡警们呢，夜间糊糊涂涂地照常去巡逻站岗，是生是死随他们去！这个主意够多么活动而毒辣呢！再看巡警们呢，全和我自己一样，听见枪声就往回跑，谁也不傻。这样巡警正好对得起这样警官，自上而下全是瞎打混的当"差事"，一点不假！

虽然很要困，我可是急于想到街上去看看，夜间那一些情景还都在我的心里，我愿白天再去看一眼，好比较比较，教我心中这张画儿有头有尾。天亮得似乎很慢，也许是我心中太急。天到底慢慢地亮起来，我们排上队。我又要笑，有的人居然把盘起来的辫子梳好了放下来，巡长们也作为没看见。有的人在快要排队的时候，还细细刷了刷制服，用布擦亮了皮鞋！街上有那么大的损失，还有人顾得擦亮了鞋呢。我怎能不笑呢！

到了街上，我无论如何也笑不出了！从前，我没真明白过什么叫作"惨"，这回才真晓得了。天上还有几颗懒得下去的大星，云色在灰白中稍微带出些蓝，清凉，暗淡。

到处是焦煳的气味，空中游动着一些白烟。铺户全敞着门，没有一个整窗子，大人和小徒弟都在门口，或坐或立，谁也不出声，也不动手收拾什么，像一群没有主儿的傻羊。火已经停止住延烧，可是已被烧残的地方还静静地冒着白烟，吐着细小而明亮的火苗。微风一吹，那烧焦的房柱忽然又亮起来，顺着风摆开一些小火旗。最初起火的几家已成了几个巨大的焦土堆，山墙没有倒，空空的围抱着几座冒烟的坟头。最后燃烧的地方还都立着，墙与前脸全没塌倒，可是门窗一律烧掉，成了些黑洞。有一只猫还在这样的一家门口坐着，被烟熏得连连打嚏，可是还不肯离开那里。

平日最热闹体面的街口变成了一片焦木头破瓦，成群的焦柱静静的立着，东西南北都是这样，懒懒的，无聊的，欲罢不能地冒着些烟。地狱什么样？我不知道。大概这就差不多吧！我一低头，便想起往日街头上的景象，那些体面的铺户是多么华丽可爱。一抬头，眼前只剩了焦糊的那么一片。心中记得的景象与眼前看见的忽然碰到一处，碰出一些泪来。这就叫作"惨"吧？火场外有许多买卖人与学徒们呆呆的立着，手揣在袖里，对着残火发愣。遇见我们，他们只淡淡的看那么一眼，没有任何别的表示，仿佛他们已绝了望，用不着再动什么感情。

过了这一带火场，铺户全敞着门窗，没有一点动静，便道上马路上全是破碎的东西，比那火场更加凄惨。火场的样子叫人一看便知道那是遭了火灾，这一片破碎静寂的铺户与东西使人莫名其妙，不晓得为什么繁华的街市会忽然变成绝大的垃圾堆。我就被派在这里站岗。我的责任是什么呢？不知道。我规规矩矩的立在那里，连动也不敢动，这破烂的街市仿佛有一股凉气，把我吸住。一些妇女和小孩子还在铺子外边拾取一些破东西，铺子的人不作声，我也不便去管；我觉得站在那里简直是多此一举。

太阳出来，街上显着更破了，像阳光下的叫花子那么丑陋。地上的每一个小物件都露出颜色与形状来，花哨的奇怪，杂乱得使人憋气。没有一个卖菜的，赶早市的，卖早点心的，没有一辆洋车，一匹马，整个的街上就是那么破破烂烂，冷冷清清，连刚出来的太阳都仿佛垂头丧气不大起劲，空空洞洞的悬在天上。一个邮差从我身旁走过去，低着头，身后扯着一条长影。我哆嗦了一下。

待了一会儿，段上的巡官下来了。他身后跟着一名巡警，两人都非常的精神在马路当中当当地走，好像得了什么喜事似的。巡官告诉我：注意街上的秩序，大令已经下来了！我行了礼，莫名其妙他说的是什么？那名巡警似乎看出来我的傻气，低声找补了一句：赶开那些拾东西的，大令下来了！我没心思去执行，可是不敢公然违抗命令，我走到铺户外边，向那些妇人孩子们摆了摆手，我说不出话来！

一边这样维持秩序，我一边往猪肉铺走，为是说一声，那件大褂等我给洗好了再送来。屠户在小肉铺门口坐着呢，我没想到这样的小铺也会遭抢，可是竟自成个空铺子了。我说了句什么，屠户连头也没抬。我往铺子里望了望：大小肉墩子，肉钩子，钱筒子，油盘，凡是能拿走的吧，都被人家拿走了，只剩下了柜台和架肉案子的土台！

我又回到岗位，我的头痛得要裂。要是老教我看着这条街，我知道不久就会疯了。

大令真到了。十二名兵，一个长官，捧着就地正法的令牌，枪全上着刺刀。呕！原来还是辫子兵啊！他们抢完烧完，再出来就地正法别人；什么玩艺呢？我还得给令牌行礼呀！

行完礼，我急快往四下里看，看看还有没有捡拾零碎东西的人，好警告他们一声。连屠户的木墩都搬了走的人民，本来值不得同情；可是被辫子兵们杀掉，似乎又太冤枉。

说时迟，那时快，一个十四五岁的男孩子没有走脱。枪刺围住了他，他手中还攥住一块木板与一只旧鞋。拉倒了，大刀亮出来，孩子喊了声"妈！"血溅出去多远，身子还抽动，头已悬在电线杆子上！

我连吐口唾沫的力量都没有了，天地都在我眼前翻转。杀人，看见过，我不怕。我是不平！我是不平！请记住这句，这就是前面所说过的，"我看出一点意思"的那点意思。想想看，把整串的金银镯子提回营去，而后出来杀个拾了双破鞋的孩子，还说就地正"法"呢！天下要有这个"法"，我×"法"的亲娘祖奶奶！请原谅我的嘴这么野，但是这种事恐怕也不大文明吧？

事后，我听人家说，这次的兵变是有什么政治作用，所以打抢的兵在事后还出来弹压地面。连头带尾，一切都是预先想好了的。什么政治作用？咱不懂！咱只想再骂街。可是，就凭咱这么个"臭脚巡"，骂街又有什么用呢！

九

简直我不愿再提这回事了，不过为圆上场面，我总得把问题提出来；提出来放在这里，比我聪明的人有的是，让他们自己去细哑摸吧！

怎么会"政治作用"里有兵变？

若是有意教兵来抢，当初干吗要巡警？

巡警到底是干吗的？是只管在街上小便的，而不管抢铺子的吗？

安善良民要是会打抢，巡警干吗去专拿小偷？

人们到底愿意要巡警不愿意？不愿意吧！为什么刚要打架就喊巡警，而且月月往外拿"警捐"？愿意吧！为什么又喜欢巡警不管事：要抢的好去抢，被抢的也一声不言语？

好吧，我只提出这么几个"样子"来吧！问题还多得很呢！我既不能去解决，也就不便再瞎叨叨了。这几个"样子"就真够教我糊涂的了，怎想怎不对，怎摸不清哪里是哪里，一会儿它有头有尾，一会儿又没头没尾，我这点聪明不够想这么大的事的。

我只能说这么一句老话，这个人民，连官儿，兵丁，巡警，带安善的良民，都"不够本"！所以，我心中的空儿就更大了呀！在这群"不够本"的人们里活着，就是个对付劲儿，别讲究什么"真"事儿，我算是看明白了。

还有个好字眼儿，别忘了："汤儿事"。谁要是跟我一样，想不出什么好办法来，顶好用这个话，又现成，又恰当，而且可以不至把自己绕糊涂了。"汤儿事"，完了；如若还嫌稍微秃一点呢，再补上"真他妈的"，就挺合适。

十

不须再发什么议论，大概谁也能看清楚咱们国的人是怎回事了。由这个再谈到警察，稀松二五眼正是理之当然，一点也不出奇。就拿抓赌来说吧：早年间的赌局都是由顶有字号的人物作后台老板；不但官面上不能够抄拿，就是出了人命也没有什么了不得的；赌局里打死人是常有的事。赶到有了巡警之后，赌局还照旧开着，敢去抄吗？这谁也能明白，不必我说。可是，不抄吧，又太不像话；怎么办呢？有主意，检着那老实的办几案，拿几个老头儿老太太，抄去几打儿纸牌，罚上十头八块的。巡警呢，算交上了差事；社会上呢，大小也有个风声，行了。拿这一件事比方十件事，警察自从一开头就是抹稀泥。它养着一群混饭吃的人，作些个混饭吃的事。社会上既不需要真正的巡警，巡警也犯不上为六块钱卖命。这很清楚。

这次兵变过后，我们的困难增多了老些。年轻的小伙子们，抢着了不少的东西，总算发了邪财。有的穿着两件马褂，有的十个手指头戴着十个戒指，都扬扬得意的在街上扭，斜眼看着巡警，鼻子里哽哽地哼白气。我只好低下头去，本来吗，那么大的阵式，我们巡警都一声没出，事后还能怨人家小看我们吗？赌局到处都是，白抢来的钱，输光了也不折本儿呀！我们不敢去抄，想抄也抄不过来，太多了。我们在墙儿外听见人家里面喊"人九""对子"，只作为没听见，轻轻地走过去。反正人们在院儿里头耍，不到街上来就行。哼！人们连这点面子也不给咱们留呀！那穿两件马褂的小伙子们偏要显出一点也不怕巡警——他们的祖父，爸爸，就没怕过巡警，也没见过巡警，他们为什么这辈子应当受巡警的气呢？——单要来到街上赌一场。有骰子就能开宝，蹲在地上就玩起活来。有一对石球就能踢，两人也行，五个人也行，"一毛钱一脚，踢不踢？好啦！'倒回来!'"啪，球碰了球，一毛。耍儿真不小呢，一点钟里也过手好几块。这都在我们鼻子底下，我们管不管呢？管吧！一个人，只佩着连豆腐也切不齐的刀，而赌家老是一帮年轻的小伙子。明人不吃眼前亏，巡警得绕着道儿走过去，不管的为是。可是，不幸，遇见了稽查，"你难道瞎了眼，看不见他们聚赌?"回去，至轻是记一过。这份儿委屈上哪儿诉去呢？

这样的事还多得很呢！以我自己说，我要不是佩着那么把破刀，而是拿着把手枪，跟谁我也敢碰碰，六块钱的饷银自然合不着卖命，可是泥人也有个土性，架不住碰在气头儿上。可是，我摸不着手枪，枪在土匪和大兵手里呢。明明看见了大兵坐了车不给钱，而且用皮带抽洋车夫，我不敢不笑着把他劝了走。他有枪，他敢放，打死个巡警算得了什么呢！有一年，在三等窑子里，大兵们打死了我们三位弟兄，我们连凶手也没要出来。三位弟兄白白的死了，没有一个抵偿的，连一个挨几十军棍的也没有！他们的枪随便放，我们赤手空拳，我们这是文明事儿呀！

总而言之吧，在这么个以蛮横不讲理为荣，以破坏秩序为增光耀祖的社会里，巡警简直是多余。明白了这个，再加上我们前面所说过的食不饱力不足那一套，大概谁也能明白个八九成了。我们不抹稀泥，怎么办呢？我——我是个巡警——并不求谁原谅，我只是愿意这么说出来，心明眼亮，好教大家心里有个谱儿。

爽性我把最泄气的也说了吧：当过了一二年差事，我在弟兄们中间已经是个了不得的人物。遇见官事，长官们总教我去挡头一阵。弟兄们并不因此而忌妒我，因为对大家的私事我也不走在后边。这样，每逢出个排长的缺，大家总对我咕唧："这回一定是你补缺了！"仿佛他们非常希望要我这么个排长似的。虽然排长并没落在我身上，可是我的才干是大家知道的。

我的办事诀窍，就是从前面那一大堆话中抽出来的。比方说吧，有人来报被窃，巡长和我就去察看。糙糙的把门窗户院看一过儿，顺口搭音就把我们在哪儿有岗位，夜里有几趟巡逻，都说得详详细细，有滋有味，仿佛我们比谁都精细，都卖力气。然后，找门窗不甚严密的地方，话软而意思硬的开始反攻："这扇门可不大保险，得安把洋锁吧？告诉你，安锁要往下安，门槛那溜儿就很好，不容易教贼摸到。屋里养着条小狗也是办法，狗圈在屋里，不管是多么小，有动静就会汪汪，比院里放着三条大狗还有用。先生你看，我们多留点神，你自己也得注点意，两下一凑合，准保丢不了东西了。好吧，我们回去，多派几名下夜的就是了；先生歇着吧！"这一套，把我们的责任卸了，他就赶紧得安锁养小狗；遇见和气的主儿呢，还许给我们泡壶茶喝。这就是我的本事。怎么不负责任，而且不教人看出抹稀泥来，我就怎办。话要说得好听，甜嘴蜜舌的把责任全推到一边去，准保不招灾不惹祸。弟兄们都会这一套，可是他们的嘴与神气差着点劲儿。一句话有多少种说法，把神气弄对了地方，话就能说出去又拉回来，像有弹簧似的。这点，我比他们强，而且他们还是学不了去，这是天生来的才分！

赶到我独自下夜，遇见贼，你猜我怎么办？我呀！把佩刀攥在手里，省得有响声；他爬他的墙，我走我的路，各不相扰。好吗，真要教他记恨上我，藏在黑影儿里给我一砖，我受得了吗？那谁，傻王九，不是瞎了一只眼吗？他还不是为拿贼呢！有一天，他和董志和在街口上强迫给人们剪发，一人手里一把剪刀，见着带小辫的，拉过来就是一剪子。哼！教人家记上了。等傻王九走单了的时候，人家照准了他的眼就是一把石灰："让你剪我的发，×你妈妈的！"他的眼就那么瞎了一只。你说，这差事要不像我那么去当，还活着不活着呢？凡是巡警们以为该干涉的，人们都以为是"狗拿耗子多管闲事"，有什么法子呢？

我不能像傻王九似的，平白无故地丢去一只眼睛，我还留着眼睛看这个世界呢！轻手蹑脚的躲开贼，我的心里并没闲着，我想我那俩没娘的孩子，我算计这一个月的嚼谷。也许有人一五一十的算计，而用洋钱作单位吧？我呀，得一个铜子一个铜子的算。多几个铜子，我心里就宽绰；少几个，我就得发愁。还拿贼，谁不穷？穷到无路可走，谁也会去偷，肚子才不管什么叫作体面呢！

十一

这次兵变过后，又有一次大的变动：大清国改为中华民国了。改朝换代是不容易遇上的，我可是并没觉得这有什么意思。说真的，这百年不遇的事情，还不如兵变热闹呢。据说，一改民国，凡事就由人民主管了；可是我没看见。我还是巡警，饷银没有增加，天天出来进去还是那一套。原先我受别人的气，现在我还是受气；原先大官儿们的车夫仆人欺负我们，现在新官儿手底下的人也并不和气。"汤儿事"还是"汤儿事"，倒不因为改朝换代有什么改变。可也别说，街上剪发的人比从前多了一些，总得算作一点进步吧。牌九押宝慢慢的也少起来，贫富人家都玩"麻将"了，我们还是照样的不敢去抄赌，可是赌具不能不算改了良，文明了一些。

民国的民倒不怎样，民国的官和兵可了不得！像雨后的蘑菇似的，不知道哪儿来的这么些官和兵。官和兵本不当放在一块儿说，可是他们的确有些相像的地方。昨天还一脚黄土泥，今天做了官或当了兵，立刻就瞪眼；越糊涂，眼越瞪得大，好像是糊涂灯，糊涂得透亮儿。这群糊涂玩艺儿听不懂哪叫好话，哪叫歹话，无论你说什么；他们总是横着来。他们糊涂得教人替他们难过，可是他们很得意。有时候他们教我都这么想了：我这辈大概做不了文官或是武官啦！因为我糊涂的不够程度！

几乎是个官儿就可以要几名巡警来给看门护院，我们成了一种保镖的，挣着公家的钱，可为私人做事。我便被派到宅门里去。从道理上说，为官员看守私宅简直不能算作差事；从实利上讲，巡警们可都愿意这么被派出来。我一被派出来，就拔升为"三等警"；"招募警"还没有被派出来的资格！我到这时候才算入了"等"。再说呢，宅门的事情清闲，除了站门，守夜，没有别的事可做；至少一年可以省出一双皮鞋来。事情少，而且外带着没有危险；宅里的老爷与太太若打起架来，用不着我们去劝，自然也就不会把我们打在底下而受点误伤。巡夜呢，不过是绕着宅子走两圈，准保遇不上贼；墙高狗厉害，小贼不能来，大贼不便于来——大贼找退职的官儿去偷，既有油水，又不至于引起官面严拿；他们不惹有势力的现任官。在这里，不但用不着去抄赌，我们反倒保护着老爷太太们打麻将。遇到宅里请客玩牌，我们就更清闲自在：宅门外放着一片车马，宅里到处亮如白昼，仆人来往如梭，两三桌麻将，四五盏烟灯，彻夜地闹哄，绝不会闹贼，我们就睡大觉，等天亮散局的时候，我们再出来站门行礼，给老爷们助威。要赶上宅里有红白事，我们就更合适：喜事唱戏，我们跟着白听戏，准保都是有名的角色，在戏园子里绝听不到这么齐全。丧事呢，虽然没戏可听，可是死人不能一半天就抬出去，至少也得停三四十天，念好几棚经；好了，我们就跟着吃吧；他们死人，咱们就吃犒劳。怕就怕死小孩，既不能开吊，又得听着大家呕呕的真哭。其次是怕小姐偷偷跑了，或姨太太有了什么大错而被休出去，我们捞不着吃喝看戏，还得替老爷太太们怪不得劲儿的！

教我特别高兴的，是当这路差事，出入也随便了许多，我可以常常回家看看孩子们。在"区"里或"段"上，请会儿浮假都好不容易，因为无论是在"内勤"或"外勤"，工作是刻板儿排好了的，不易调换更动。在宅门里，我站完门便没了我的事，只需对弟兄们说一声就可以走半天。

这点好处常常教我害怕，怕再调回"区"里去；我的孩子们没有娘，还不多教他们看看父亲吗？

就是我不出去，也还有好处。我的身上既永远不疲乏，心里又没多少事儿，闲着干什么呢？我呀，宅上有的是报纸，闲着就打头到底的念。大报小报，新闻社论，明白吧不明白吧，我全念，老念。这个，帮助我不少，我多知道了许多的事，多识了许多的字。有许多字到如今我还念不出来，可是看惯了，我会猜出它们的意思来，就好像街面上常见着的人，虽然叫不上姓名来，可是彼此怪面善。除了报纸，我还满世界去借闲书看。不过，比较起来，还是念报纸的益处大，事情多，字眼儿杂，看着开心。唯其事多字多，所以才费劲；念到我不能明白的地方，我只好再拿起闲书来了。闲书老是那一套，看了上回，猜也会猜到下回是什么事；正因为它这样，所以才不必费力，看着玩玩就算了。报纸开心，闲书散心，这是我的一点经验。

在门儿里可也有坏处：吃饭就第一成了问题。在"区"里或"段"上，我们的伙食钱是由饷银里坐地儿扣，好歹不拘，天天到时候就有饭吃。派到宅门里来呢，一共三五个人，绝不能找厨子包办伙食，没有厨子肯包这么小的买卖的。宅里的厨房呢，又不许我们用；人家老爷们要巡警，因为知道可以白使唤几个穿制服的人，并不大管这群人有肚子没有。我们怎办呢？自己起灶，做不到，买一堆盆碗锅勺，知道哪时就又被调了走呢？再说，人家门头上要巡警原为体面好看，好，我们若是给人家弄得盆朝天碗朝地，刀勺乱响，成何体统呢？没法子，只好买着吃。

这可够别扭的。手里若是有钱，不用说，买着吃是顶自由了，爱吃什么就叫什么，弄两盅酒儿伍的，叫俩可口的菜，岂不是个乐子？请别忘了，我可是一月才共总进六块钱！吃的苦还不算什么，一顿一顿想主意可真叫人难过，想着想着我就要落泪。我要省钱，还得变个样儿，不能老啃干馍馍辣饼子，像填鸭子似的。省钱与可口简直永远不能碰到一块，想想钱，我认命吧，还是弄几个干烧饼，和一块老腌萝卜，对付一下吧；想到身子，似乎又不该如此。想，越想越难过，越不能决定；一直饿到太阳平西还没吃上午饭呢！我家里还有孩子呢！我少吃一口，他们就可以多吃一口，谁不心疼孩子呢？吃着包饭，我无法少交钱；现在我可以自由的吃饭了，为什么不多给孩子们省出一点来呢？好吧，我有八个烧饼才够，就硬吃六个，多喝两碗开水，来个"水饱"！我怎能不落泪呢！

看看人家宅门里吧，老爷挣钱没数儿！是呀，只要一打听就能打听出来他拿多少薪俸，可是人家绝不指着那点固定的进项，就这么说吧，一月挣八百块的，若是干挣八百块，他怎能那么阔气呢？这里必定有文章。这个文章是这样的，你要是一月挣六块钱，你就死挣那个数儿，你兜儿里忽然多出一块钱来，都会有人斜眼看你，给你造些谣言。你要是能挣五百块，就绝不会死挣这个数儿，而且你的钱越多，人们越佩服你。这个文章似乎一点也不合理，可是它就是这么作出来的，你爱信不信！

报纸与宣讲所里常常提倡自由；事情要是等着提倡，当然是原来没有。我原没有自由；人家提倡了会子，自由还没来到我身上，可是我在宅门里看见它了。民国到底是有好处的，自己有自由没有吧，反正看见了也就得算开了眼。

你瞧，在大清国的时候，凡事都有个准谱儿；该穿蓝布大褂的就得穿蓝布大褂，有钱也不行。这个，大概就应叫作专制吧！一到民国来，宅门里可有了自由，只要有钱，你爱穿什么，吃什么，戴什么，都可以，没人敢管你。所以，为争自由，得拼命的去搂钱；搂钱也自由，因为民国没有御史。你要是没在大宅门待过，大概你还不信我的话呢，你去看看好了。现在的一个小官都比老年间的头品大员多享着点福：讲吃的，现在交通方便，山珍海味随便的吃，只要有钱。吃腻了这些还可以拿西餐洋酒换换口味；哪一朝的皇上大概也没吃过洋饭吧？讲穿的，讲戴的；讲看的听的，使的用的，都是如此；坐在屋里你可以享受全世界最好的东西。如今享福的人才真叫作享福，自然如今搂钱也比从前自由得多。别的我不敢说，我准知道宅门里的姨太太擦五十块钱一小盒的香粉，是由什么巴黎来的；巴黎在哪儿？我不知道，反正那里来的粉是很贵。我的邻居李四，把个胖小子卖了，才得到四十块钱，足见这香粉贵到什么地步了，一定是又细又香呀，一定！

好了，我不再说这个了；紧自贫嘴恶舌，倒好像我不赞成自由似的，那我哪敢呢！

我再从另一方面说几句，虽然还是话里套话，可是多少有点变化，好教人听着不俗气厌烦。刚才我说人家宅门里怎样自由，怎样阔气，谁可也别误会了人家做老爷的就整天的大把往外扔洋钱，老爷们才不这么傻呢！是呀，姨太太擦比一个小孩还贵的香粉，但是姨太太是姨太太，姨太太有姨太太的造化与本事。人家做老爷的给姨太太买那么贵的粉，正因为人家有地方可以抠出来。你就这么说吧，好比你做了老爷，我就能按着宅门的规矩告诉你许多诀窍：你的电灯，自来水，煤，电话，手纸，车马，天棚，家具，信封信纸，花草，都不用花钱；最后，你还可以白使唤几名巡警。这是规矩，你要不明白这个，你简直不配做老爷。告诉你一句到底的话吧，做老爷的要空着手儿来，满膛满馅地去，就好像刚惊蛰后的臭虫，来的时候是两张皮，一会儿就变成肚大腰圆，满兜儿血。这个比喻稍粗一点，意思可是不错。自由地搂钱，专制地省钱，两下里一合，你的姨太太就可以擦巴黎的香粉了。这句话也许说得太深奥了一些，随便吧！你爱懂不懂。

这可就该说到我自己了。按说，宅门里白使唤了咱们一年半载，到节了年了的，总该有个人心，给咱们哪怕是顿犒劳饭呢，也大小是个意思。哼！休想！人家做老爷的钱都留着给姨太太花呢，巡警算哪道货？等咱被调走的时候，求老爷给"区"里替我说句好话，咱都得感激不尽。

你看，命令下来，我被调到别处。我把铺盖卷打好，然后恭而敬之的去见宅上的老爷。看吧，人家那股子劲儿大了去啦！带理不理的，倒仿佛我偷了他点东西似的。我托咐了几句：求老爷顺便和"区"里说一声，我的差事当得不错。人家微微的一抬眼皮，连个屁都懒得放。我只好退出来了，人家连个拉铺盖的车钱也不给；我得自己把它扛了走。这就是他妈的差事，这就是他妈的人情！

十二

机关和宅门里的要人越来越多了。我们另成立了警卫队，一共有五百人，专做那义务保镖的事。为是显出我们真能保卫老爷们，我们每人有一杆洋枪，和几排子弹。对于洋枪——这些洋枪——我一点也不感觉兴趣：它又沉，又老，又破，我摸不清这是由哪里找来的一些专为压人肩膀，而一点别的用处没有的玩艺儿。我的子弹老在腰间围着，永远不准往枪里搁；到了什么大难临头，老爷们都逃走了的时候，我们才安上刺刀。

这可并非是说，我可以完全不管那枝破家伙；它虽然是那么破，我可得给它支使着。枪身里外，连刺刀，都得天天擦；即使永远擦不亮，我的手可不能闲着。心到神知！再说，有了枪，身上也就多了些玩艺儿，皮带，刺刀鞘，子弹袋子，全得弄得利落抹腻，不能像猪八戒挎腰刀那么懒懒松松的，还得打裹腿呢！

多出这么些事来，肩膀上添了七八斤的分量，我多挣了一块钱；现在我是一个月挣七块大洋了，感谢天地！

七块钱，扛枪，打裹腿，站门，我干了三年多。由这个宅门串到那个宅门，由这个衙门调到那个衙门；老爷们出来，我行礼；老爷进去，我行礼。这就是我的差事。这种差事才毁人呢：你说没事做吧，又有事；说有事做吧，又没事。还不如上街站岗去呢。在街上，至少得管点事，用用心思。在宅门或衙门，简直永远不用费什么一点脑子。赶到在闲散的衙门或汤儿事的宅子里，连站门的时候都满可以随便，挂着枪立着也行，抱着枪打盹也行。这样的差事教人不起一点儿劲，它生生地把人耗疲了。一个当仆人的可以有个盼望，哪儿的事情甜就想往哪儿去，我们当这份儿差事，明知一点好来头没有，可是就那么一天天的穷耗，耗得连自己都看不起了自己。按说，这么空闲无事，就应当吃得白白胖胖，也总算个体面呀。哼！我们并蹲不出膘儿来。我们一天老绕着那七块钱打算盘，穷得揪心。心要是揪上，还怎么会发胖呢？以我自己说吧，我的孩子已到上学的年岁了，我能不叫他去吗？上学就得花钱，古今一理，不算出奇，可是我上哪里找这份钱去呢？做官的可以白占许多许多便宜，当巡警的连孩子白念书的地方也没有。上私塾吧，学费节礼，书籍笔墨，都是钱。上学校吧，制服，手工材料，种种本子，比上私塾还费得多。再说，孩子们在家里，饿了可以掰一块窝窝头吃；一上学，就得给点心钱，即使咱们肯叫他揣着块窝窝头去，他自己肯吗？小孩的脸是更容易红起来的。

我简直没办法。这么大个活人，就会干瞪着眼睛看自己的儿女在家里荒荒着！我这辈无望了，难道我的儿女应当更不济吗？看着人家宅门的小姐少爷去上学，喝！车接车送，到门口还有老妈子丫环来接书包，抱进去，手里拿着橘子苹果，和新鲜的玩具。人家的孩子这样，咱的孩子那样；孩子不都是将来的国民吗？我真想辞差不干了。我愣当仆人去，弄俩零钱，好叫我的孩子上学。

可是人就是别入了辙，入到哪条辙上便一辈子拔不出腿来。当了几年的差事——虽然是这样的差事——我事事入了辙，这里有朋友，有说有笑，有经验，它不教我起劲，可是我也仿佛不大能狠心的离开它。再说，一个人的虚荣心每每比金钱还有力量，当惯了差，总以为去当仆人是往下走一步，虽然可以多挣些钱。这可笑，很可笑，可是人就是这么个玩艺儿。我一跟朋友们说这个，大家都摇头。有的说，大家混得都很好的，干吗去改行？有的说，这山望着那山高，咱们这些苦人干什么也发不了财，先忍着吧！有的说，人家中学毕业生还有当"招募警"的呢，咱们有这个差事当，就算不错；何必呢？连巡官都对我说了：好歹混着吧，这是差事；凭你的本事，日后总有升腾！大家这么一说，我的心更活了，仿佛我要是固执起来，倒不大对得住朋友似的。好吧，还往下混吧。小孩念书的事呢？没有下文！

不久，我可有了个好机会。有位冯大人哪，官职大得很，一要就要十二名警卫；四名看门，四名送信跑道，四名作跟随。这四名跟随得会骑马。那时候，汽车还没出世，大官们都讲究坐大马车。在前清的时候，大官坐轿或坐车，不是前有顶马，后有跟班吗？这位冯大人愿意恢复这点官威，马车后得有四名带枪的警卫。敢情会骑马的人不好找，找遍了全警卫队，才找到了三个；三条腿不大像话，连巡官都急得直抓脑袋。我看出便宜来了：骑马，自然得有粮钱哪！为我的小孩念书起见，我得冒下子险，假如从马粮钱里能弄出块儿八毛的来，孩子至少也可以去私塾了。按说，这个心眼不甚好，可是我这是卖着命，我并不会骑马呀！我告诉了巡官，我愿意去。他问我会骑马不会？我没说我会，也没说我不会；他呢，反正找不到别人，也就没究根儿。

有胆子，天下便没难事。当我头一次和马见面的时候，我就合计好了：摔死呢，孩子们入孤儿院，不见得比在家里坏；摔不死呢，好，孩子们可以念书去了。这么一来，我就先不怕马了。我不怕它，它就得怕我，天下的事不都是如此吗？再说呢，我的腿脚利落，心里又灵，跟那三位会骑马的瞎扯巴了一会儿，我已经把骑马的招数知道了不少。找了匹老实的，我试了试，我手心里攥着把汗，可是硬说我有了把握。头几天，我的罪过真不小，浑身像散了一般，屁股上见了血。我咬了牙。等到伤好了，我的胆子更大起来，而且觉出来骑马的快乐。跑，跑，车多快，我多快，我算是治服了一种动物！我把马治服了，可是没把粮草钱拿过来，我白冒了险。冯大人家中有十几匹马呢，另有看马的专人，没有我什么事。我几乎气病了。可是，不久我又高兴了：冯大人的官职是这么大，这么多，他简直没有回家吃饭的工夫。我们跟着他出去，一跑就是一天。他当然喽，到处都有饭吃，我们呢？我们四个人商议了一下，决定跟他交涉，他在哪里吃饭，也得有我们的。冯大人这个人心眼还不错，他很爱马，爱面子，爱手下的人。我们一对他说，他马上答应了。这个，可是个便宜。不用往多里说。我们要是一个月准能在外边白吃半个月的饭，我们不就省下半个月的饭钱吗？我高了兴！

冯大人，我说，很爱面子。当我们去见他交涉饭食的时候，他细细看了看我们。看了半天，他摇了摇头，自言自语的说："这可不行！"我以为他是说我们四个人不行呢，敢情不是。他登时要笔墨，写了个条子："拿这个见总队长去，教他三天内都办好！"把条子拿下来，我们看了看，原来是教队长给我们换制服：我们平常的制服是斜纹布的，冯大人现在教换呢子的；袖口，裤缝，和帽箍，一律要安金绦子。靴子也换，要过膝的马靴。枪要换上马枪，还另外给一人一把手枪。看完这个条子，连我们自己都觉得不合适：长官们才能穿呢衣，镶金绦，我们四个是巡警，怎能平白无故的穿上这一套呢？自然，我们不能去教冯大人收回条子去，可是我们也怪不好意思去见总队长。总队长要是不敢违抗冯大人，他满可以对我们四个人发发脾气呀！

你猜怎么着？总队长看了条子，连大气没出，照话而行，都给办了。你就说冯大人有多么大的势力吧！喝！我们四个人可抖起来了，真正细黑呢制服，镶着黄澄澄的金

绦，过膝的黑皮长靴，靴后带着白亮亮的马刺，马枪背在
背后，手枪挎在身旁，枪匣外耷拉着长杏黄穗子。简直可
以这么说吧，全城的巡警的威风都教我们四个人给夺过来
了。我们在街上走，站岗的巡警全都给我们行礼，以为我
们是大官儿呢！

　　当我做裱糊匠的时候，稍微讲究一点的烧活，总得糊
上匹菊花青的大马。现在我穿上这么抖的制服，我到马棚
去挑了匹菊花青的马，这匹马非常的闹手，见了人是连啃
带踢；我挑了它，因为我原先糊过这样的马，现在我得骑
上匹活的；菊花青，多么好看呢！这匹马闹手，可是跑起
来真作脸，头一低，嘴角吐着点白沫，长鬃像风吹着一垄
春麦，小耳朵立着像俩小瓢儿；我只需一认镫，它就要飞
起来。这一辈子，我没有过什么真正得意的事；骑上这匹
菊花青大马，我必得说，我觉到了骄傲与得意！

　　按说，这回的差事总算过得去了，凭那一身衣裳与那匹
马还不值得高高兴兴地混吗？哼！新制服还没穿过三个月，
冯大人吹了台，警卫队也被解散；我又回去当三等警了。

十三

　　警卫队解散了。为什么？我不知道。我被调到总局里
去当差，并且得了一面铜片的奖章，仿佛是说我在宅门里

立下了什么功劳似的。在总局里，我有时候管户口册子，有时候管铺捐的账簿，有时候值班守大门，有时候看管军装库。这么二三年的工夫，我又把局子里的事情全明白了个大概。加上我以前在街面上，衙门口和宅门里的那些经验，我可以算作个百事通了，里里外外的事，没有我不晓得的。要提起警务，我是地道内行。可是一直到这个时候，当了十年的差，我才升到头等警，每月挣大洋九元。

大家伙或者以为巡警都是站街的，年轻轻的好管闲事。其实，我们还有一大群人在区里局里藏着呢。假若有一天举行总检阅，你就可以看见些稀奇古怪的巡警：罗锅腰的，近视眼的，掉了牙的，瘸着腿的，无奇不有。这些怪物才真是巡警中的盐，他们都有资格有经验，识文断字，一切公文案件，一切办事的诀窍，都在他们手里呢。要是没有他们，街上的巡警就非乱了营不可。这些人，可是永远不会升腾起来；老给大家办事，一点起色也没有，平生连出头露面的体面一次都没有过。他们任劳任怨地办事，一直到他们老得动不了窝，老是头等警，挣九块大洋。多喒你在街上看见：穿着洗得很干净的灰色大褂，脚底下可还穿着巡警的皮鞋，用脚后跟慢慢地走，仿佛支使不动那双鞋似的，那就准是这路巡警。他们有时候也到大"酒缸"上，喝一个"碗酒"，就着十几个花生豆儿，挺有规矩，一边往下咽那点辣水，一边叹着气。头发已经有些白的了，嘴巴儿可还刮得很光，猛看很像个太监。他们很规则，和蔼，会做事，他们连休息的时候还得穿着那双不得人心的鞋！

跟这群人在一处办事，我长了不少的知识。可是，我也有点害怕：莫非我也就这样下去了吗？他们够多么可爱，又多么可怜呢！看着他们，我心中时常忽然凉那么一下，教我半天说不上话来。不错，我比他们都年岁小，也不见得比他们不精明，可是我有希望没有呢？年岁小？我也三十六了！

这几年在局子里可也有一样好处，我没受什么惊险。这几年，正是年年春秋准打仗的时期，旁人受的罪我先不说，单说巡警们就真够瞧的。一打仗，兵们就成了阎王爷，而巡警头朝了下！要粮，要车，要马，要人，要钱，全交派给巡警，慢一点送上去都不行。一说要烙饼一万斤，得，巡警就得挨着家去到切面铺和烙烧饼的地方给要大饼；饼烙得，还得押着清道夫给送到营里去；说不定还挨几个嘴巴回来！

要单是这么伺候着兵老爷们，也还好；不，兵老爷们还横反呢。凡是有巡警的地方，他们非捣乱不可，巡警们管吧不好，不管吧也不好，活受气。世上有糊涂人，我晓得；但是兵们的糊涂令我不解。他们只为逗一时的字号，完全不讲情理；不讲情理也罢，反正得自己别吃亏呀；不，他们连自己吃亏不吃亏都看不出来，你说天下哪里再找这么糊涂的人呢。就说我的表弟吧，他已当过十多年的兵，后来几年还老是排长，按说总该明白点事儿了。哼！那年打仗，他押着十几名俘虏往营里送。喝！他得意非常的在前面领着，仿佛是个皇上似的。他手下的弟兄都看出来，为什么不先解除了俘虏的武装呢？他可就是不这么办，拍着胸膛说一点错儿没有。走到半路上，后面响了枪，他登时就死在了街上。他是我的表弟，我还能盼着他死吗？可是这股子糊涂劲儿，教我也没法抱怨开枪打他的人。有这样一个例子，你也就能明白一点兵们是怎样的难对付了。你要是告诉他，汽车别往墙上开，好啦，他就非去碰碰不可，把他自己碰死倒可以，他就是不能听你的话。

在总局里几年，没别的好处，我算是躲开了战时的危险与受气。自然罗！一打仗，煤米柴炭都涨价儿，巡警们也随着大家一同受罪，不过我可以安坐在公事房里，不必出去对付大兵们，我就得知足。

可是，在局里我又怕一辈子就窝在那里，永没有出头之日，有人情，可以升腾起来；没人情而能在外边拿贼办案，也是个路子，我既没人情，又不到街面上去，打哪儿升高一步呢？我越想越发愁。

十四

到我四十岁那年，大运亨通，我补了巡长！我顾不得想已经当了多少年的差，卖了多少力气，和巡长才挣多少钱；都顾不得想了。我只觉得我的运气来了！

小孩子拾个破东西，就能高兴的玩耍半天，所以小孩子能够快乐。大人们也得这样，或者才能对付着活下去。细细一想，事情就全糟。我升了巡长，说真的，巡长比巡警才多挣几块钱呢？挣钱不多，责任可有多么大呢！往上说，对上司们事事得说出个谱儿来；往下说，对弟兄们得又精明又热诚；对内说，差事得交得过去；对外说，得能不软不硬地办了事。这，比做知县难多了。县长就是一个地方的皇上，巡长没那个身份，他得认真办事，又得敷衍事，真真假假，虚虚实实，哪一点没想到就出蘑菇。出了蘑菇还是真糟，往上升腾不易呀，往下降可不难呢。当过了巡长再降下来，派到哪里去也不吃香：弟兄们咬吃，喝！你这做过巡长的，……这个那个的扯一堆。长官呢，看你是刺儿头，故意的给你小鞋穿，你怎么忍也忍不下去。怎办呢？哼！由巡长而降为巡警，顶好干脆卷铺盖回家去，这碗饭不必再吃了。可是，以我说吧，四十岁才升上巡长，真要是卷了铺盖，我干吗去呢？

真要是这么一想，我登时就得白了头发。幸而我当时没这么想，只顾了高兴，把坏事儿全放在了一旁。我当时倒这么想：四十做上巡长，五十——哪怕是五十呢！——

再做上巡官，也就算不白当了差。咱们非学校出身，又没有大人情，能做到巡官还算小吗？这么一想，我简直的拼了命，精神百倍地看着我的事，好像看着颗夜明珠似的！

作了二年的巡长，我的头上真见了白头发。我并没细想过一切，可是天天揪着心，唯恐哪件事办错了，担了处分。白天，我老喜笑颜开地打着精神办公；夜间，我睡不实在，忽然想起一件事，我就受了一惊似的，翻来覆去的思索；未必能想出办法来，我的困意可也就不再回来了。

公事而外，我为我的儿女发愁：儿子已经二十了，姑娘十八。福海——我的儿子——上过几天私塾，几天贫儿学校，几天公立小学。字吗，凑在一块儿他大概能念下来第二册国文；坏招儿，他可学会了不少，私塾的，贫儿学校的，公立小学的，他都学来了，到处准能考一百分，假若学校里考坏招数的话。本来吗，自幼失了娘，我又终年在外边瞎混，他可不是爱怎么反就怎么反呗。我不恨铁不成钢去责备他，也不抱怨任何人，我只恨我的时运低，发不了财，不能好好地教育他。我不算对不起他们，我一辈子没给他们弄个后娘，给他们气受。至于我的时运不济，只能当巡警，那并非是我的错儿，人还能大过天去吗？

福海的个子可不小，所以很能吃呀！一顿胡搂三大碗芝麻酱拌面，有时候还说不很饱呢！就凭他这个吃法，他再有我这么两份儿爸爸也不中用！我供给不起他上中学，他那点"秀气"也没法考上。我得给他找事做。哼！他会做什么呢？从老早，我心里就这么嘀咕：我的儿子愣可去拉洋车，也不去当巡警；我这辈子当够了巡警，不必世袭这份差事了！在福海十二三岁的时候，我教他去学手艺，他哭着喊着的一百个不去。不去就不去吧，等他长两岁再说；对个没娘的孩子不就得格外心疼吗？到了十五岁，我给他找好了地方去学徒，他不说不去，可是我一转脸，他就会跑回家来。几次我送他走，几次他偷跑回来。于是只好等他再大一点吧，等他心眼转变过来也许就行了。哼！从十五到二十，他就愣荒荒过来，能吃能喝，就是不爱干活儿。赶到教我给逼急了："你到底愿意干什么呢？你说！"他低着脑袋，说他愿意挑巡警！他觉得穿上制服，在街上走，既能挣钱，又能就手儿散心，不像学徒那样永远圈在屋里。我没说什么，心里可刺着痛。我给打了个招呼，他挑上了巡警。我心里痛不痛的，反正他有事做，总比死吃我一口强啊。父是英雄儿好汉，爸爸巡警儿子还是巡警，而且他这个巡警还必定跟不上我。我到四十岁才熬上巡长，他到四十岁，哼！不教人家开革出来就是好事！没盼望！我没续娶过，因为我咬得住牙。他呢，赶明儿个难道不给他成家吗？拿什么养着呢？

是的，儿子当了差，我心中反倒堵上个大疙瘩！再看女儿呀，也十八九了，紧自搁在家里算怎回事呢？当然，早早撮出去的为是，越早越好。给谁呢？巡警，巡警，还得是巡警？一个人当巡警，子孙万代全得当巡警，仿佛掉在了巡警阵里似的。可是，不给巡警还真不行呢：论模样，她没什么模样；论教育，她自幼没娘，只认识几个大字；论赔送，我至多能给她做两件洋布大衫；论本事，她只能受苦，没别的好处。巡警的女儿天生来的得嫁给巡警，八字造定，谁也改不了！

唉！给了就给了吧！撮出她去，我无论怎说也可以心静一会儿。并非是我心狠哪，想想看，把她撂到二十多岁，还许就剩在家里呢。我对谁都想对得起，可是谁又对得起我来着！我并不想唠里唠叨地发牢骚，不过我愿把事情都撂平了，谁是谁非，让大家看。

当她出嫁的那一天，我真想坐在那里痛哭一场。我可是没有哭；这也不是一半天的事了，我的眼泪只会在眼里转两转，简直的不会往下流！

十五

儿子有了事做，姑娘出了阁，我心里说：这我可能远走高飞了！假若外边有个机会，我愣把巡长搁下，也出去见识见识。什么发财不发财的，我不能就窝囊这么一辈子。

　　机会还真来了。记得那位冯大人呀，他放了外任官。我不是爱看报吗？得到这个消息，就找他去了，求他带我出去。他还记得我，而且愿意这么办。他教我去再约上三个好手，一共四个人随他上任。我留了个心眼，请他自己向局里要四名，作为是拨遣。我是这么想：假若日后事情不见佳呢，既省得朋友们抱怨我，而且还可以回来交差，有个退身步。他看我的办法不错，就指名向局里调了四个人。

　　这一喜可非同小喜。就凭我这点经验知识，管保说，到哪儿我也可以作个很好的警察局局长，一点不是瞎吹！一条狗还有得意的那一天呢，何况是个人？我也该抖两天了，四十多岁还没露过一回脸呢！

　　果然，命令下来，我是卫队长；我乐得要跳起来。

　　哼！也不是咱的命不好，还是冯大人的运不济；还没到任呢，又撤了差。猫咬尿泡，瞎欢喜一场！幸而我们四个人是调用，不是辞差；冯大人又把我们送回局里去了。我的心里既为这件事难过，又为回局里能否还当巡长发愁，我脸上瘦了一圈。

　　幸而还好，我被派到防疫处作守卫，一共有六位弟兄，由我带领。这是个不错的差事，事情不多，而由防疫处开我们的饭钱。我不确实的知道，大概这是冯大人给我说了句好话。

在这里，饭钱既不必由自己出，我开始攒钱，为是给福海娶亲——只剩了这么一档子该办的事了，爽性早些办了吧！

在我四十五岁上，我娶了儿媳妇——她的娘家父亲与哥哥都是巡警。可倒好，我这一家子，老少里外，全是巡警，凑吧凑吧，就可以成立个警察分所！

人的行动有时候莫名其妙。娶了儿媳妇以后，也不知怎么我以为应当留下胡子，才够作公公的样子。我没细想自己是干什么的，直入公堂地就留下胡子了。小黑胡子在我嘴上，我捻上一袋关东烟，觉得挺够味儿。本来吗，姑娘聘出去了，儿子成了家，我自己的事又挺顺当，怎能觉得不是味儿呢？

哼！我的胡子惹下了祸。总局局长忽然换了人，新局长到任就检阅全城的巡警。这位老爷是军人出身，只懂得立正看齐，不懂得别的。在前面我已经说过，局里区里都有许多老人们，长相不体面，可是办事多年，最有经验。我就是和局里这群老手儿排在一处的，因为防疫处的守卫不属于任何警区，所以检阅的时候便随着局里的人立在一块儿。

当我们站好了队，等着检阅的时候，我和那群老人们还有说有笑，自自然然的。我们心里都觉得，重要的事情都归我们办，提哪一项事情我们都知道，我们没升腾起来已经算很委屈了，谁还能把我们踢出去吗？上了几岁年纪，诚然，可是我们并没少做事儿呀！即使说老朽不中用了，反正我们都至少当过十五六年的差，我们年轻力壮的时候是把精神血汗耗费在公家的差事上，冲着这点，难道还不留个情面吗？谁能够看狗老了就一脚踢出去呢？我们心中都这么想，所以满没把这回事放在心里，以为新局长从远处瞭我们一眼也就算了。

局长到了，大个子胸前挂满了徽章，又是喊，又是蹦，活像个机器人。我心里打开了鼓。他不按着次序看，一眼看到我们这一排，他猛虎扑食似地就跑过来了。岔开脚，手握在背后，他向我们点了点头。然后忽然他一个箭步跳到我们跟前，抓起一个老书记生的腰带，像摔跤似的往前一拉，几乎把老书记生拉倒；抓着腰带，他前后摇晃了老书记生几把，然后猛一撒手，老书记生摔了个屁股墩。局长对准了他就是两口唾沫："你也当巡警！连腰带都系不紧？来！拉出去毙了！"

我们都知道，凭他是谁，也不能枪毙人。可是我们的脸都白了，不是怕，是气的。那个老书记生坐在地上，哆嗦成了一团。

局长又看了看我们，然后用手指划了条长线："你们全滚出去，别再叫我看见你们！你们这群东西也配当巡警！"说完这个，仿佛还不解气，又跑到前面，扯着脖子喊："是有胡子的全脱了制服，马上走！"

有胡子的不止我一个，还都是巡长巡官，要不然我也不敢留下这几根惹祸的毛。

二十年来的服务，我就是这么被刷下来了。其实呢，我虽四十多岁，我可是一点也不显着老苍，谁叫我留下了胡子呢！这就是说，当你年轻力壮的时候，你把命卖上，一月就是那六七块钱。你的儿子，因为你当巡警，不能读书受教育；你的女儿，因为你当巡警，也嫁个穷汉去吃窝窝头。你自己呢，一长胡子，就算完事，一个铜子的恤金养老金也没有，服务二十年后，你教人家一脚踢出来，像踢开一块碍事的砖头似的。五十以前，你没挣下什么，有三顿饭吃就算不错；五十以后，你该想主意了，是投河呢，还是上吊呢？这就是当巡警的下场头。

二十年来的差事，没做过什么错事，但我就这样卷了铺盖。

弟兄们有含着泪把我送出来的，我还是笑着；世界上不平的事可多了，我还留着我的泪呢！

十六

穷人的命——并不像那些施舍稀粥的慈善家所想的——不是几碗粥所能救活了的；有粥吃，不过多受几天罪罢了，早晚还是死。我的履历就跟这样的粥差不多，它只能帮助我找上个小事，叫我多受几天罪；我还得去当巡警。除了说我当巡警，我还真没法介绍自己呢！它就像颗不体面的痣或瘤子，永远跟着我。我懒得说当过巡警，懒得再去当巡警，可是不说不当，还真连碗饭也吃不上，多么可恶呢！

歇了没有好久，我由冯大人的介绍，到一座煤矿上去做卫生处主任，后来又升为矿村的警察分所所长；这总算运气不坏。在这里我很施展了些我的才干与学问：对村里的工人，我以二十年服务的经验，管理得真叫不错。他们聚赌，斗殴，罢工，闹事，醉酒，就凭我的一张嘴，就事论事，干脆了当，我能把他们说得心服口服。对弟兄们呢，我得亲自去训练。他们之中有的是由别处调来的，有的是由我约来帮忙的，都当过巡警；这可就不容易训练，因为他们懂得一些警察的事儿，而想看我一手儿。我不怕，我当过各样的巡警，里里外外我全晓得；凭着这点经验，我算是没被他们给撅了。对内对外，我全有办法，这一点也不瞎吹。

假若我能在这里混上几年，我敢保说至少我可以积攒下个棺材本儿，因为我的饷银差不多等于一个巡官的，而到年底还可以拿一笔奖金。可是，我刚做到半年，把一切都布置得有个大概了，哼！我被人家顶下来了。我的罪过是年老与过于认真办事。弟兄们满可以拿些私钱，假若我肯睁着一只闭着一只眼的话。我的两眼都睁着，种下了毒。对外也是如此，我明白警察的一切，所以我要本着良心把此地的警务办得完完全全，真像个样儿。还是那句话，人民要不是真正的人民，办警察是多此一举，越办得好越招人怨恨。自然，容我办上几年，大家也许能看出它的好处来。可是，人家不等办好，已经把我踢开了。

在这个社会中办事，现在才明白过来，就得像发给巡警们皮鞋似的。大点，活该！小点，挤脚？活该！什么事都能办通了，你打算合大家的适，他们要不把鞋打在你脸上才怪。这次的失败，因为我忘了那三个宝贝字——"汤儿事"，因此我又卷了铺盖。

这回，一闲就是半年多。从我学徒时候起，我无事也忙，永不懂得偷闲。现在，虽然是奔五十的人了，我的精神气力并不比那个年轻小伙子差多少。生让我闲着，我怎么受呢？由早晨起来到日落，我没有正经事做，没有希望，跟太阳一样，就那么由东而西的转过去；不过，太阳能照亮了世

界，我呢，心中老是黑糊糊的。闲得起急，闲得要躁，闲得
讨厌自己，可就是摸不着点儿事做。想起过去的劳力与经
验，并不能自慰，因为劳力与经验没给我积攒下养老的钱，
而我眼看着就是挨饿。我不愿人家养着我，我有自己的精神
与本事，愿意自食其力地去挣饭吃。我的耳目好像做贼的那
么尖，只要有个消息，便赶上前去，可是老空着手回来，把
头低得无可再低，真想一跤摔死，倒也爽快！还没到死的时
候，社会像要把我活埋了！晴天大日头的，我觉得身子慢慢
往土里陷；什么缺德的事也没作过，可是受这么大的罪。一
天到晚我叼着那根烟袋，里边并没有烟，只是那么叼着，算
个"意思"而已。我活着也不过是那么个"意思"，好像专
为给大家当笑话看呢！好容易，我弄到个事：到河南去当盐
务缉私队的队兵。队兵就队兵吧，有饭吃就行呀！借了钱，
打点行李，我把胡子剃得光光的上了"任"。

半年的工夫，我把债还清，而且升为排长。别人花俩，
我花一个，好还债。别人走一步，我走两步，所以升了排
长。委屈并挡不住我的努力，我怕失业。一次失业，就多
老上三年，不饿死，也憋闷死了。至于努力挡得住失业挡
不住，那就难说了。

我想——哼！我又想了！——我既能当上排长，就能
当上队长，不又是个希望吗？这回我留了神，看人家怎作，

我也怎作。人家要私钱，我也要，我别再为良心而坏了事；良心在这年月并不值钱。假若我在队上混个队长，连公带私，有几年的工夫，我不是又可以剩下个棺材本儿吗？我简直的没了大志向，只求腿脚能动便去劳动；多咱动不了窝，好，能有个棺材把我装上，不至于教野狗们把我嚼了。我一眼看着天，一眼看着地。我对得起天，再求我能静静的躺在地下。并非我倚老卖老，我才五十来岁；不过，过去的努力既是那么白干一场，我怎能不把眼睛放低一些，只看着我将来的坟头呢！我心里是这么想，我的志愿既这么小，难道老天爷还不睁开点眼吗？

来家信，说我得了孙子。我要说我不喜欢，那简直不近人情。可是，我也必得说出来：喜欢完了，我心里凉了那么一下，不由得自言自语地嘀咕："哼！又来个小巡警吧！"一个做祖父的，按说，哪有给孙子说丧气话的，可是谁要是看过我前边所说的一大片，大概谁也会原谅我吧？有钱人家的儿女是希望，没钱人家的儿女是累赘；自己的肚中空虚，还能顾得子孙万代，和什么"忠厚传家久，诗书继世长"吗？

我的小烟袋锅儿里又有了烟叶，叼着烟袋，我咂摸着将来的事儿。有了孙子，我的责任还不止于剩个棺材本儿了；儿子还是三等警，怎能养家呢？我不管他们夫妇，还不管孙子吗？这叫我心中忽然非常的乱，自己一年比一年的老，而家中的嘴越来越多，哪个嘴不得用窝窝头填上呢！我深深的打了几个嗝儿，胸中仿佛横着一口气。算了吧，我还是少思索吧，没头儿，说不尽！个人的寿数是有限的，困难可是世袭的呢！子子孙孙，万年永实用，窝窝头！

风雨要是都按着天气预测那么来，就无所谓狂风暴雨了。困难若是都按着咱们心中所思虑的一步一步慢慢的来，也就没有把人急疯了这一说了。我正盘算着孙子的事儿，我的儿子死了！

他还并没死在家里呀！我还得去运灵。

福海，自从成家以后，很知道要强。虽然他的本事有限，可是他懂得了怎样尽自己的力量去做事。我到盐务缉私队上来的时候，他很愿意和我一同来，相信在外边可以多一些发展的机会。我拦住了他，因为怕事情不稳，一下子再叫父子同时失业，如何得了。可是，我前脚离开了家，他紧随着也上了威海卫。他在那里多挣两块钱。独自在外，多挣两块就和不多挣一样，可是穷人想要强，就往往只看见了钱，而不多合计合计。到那里，他就病了；舍不得吃药。及至他躺下了，药可也就没了用。

把灵运回来，我手中连一个钱也没有了。儿媳妇成了年轻的寡妇，带着个吃奶的小孩，我怎么办呢？我没法再出外去做事，在家乡我又连个三等巡警也当不上，我才五十岁，已走到了绝路。我羡慕福海，早早的死了，一闭眼三不知；假若他活到我这个岁数，至好也不过和我一样，多一半还许不如我呢！儿媳妇哭，哭得死去活来，我没有泪，哭不出来，我只能满屋里打转，偶尔的冷笑一声。

以前的力气都白卖了。现在我还得拿出全套的本事，去给小孩子找点粥吃。我去看守空房；我去帮着人家卖菜；我去作泥水匠的小工子活；我去给人家搬家……除了拉洋车，我什么都做过了。无论做什么，我还都卖着最大的力气，留着十分的小心。五十多了，我出的是二十岁的小伙子的力气，肚子里可是只有点稀粥与窝窝头，身上到冬天没有一件厚实的棉袄，我不求人白给点什么，还讲仗着力气与本事挣饭吃，豪横了一辈子，到死我还不能输这口气。时常我挨一天的饿，时常我没有煤上火，时常我找不到一撮儿烟叶，可是我决不说什么；我给公家卖过力气了，我对得住一切的人，我心里没毛病，还说什么呢？我等着饿死，死后必定没有棺材，儿媳妇和孙子也得跟着饿死，那只好就这样吧！谁叫我是巡警呢！我的眼前时常发黑，我仿佛已摸到了死，哼！我还笑，笑我这一辈的聪明本事，笑这出奇不公平的世界，希望等我笑到末一声，这世界就换个样儿吧！

阳　光

　　想起幼年来，我便想到一株细条而开着朵大花的牡丹，在春晴的阳光下，放着明艳的红瓣儿与金黄的蕊。我便是那朵牡丹。偶尔有一点愁恼，不过像一片早霞，虽然没有阳光那样鲜亮，到底还是红的。我不大记得幼时有过阴天；不错，有的时候确是落了雨，可是我对于雨的印象是那美的虹，积水上飞来飞去的蜻蜓，与带着水珠的花。自幼我就晓得我的娇贵与美丽。自幼我便比别的小孩精明，因为我有机会学事儿。要说我比别人多会着什么，倒未必；我并不须学习什么。可是我精明，这大概是因为有许多人替我做事；我一张嘴，事情便做成了。这样，我的聪明是在怎样支使人，和判断别人做的怎样：好，还是不好。所以我精明。别人比我低，所以才受我的支使；别人比我笨，所以才不能老满足我的心意。地位的优越使我精明。可是我不愿承认地位的优越，而永远自信我很精明。因此，不但我是在阳光中，而且我自居是个明艳光暖的小太阳；我自己发着光。

我的父母兄弟，要是比起别人的，都很精明体面。可是跟我一比，他们还不算顶精明，顶体面。父母只有我这么一个女儿，兄弟只有我这么一个姊妹，我天生来的可贵。连父母都得听我的话。我永远是对的。我要在平地上跌倒，他们便争着去责打那块地；我要是说苹果咬了我的唇，他们便齐声的骂苹果。我并不感谢他们，他们应当服从我。世上的一切都应当服从我。

记忆中的幼年是一片阳光，照着没有经过排列的颜色，像风中的一片各色的花，摇动复杂而浓艳。我也记得我曾害过小小的病，但是病更使我娇贵，添上许多甜美的细小的悲哀，与意外的被人怜爱。我现在还记得那透明的冰糖块儿，把药汁的苦味减到几乎是可爱的。在病中我是温室里的早花，虽然稍微细弱一些，可是更秀丽可喜。

到学校去读书是较大的变动，可是父母的疼爱与教师的保护使我只记得我的胜利，而忘了那一点点痛苦。在低级里，我已经觉出我自己的优越。我不怕生人，对着生人我敢唱歌，跳舞。我的装束永远是最漂亮的。我的成绩也是最好的；假若我有做不上来的，回到家中自有人替我做成，而最高的分数是我的。因为这些学校中的训练，我也在亲友中得到美誉与光荣，我常去给新娘子拉纱，或提着花篮，我会眼看着我的脚尖慢慢的走，觉出我的腮上必是红得像两瓣儿海棠花。我的玩具，我的学校用品，都证明我的阔绰。我很骄傲，可也有时候很大方，我爱谁就给谁一件东西。在我生气的时候，我随便撕碎摔坏我的东西，使大家知道我的脾气。

入了高小，我开始觉出我的价值。我厉害，我美丽，我会说话，我背地里听见有人讲究我，说我聪明外露，说我的鼻孔有点向上翻着。我对着镜子细看，是的，他们说对了。但是那并不减少我的美丽。至于聪明外露，我喜欢这样。我的鼻孔向上撑着点，不但是件事实而且我自傲有这件事实。我觉出我的鼻孔可爱，它向上翻着点，好像是藐视一切，和一切挑战；我心中的最厉害的话先由鼻孔透出一点来；当我说过了那样的话，我的嘴唇向下撇一些，把鼻尖坠下来，像花朵在晚间自己并上那样甜美的自爱。对于功课，我不大注意；我的学校里本来不大注意功课。况且功课与我没多大关系，我和我的同学们都是阔家的女儿，我们顾衣裳与打扮还顾不来，哪有工夫去管功课呢。学校里的穷人与先生与工友们！我们不能听工友的管辖，正像不能受先生们的指挥。先生们也知道她们不应当管学生。况且我们的名誉并不因此而受损失；讲跳舞，讲唱歌，讲演剧，都是我们的最好，每次赛会都是我们第一。就是手工图画也是我们的最好，我们买得起的材料，别的学校的学生买不起。我们说不上爱学校与先生们来，可也不恨它与她们，我们的光荣常常与学校分不开。

在高小里，我的生活不尽是阳光了。有时候我与同学们争吵得很厉害。虽然胜利多半是我的，可是在战斗的期间到底是费心劳神的。我们常因服装与头发的式样，或别种小的事，发生意见，分成多少党。我总是做首领的。我得细心地计划，因为我是首领。我天生来是该做首领的，多数的同学好像是木头做的，只能服从，没有一点主意；我是她们的脑子。

在毕业的那一年，我与班友们都自居为大姑娘了。我们非常的爱上学。不是对功课有兴趣，而是我们爱学校中的自由。我们三个一群，两个一伙，挤着搂着，充分自由的讲究那些我们并不十分明白而愿意明白的事。我们不能在另一个地方找到这种谈话与欢喜，我们不再和小学生们来往，我们所知道的和我们以为已经知道的那些事使我们觉得像小说中的女子。我们什么也不知道，也不愿意知道什么；我们只喜爱小说中的人与事。我们交换着知识使大家都走入一种梦幻境界。我们知道许多女侠，许多烈女，许多不守规矩的女郎。可是我们所最喜欢的是那种多心眼的，痴情的女子，像林黛玉那样的。我们都愿意聪明，能说出些尖酸而伤感的话。我们管我们的课室叫"大观园"。是的，我们也看电影，但是电影中的动作太粗野，不像我们理想中的那么缠绵。我们既都是阔家的女儿，在谈话中也低声报告着在家中各人所看到的事，关于男女的事。这些事正如电影中的，能满足我们一时的好奇心，而没有多少味道。我们不希望干那些姨太太们所干的事，我们都自居为真正的爱人，有理想，有痴情；虽然我们并不懂得什么。无论怎说吧，我们的一半纯洁一半污浊的心使我们愿意听那些坏事，而希望自己保持住娇贵与聪明。我们是一群十四五岁的鲜花。

在初入中学的时候，我与班友们由大姑娘又变成了小姑娘；高年级的同学看不起我们。她们不但看不起我们，也故意的戏弄我们。她们常把我们捉了去，做她们的 dear，大学生自居为男子。这个，使我们害羞，可是并非没有趣味。这使我觉到一些假装的，同时又有点味道的，爱恋情味。我们仿佛是由盆中移到地上的花，虽然环境的改变使我们感觉不安，可是我们也正在吸收新的更有力的滋养；我们觉出我们是女子，觉出女子的滋味，而自惜自怜。在这个期间，我们对于电影开始吃进点味儿；看到男女的长吻，我们似乎明白了些意思。

到了二三年级，我们不这么老实了。我简直可以这么说，这二年是我的黄金时代。高年级的学生没有我们的胆量大，低年级的有我们在前面挡着也闹不起来；只有我们，既然和高年级的同学学到了许多坏招数，又不像新学生那样怕先生。我们要干什么便干什么。高年级的学生会思索，我们不必思索；我们的脸一红，动作就跟着来了，像一口血似的啐出来。我们粗暴，小气，使人难堪，一天到晚唧唧咕咕，笑不正经笑，哭也不好生哭。我非常好动怒，看谁也不顺眼。我爱做的不去好好作，我不爱做的就干脆不去作，没有理由，更不屑于解释。这样，我的脾气越大，胆子也越大。我不怕男学生追我了。我与班友们都有了追逐的男学生，而且以此为荣。可是男学生并追不上我们，他们只使我们心跳，使我们彼此有的谈论，使我们成了电影狂。及至有机会真和男人——亲戚或家中的朋友——见面，我反倒吐吐舌头或耸耸肩膀，说不出什么。更谈不到交际。在事后，我觉得泄气，不成体统，可是没有办法。人是要慢慢长起来的，我现在明白了。但是，无论怎说吧，这是个黄金时代；一天一天糊糊涂涂的过去，完全没有忧虑，像棵傻大的热带的树，常开着花，一年四季是春天。

提到我的聪明，哼，我的鼻尖还是向上翻着点；功课呢，虽然不能算是最坏的，可至好也不过将就得个丙等。做小孩的时候，我愿意人家说我聪明；入了中学，特别是在二三年级的时候，我讨厌人家夸奖我。自然我还没完全丢掉争强好胜的心，可是不在功课上；因此，对于先生的夸奖我觉得讨厌；有的同学在功课上处处求好，得到荣誉，我恨这样的人。在我的心里，我还觉得我聪明；我以为我是不屑于表现我的聪明，所以得的分数不高；那能在功课上表现出才力来的不过是多用着点工夫而已，算不了什么。我才不那么傻用工夫，多演几道题，多作一些文章，干什么用呢？我的父母并没仗着我的学问才有饭吃。况且我的美已经是出名的，报纸上常有我的相片，称我为高材生，大家闺秀。用功与否有什么关系呢？我是个风筝，高高的在春云里，大家都仰着头看我，我只需晃动着，在春风里游戏便够了。我的上下左右都是阳光。

可是到了高年级，我不这么野调无腔的了。我好像开始觉到我有了个固定的人格，虽然不似我想象的那么固定，可是我觉得自己稳重了一些，身中仿佛有点沉重的气儿。我想，这一方面是由于我的家庭，一方面是由于我自己的发育而成的。我的家庭是个有钱而自傲的，不允许我老淘气精似的；我自己呢，从身体上与心灵上都发展着一些精微的，使我自怜的什么东西。我自然的应当自重。因为自重，我甚至于有时候循着身体或精神上的小小病痛，而显出点可怜的病态与娇羞。我好像正在培养着一种美，叫别人可怜我而又得尊敬我的美。我觉出我的尊严，而愿显露出自己的娇弱。其实我的身体很好。因为身体好，所以才想象到那些我所没有的姿态与秀弱。我仿佛要把女性所有的一切动人的情态全吸收到身上来。女子对于美的要求，至少是我这么想，是得到一切，要不然便什么也没有也好。因为这个绝对的要求，我们能把自己的一点美好扩展得像一个美的世界。我们醉心的搜求发现这一点点美所包含的力量与可爱。不用说，这样发现自己，欣赏自己，不知不觉的有个目的，为别人看。在这个时节我对于男人是老设法躲避的。我知道自己的美，而不能轻易给谁，我是有价值的。我非常的自傲，理想很高。影影绰绰的我想到假如我要属于哪个男人，他必是世间罕有的美男子，把我带到天上去。

因为家里有钱，所以我得加倍的自尊自傲。有钱，自然得骄傲；因为钱多而发生的不体面的事，使我得加倍骄傲。我这时候有许多看不上眼的事都发生在家里，我得装出我们是清白的；钱买不来道德，我得装成好人。我家里的人用钱把别人家的女子买来，而希望我给他们转过脸来。别人家的女儿可以糟蹋在他们的手里，他们的女子——我——可得纯洁，给他们争脸面。我父亲，哥哥，都弄来女人，他们的乱七八糟都在我眼里。这个使我轻看他们，也使他们更重看我，他们可以胡闹，我必须贞洁。我是他们的希望。这个，使我清醒了一些，不能像先前那么欢蹦乱跳的了。

可是在清醒之中，我也有时候因身体上的刺激，与心里对父兄的反感，使我想到去浪漫。我凭什么为他们而守身如玉呢？我的脸好看，我的身体美好，我有青春，我应当在个爱人的怀里。我还没想到结婚与别的大问题，我只想把青春放出一点去，像花不自己老包着香味，而是随着风传到远处去。在这么想的时节，我心中的天是蓝得近乎翠绿，我是这蓝绿空中的一片桃红的霞。可是一回到家中，我看到的是黑暗。我不能不承认我是比他们优越，于是我也就更难处置自己。即使我要肉体上的快乐，我也比他们更理想一些。因此，我既不能完全与他们一致，又恨我不能实际的得到什么。我好像是在黄昏中，不像白天也不像黑夜。我失了我自幼所有的阳光。

我很想用功，可是安不下心去。偶尔想到将来，我有点害怕：我会什么呢？假若我有朝一日和家庭闹翻了，我仗着什么活着呢？把自己细细地分析一下，除了美丽，我什么也没有。可是再一想呢，我不会和家中决裂；即使是不可免的，现在也无须那样想。现在呢，我是富家的女儿；将来我总不至于陷在穷苦中吧。我庆幸我的命运，以过去的幸福预测将来的一帆风顺。在我的手里，不会有恶劣的将来，因为目前我有一切的幸福。何必多虑呢，忧虑是软弱的表示。我的前途是征服，正像我自幼便立在阳光里，我的美永远能把阳光吸了来。在这个时候，我听见一点使我不安的消息：家中已给我议婚了。

我才十九岁！结婚，这并没吓住我；因为我老以为我是个足以保护自己的大姑娘。可是及至这好像真事似的要来到头上，我想起我的岁数来，我有点怕了。我不应这么早结婚。即使非结婚不可，也得容我自己去找到理想的英雄；我的同学们哪个不是抱着这样的主张，况且我是她们中最聪明的呢。可是，我也偷偷听到，家中所给提的人家，是很体面的，很有钱，有势力；我又痛快了点。并不是我想随便的被家里把我聘出去，我是觉出我的价值——不论怎说，我要是出嫁，必嫁个阔公子，跟我的兄弟一样。我过惯了舒服的日子，不能嫁个穷汉。我必须继续着在阳光里。这么一想，我想象着我已成了个少奶奶，什么都有，金钱，地位，服饰，仆人，这也许是有趣的。这使我有点害羞，可也另有点味道，一种渺茫而并非不甜美的味道。

这可只是一时的想象。及至我细一想，我决定我不能这么断送了自己；我必须先尝着一点爱的味道。我是个小姐，但是在爱的里面我满可以把"小姐"放在一边。我忽然想自由，而自由必先平等。假如我爱谁，即使他是个叫花子也好。这是个理想；非常的高尚，我觉得。可是，我能不能爱个叫花子呢？不能！先不用提乞丐，就是拿个平常人说吧，一个小官，或一个当教员的，他能养得起我吗？别的我不知道，我知道我不会受苦。我生来是朵花，花不会工作，也不应当工作。花只嫁给富丽的春天。我是朵花，就得有花的香美，我必须穿的华丽，打扮得动人，有随便花用的钱，还有爱。这不是野心，我天生的是这样的人，应当享受。假若有爱而没有别的，我没法想到爱有什么好处。我自幼便精明，这时候更需要精明的思索一番了。我真用心思索了，思索的甚至于有点头疼。

我的不安使我想到动作。我不能像乡下姑娘那样安安顿顿的被人家娶了走。我不能。可是从另一方面想，我似乎应当安顿着。父母这么早给我提婚，大概就是怕我不老实而丢了他们的脸。他们想乘我还全须全尾的送了出去，成全了他们的体面，免去了累赘。为做父母的想，这或者是很不错的办法，但是我不能忍受这个；我自己是个人，自幼儿娇贵；我还是得做点什么，做点惊人的，浪漫的，而又不吃亏的事。说到归齐，我是个"新"女子呀，我有我的价值呀！

机会来了！我去给个同学做伴娘，同时觉得那个伴郎似乎可爱。即使他不可爱，在这么个场面下，也当可爱。看着别人结婚是最受刺激的事：新夫妇，伴郎伴娘，都在一团喜气里，都拿出生命中最像玫瑰的颜色，都在花的香味里。爱，在这种时候，像风似的刮出去刮回来，大家都荡漾着。我觉得我应当落在爱恋里，假如这个场面是在爱的风里。我，说真的，比全场的女子都美丽。设若在这里发生了爱的遇合，而没有我的事，那是个羞辱。全场中的男子就是那个伴郎长得漂亮，我要征服，就得是他。这自然只是环境使我这么想，我还不肯有什么举动；一位小姐到底是小姐。虽然我应当要什么便过去拿来，可是爱情这种事顶好得维持住点小姐的身份。及至他看我了，我可是没了主意。也就不必再想主意，他先看我的，我总算没丢了身份。况且我早就想他应当看我呢。他或者是早就明白了我的心意，而不能不照办；他既是照我的意思办，那就不必再否认自己了。

　　事过之后，我走路都特别的爽利。我的胸脯向来没这样挺出来过，我不晓得为什么我老要笑；身上轻得像根羽毛似的。在我要笑的时节，我渺茫的看到一片绿海，被春风吹起些小小的浪。我是这绿波上的一只小船，挂着雪白的帆，在阳光下缓缓的飘浮，一直飘到那满是桃花的岛上。我想不到什么更具体的境界与事实，只感到我是在春海上游戏。我倒不十分的想他，他不过是个灵感。我还不会想到他有什么好处，我只觉得我的初次的胜利，我开始能把我的香味送出去，我开始看见一个新的境界，认识了个更大的宇宙，山水花木都由我得到鲜艳的颜色与会笑的小风。我有了力量，四肢有了弹力，我忘了我的聪明与厉害，我温柔得像一团柳絮。我设若不能再见到他，我想我不会惦记着他，可是我将永久忘不下这点快乐，好像头一次春雨那样不易被忘掉。有了这次春雨，一切便有了主张，我会去创造一个顶完美的春天。我的心展开了一条花径，桃花开后还有紫荆呢。

可是，他找我来了。这个破坏了我的梦境，我落在尘土上，像只伤了翅的蝴蝶。我不能不拿出我在地上的手段来了。我不答理他，我有我的身份。我毫不迟疑地拒绝了他。等他羞惭地还勉强笑着走去之后，我低着头慢慢的走，我的心中看清楚我全身的美，甚至我的后影。我是这样的美，我觉得我是立在高处的一个女神刻像，只准人崇拜，不许动手来摸。我有女神的美，也有女神的智慧与尊严。

过了一会儿，我又盼他再回来了：不是我盼望他，惦记他；他应当回来，好表示出他的虔诚，女神有时候也可以接收凡人的爱，只要他虔诚。果然在不久之后，他又来了。这使我心里软了点。可是我还不能就这么轻易给他什么，我自幼便精明，不能随便任着冲动行事。我必须把他揉搓得像块皮糖；能绕在我的小手指上，我才能给他所要求的百分之一二。爱是一种游戏，可由得我出主意。我真有点爱他了，因为他供给了我做游戏的材料。我总让他闻见我的香味，而这个香味像一层厚雾隔开他与我，我像雾后的一个小太阳，微微的发着光，能把四围射成一圈红晕，但是他觉不到我的热力，也看不清楚我。我非常的高兴，我觉出我青春的老练，像座小春山似的，享受着春的雨露，而稳固不能移动。我自信对男人已有了经验，似乎把我放在什么地方，我也可以有办法。我没有可怕的了，我不再想林黛玉，黛玉那种女子已经死绝了。

因此我越来越胆大了。我的理想是变成电影中那个红发女郎，多情而厉害，可以叫人握着手，及至他要吻的时候，就抢手给他个嘴巴。我不稀罕他请我看电影，请我吃饭，或送给我点礼物。我自己有钱。我要的是香火，我是女神。自然我有时候也希望一个吻，可是我的爱应当是另一种，一种没有吻的爱，我不是普通的女子。他给我开了爱的端，我只感激他这点；我的脚底下应有一群像他的青年男子；我的脚是多么好看呢！

家中还进行着我的婚事。我暗中笑他们，一声儿不出。我等着。等到有了定局再说，我会给他们一手儿看看。是的，我得多预备人，万一到和家中闹翻的时候，好挑选一个捉住不放。我在同学中成了顶可羡慕的人，因为我敢和许多男子交际。那些只有一个爱人的同学，时常的哭，把眼哭得桃儿似的。她们只有一个爱人,而且任着他的性儿欺侮,怎能不哭呢。我不哭,因为我有准备。我看不起她们,她们把小姐的身份作丢了。她们管哭哭啼啼叫作爱的甘蔗,我才不吃这样的甘蔗,我和她们说不到一块。她们没有脑子。她们常受男人的骗。回到宿舍哭一整天,她们引不起我的同情,她们该受骗!我在爱的海边游泳,她们闭着眼往里跳。这群可怜的东西。

中学毕了业,我要求家中允许我入大学。我没心情读书,只为多在外面玩玩,本来吗,洗衣有老妈,做衣裳有裁缝,做饭有厨子,教书有先生,出门有汽车,我学本事干什么呢?我得入学,因为别的女子有入大学的,我不能落后;我还想出洋呢。学校并不给我什么印象,我只记得我的高跟鞋在洋灰路上或地板上的响声,咯噔咯噔的,怪好听。我的宿室顶阔气,床下堆着十来双鞋,我永远不去整理它们,就那么堆着。屋中越乱越显出阔气。我打扮好了出来,像个青蛙从水中跳出,谁也想不到水底下有泥。我的眉须画半点多钟,哪有工夫去收拾屋子呢?赶到下雨的天,鞋上沾了点泥,我才去访那好清洁的同学,把泥留在她的屋里。她们都不敢惹我。入学不久我便被举为学校的皇后。与我长得同样美的都失败了,她们没有脑子,没有手段;我有。在中学交的男朋友全断绝了关系,连那个伴郎。我的身份更高了,我的阅历更多了,我既是皇后,

至少得有个皇帝做我的爱人。被我拒绝了的那些男子还有
时候给我来信，都说他们常常因想我而落泪；落吧，我有
什么法子呢？他们说我狠心，我何尝狠心呢？我有我的身
份，理想，与美丽。爱和生命一样，经验越多便越高明，
聪明的爱是理智的，多咱爱把心迷住——我由别人的遭遇
看出来——便是悲剧。我不能这么办。做了皇后以后，我
的新朋友很多很多了。我戏耍他们，嘲弄他们，他们都羊
似的驯顺老实。这几乎使我绝望了，我找不到可征服的，
他们永远投降，没有一点战斗的心思与力量。谁说男子强
硬呢？我还没看见一个。

　　我的办法使我自傲，但是和别人的一比较，我又有点
嫉妒：我觉得空虚。别的女同学们每每因为恋爱的波折而
极伤心的哭泣，或因恋爱的成功而得意，她们有哭有笑，
我没有。在一方面呢，我自信比她们高明，在另一方面呢，
我又希望我也应表示出点真的感情。可是我表示不出，我
只会装假，我的一切举动都被那个"小姐"管束着，我没
了自己。说话，我团着舌头；行路，我扭着身儿；笑，只
有声音。我做小姐做惯了，凡事都有一定的程式，我找不
到自己在哪儿。因此，我也想热烈一点，愚笨一点，也使
我能真哭真笑。可是不成功。我没有可哭的事，我有一切
我所需要的；我也不会狂喜，我不是三岁的小孩儿能被一
件玩艺儿哄得跳着脚儿笑。我看父母，他们的悲喜也多半

是假的，只在说话中用几个适当的字表示他们的情感，并不真动感情。有钱，天下已没有可悲的事；欲望容易满足，也就无从狂喜；他们微笑着表示出气度不凡与雍容大雅。可是我自己到底是个青年女郎，似乎至少也应当偶然愚傻一次，我太平淡无奇了。这样，我开始和同学们捣乱了，谁叫她们有哭有笑而我没有呢？我设法引诱她们的"朋友"，和她们争斗，希望因失败或成功而使我的感情运动运动。结果，女同学们真恨我了，而我还是觉不到什么重大的刺激。我太聪明了，开通了，一定是这样；可是几时我才能把心打开，觉到一点真的滋味呢？

我几乎有点着急了，我想我得闭上眼往水里跳一下，不再细细的思索，跳下去再说。哼，到了这个时节，也不知怎么了，男子不上我的套儿了。他们跟我敷衍，不更进一步使我尝着真的滋味，他们怕我。我真急了，我想哭一场；可是无缘无故的怎好哭呢？女同学们的哭都是有理由的。我怎能白白的不为什么而哭呢？况且，我要是真哭起来，恐怕也得不到同情，而只招她们暗笑。我不能丢这个脸。我真想不再读书了，不再和这群破同学们周旋了。

正在这个期间，家中已给我订了婚。我可真得细细思索一番了。我是个小姐——我开始想——小姐的将来是什么？这么一问我把许多男朋友从心中注销了。这些男朋友都不能维持住我——小姐——所希望的将来。我的将来必须与现在差不多，最好是比现在还好上一些。家中给找的人有这个能力；我的将来，假如我愿嫁他，可很保险的。可是爱呢？这可有点不好办。那群破女同学在许多事上不如我，可是在爱上或者足以向我夸口；我怎能在这一点上输给她们呢？假若她们知道我的婚姻是家中给定的，她们得怎样轻看我呢？这倒真不好办了！既无顶好的办法，我得退一步想了：倘若有个男子，既然可以给我爱，而且对将来的保障也还下得去，虽不能十分满意，我是不是该当下嫁他呢？这把小姐的身份与应有的享受牺牲了些，可是有爱足以抵补；说到归齐，我是位新式小姐呀。是的，可以这么办。可是，这么办，怎样对付家里呢？奋斗，对，奋斗！

我开始奋斗了，我是何等的强硬呢，强硬得使我自己可怜我自己了。家中的人也很强硬呀，我真没想到他们会能这么样。他们的态度使我怀疑我的身份了，他们一向是怕我的，为什么单在这件事上这么坚决呢？大概他们是并没有把我看在眼里，小事由着我，大事可得他们拿主意。这可使我真动了气。啊，我明白了点什么，我并不是像我所想的那么贵重。我的太阳没了光，忽然天昏地暗了。

怎办呢！我既是位小姐，又是个"新"小姐，这太难安排了。我好像被圈在个夹壁墙里了，没法儿转身。身份地位是必要的，爱也是必要的，没有哪样也不行。即使我肯舍去一样，我应当舍去哪个呢？我活了这么大，向来没有着过这样的急。我不能只为我打算，我得为"小姐"打算，我不是平常的女子。抛弃了我的身份，是对不起自己。我得勇敢，可不能装疯卖傻，我不能把自己放在危险的地方。那些男朋友都说爱我，可是哪一个能满足我所应当要的，必得要的呢？他们多数是学生，他们自己也不准知道他们的将来怎样；有一两个怪漂亮的助教也跟我不错，我能不能要个小小的助教？即使他们是教授，教授还不是一群穷酸？我应当，必须，对得起自己，把自己放在最高最美丽的地点。

奋斗了许多日子，我自动的停战了。家中给提的人家到底是合乎我的高尚的自尊的理想。除了欠着一点爱，别的都合适。爱，说回来，值多少钱一斤呢？我爽性不上学了，既怕同学们暗笑我，就躲开她们好了。她们有爱，爱把她们拉到泥塘里去！我才不那么傻。在家里，我很快乐，父母们对我也特别的好。我开始预备嫁衣。做好了，我偷偷的穿上看一看，戴上钻石的戒指与胸珠，确是足以压倒一切！我自傲幸而我机警，能见风转舵，使自己能成为最可羡慕的新娘子，能把一切女人压下去。假若我只为了那点爱，而随便和个穷汉结婚，头上只戴上一束纸花，手指

套上个铜圈，头纱在地上抛着一尺多，我怎样活着，羞也
羞死了！

　　自然我还不能完全忘掉那个无利于实际而怪好听的
字——爱。但是没法子再转过这个弯儿来。我只好拿这个
当作一种牺牲，我自幼儿还没牺牲过什么，也该挑个没多
大用处的东西扔出去了。况且要维持我的"新"还另有办
法呢，只要有钱，我的服装，鞋袜，头发的样式，都足以
做新女子的领袖。只要有钱，我可以去跳舞，交际，到最
文明而热闹的地方去。钱使人有生趣，有身份，有实际的
利益。我想象着结婚时的热闹与体面，婚后的娱乐与幸福，
我的一生是在阳光下，永远不会有一小片黑云。我甚至于
迷信了一些，觉得父母看宪书，择婚日，都是善意的，婚
仪虽是新式的，可是择个吉日吉时也并没什么可反对的。
他们是尽其所能的使我吉利顺当。我预备了一件红小袄，
到婚期好穿在里面，以免身上太素淡了。

　　不能不承认我精明，我做对了！我的丈夫是个顶有身
份，顶有财产，顶体面，而且顶有道德的人。他很精明，
可是不肯自由结婚。他是少年老成，事业是新的，思想是
新的，而愿意保守着旧道德。他的婚姻必须经过父母之命，
媒妁之言，他要给胡闹的青年们立个好榜样，要挽回整个
社会道德的堕落。他是二十世纪的孔孟，我们的结婚相片

在各报纸上刊出来，差不多都有一些评论，说我们俩是挽救颓风的一对天使！我在良心上有点害羞了，我曾想过奋斗呢！曾经要求过爱的自由呢！幸而我转变的那么快，不然……

我的快乐增加了我的美丽，我觉得出全身发散着一种新的香味，我胖了一些，而更灵活，大气，我像一只彩凤！可是我并不专为自己的美丽而欣喜，丈夫的光荣也在我身上反映出去，到处我是最体面最有身份最被羡慕的太太。我随便说什么都有人爱听。在作小姐的时候，我的尊傲没有这么足；小姐是一股清泉，太太是一座开满了桃李的山。山是更稳固的，更大样的，更显明的，更有一定的形式与色彩的。我是一座春山，丈夫是阳光，射到山坡上，我腮上的桃花向阳光发笑，那些阳光是我一个人的。

可是我也必得说出来。我的快乐是对于我的光荣的欣赏，我像一朵阳光下的花，花知道什么是快乐吗？除了这点光荣，我必得说，我并没有从心里头感到什么可快活的。我的快活都在我见客人的时候，出门的时候，像只挂着帆，顺风而下的轻舟，在晴天碧海的中间儿。赶到我独自坐定的时候，我觉到点空虚，近于悲哀。我只好不常独自坐定，我把帆老挂起来，有阵风儿我便出去。我必须这样，免得万一我有点不满意的念头。我必须使人知道我快乐，好使人家羡慕我。还有呢，我必须谨慎一点，因为我的丈夫是讲道德的人，我不能得罪他而把他给我的光荣糟蹋了。我的光荣与身份值得用心看守着，可是因此我的快活有时候成为会变动的，像忽晴忽阴的天气，冷暖不定。不过，无论怎么说吧，我必须努力向前；后悔是没意思的，我顶好利用着风力把我的一生光美的度过去；我一开首总算已遇到顺风了，往前走就是了。

以前的事像离我很远了，我没想到能把它们这么快就忘掉。自从结婚那一天我仿佛忽然入了另一个世界，就像在个新地方酣睡似的，猛一睁眼，什么都是新的。及至过了相当时期，我又逐渐的把它们想起来，一个一个的，零散的，像拾起一些散在地上的珠子。赶到我把这些珠子又串起来，它们给我一些形容不出的情感，我不能再把这串珠子挂在项上，拿不出手来了。是的，我的丈夫的道德使我换了一对眼睛，用我这对新眼睛看，我几乎有点后悔从前是那样的狂放了。我纳闷，为什么他——一个社会上的柱石——要娶我呢？难道他不晓得我的行为吗？是，我知道，我的身份家庭足以配得上他，可是他不能不知道在学校里我是个浪漫皇后吧？我不肯问他，不问又难受。我并不怕他，我只是要明白明白。说真的，我不甚明白，他待我很好，可是我不甚明白他。他是个太阳，给我光明，而不使我摸到他。我在人群中，比在他面前更认识他；人们尊敬我，因为他们尊敬他；及至我俩坐在一处，没人提醒我或他的身份，我觉得很渺茫。在报纸上我常见到他的姓名，这个姓名最可爱；坐在他面前，我有时候忘了他是谁。他很客气，有礼貌，每每使我想到他是我的教师或什么保护人，而不是我的丈夫。在这种时节，似有一小片黑云掩住了太阳。

阳光要是常被掩住，春天也可以很阴惨。久而久之，我的快活的热度低降下来。是的，我得到了光荣，身份，丈夫；丈夫，我怎能只要个丈夫呢？我不是应当要个男子么？一个男子，哪怕是个顶粗莽的，打我骂我的男子呢，能把我压碎了，吻死的男子呢！我的丈夫只是个丈夫，他衣冠齐楚，谈吐风雅，是个最体面的杨四郎，或任何戏台上的穿绣袍的角色。他的行止言谈都是戏文儿。我这是一辈子的事呀！可是我不能马上改变态度，"太太"的地位是不好意思随便扔弃了的。不扔弃了吧，我又觉得空虚，生命是多么不易安排的东西呢！当我回到母家，大家是那么恭维我，我简直张不开口说什么。他们为我骄傲，我不能鼻一把泪一把像个受气的媳妇诉委屈，自己泄气。在娘家的时候我是小姐，现在我是姑奶奶，做小姐的时候我厉害，做姑奶奶的更得撑起架子。我母亲待我像个客人，我张不开口说什么。在我丈夫的家里呢，我更不能向谁说什么，我不能和女仆们谈心，我是太太。我什么也别说了，说出去只招人笑话；我的苦处须自己负着。是呀，我满可以冒险去把爱找到，但是我怎么对我母家与我的丈夫呢？我并不为他们生活着，可是我所有的光荣是他们给我的，因为他们给我光荣，我当初才服从他们，现在再反悔似乎不大合适吧？只有一条路给我留着呢，好好的做太太，不要想别的了。这是永远有阳光的一条路。

人到底是肉做的。我年轻，我美，我闲，我应当把自己放在血肉的浓艳的香腻的旋风里，不能呆呆对着镜子，看着自己消灭在冰天雪地里。我应当从各方面丰富自己，我不是个尼姑。这么一想我管不了许多了。况且我若是能小心一点呢——我是有聪明的——或者一切都能得到，而出不了毛病。丈夫给我支持着身份，我自己再找到他所不能给我的，我便是个十全的女子了，这一辈子总算值得！小姐，太太，浪漫，享受，都是我的，都应当是我的；我不再迟疑了，再迟疑便对不起自己。我不害怕，我这是种冒险，牺牲；我怕什么呢？即使出了毛病，也是我吃亏，把我的身份降低，与父母丈夫都无关。自然，我不甘心丢失了身份，但是事情还没做，怎见得结果必定是坏的呢？精明而至于过虑便是愚蠢。饥鹰是不择食的。

我的海上又飘着花瓣了，点点星星暗示着远地的春光。像一只早春的蝴蝶，我顾盼着，寻求着，一些渺茫而又确定的花朵。这使我又想到做学生的时候的自由，愿意重述那种种小风流勾当。可是这次我更热烈一些，我已经在别方面成功，只缺这一样完成我的幸福。这必须得到，不准再落个空。我明白了点肉体需要什么，希望大量的增加，把一朵花完全打开，即使是个雹子也好，假如不能再细腻温柔一些，一朵花在暗中谢了是最可怜的。同时呢，我的身份也使我这次的寻求异于往日的，我须找到个地位比我的丈夫还高的，要快活便得登峰造极，我的爱须在水晶的宫殿里，花儿都是珊瑚。私事儿要做得最光荣，因为我不是平常人。

我预料着这不是什么难事，果然不是什么难事，我有眼光。一个粗莽的，俊美的，像团炸药样的贵人，被我捉住。他要我的一切，他要把我炸碎而后再收拾好，以便重新炸碎。我所缺乏的，一次就全补上了；可是我还需要第二次。我真哭真笑了，他野得像只老虎，使我不能安静。我必须全身颤动着，不论是跟他玩耍，还是与他争闹，我有时候完全把自己忘掉，完全焚烧在烈火里，然后我清醒过来，回味着创痛的甜美，像老兵谈战那样。他能一下子把我掷在天外，一下子又拉回我来贴着他的身。我晕在爱里，迷糊的在生命与死亡之间，梦似的看见全世界都是红花。我这才明白了什么是爱，爱是肉体的，野蛮的，暴力的，生死之间的。

　　这个实在的，可捉摸的爱，使我甚至于敢公开的向我的丈夫挑战了。我知道他的眼睛是尖的，我不怕，在他鼻子底下漂漂亮亮的走出去，去会我的爱人。我感谢他给我的身份，可是我不能不自己找到他所不能给的。我希望点吵闹，把生命更弄得火炽一些；我确是快乐得有点发疯了。奇怪，奇怪，他一声也不出。他仿佛暗示给我——"你做对了！"多么奇怪呢！他是讲道德的人呀！他这个办法减少了好多我的热烈；不吵不闹是多么没趣味呢！不久我就明白了，他升了官，那个贵人的力量。我明白了，他有道德，而缺乏最高的地位，正像我有身份而缺乏恋爱。因为我对自己的充实，而同时也充实了他，他不便言语。我的心反倒凉了，我没希望这个，简直没想到过这个。啊，我明白了，怨不得他这么有道德而娶我这个"皇后"呢，他早就有计划！我软倒在地上，这个真伤了我的心，我原来是个傀儡。我想脱身也不行了，我本打算偷偷的玩一会儿，敢情我得长期的伺候两个男子了。是呀，假如我愿意，我多有些男朋友岂不是可喜的事。我可不能听从别人的指挥。不能像妓女似的那么干，丈夫应当养着妻子，使妻子快乐；不应当利用妻子获得利禄——这不成体统，不是官派儿！

　　我可是想不出好办法来。设若我去质问丈夫，他满可以说："我待你不错，你也得帮助我。"再急了，他简直可以说："干吗当初嫁给我呢？"我辩论不过他。我断绝了那个贵人吧，也不行，贵人是我所喜爱的，我不能因要和丈夫赌气而把我的快乐打断。况且我即使冷淡了他，他很可以找上前来，向我索要他对我丈夫的恩惠的报酬。我已落在陷坑里了。我只好闭着眼混吧。好在呢，我的身份在外表上还是那么高贵，身体上呢，也得到满意的娱乐，算了吧。我只是不满意我的丈夫，他太小看我，把我当作个礼物送出去，我可是想不出办法惩治他。这点不满意，继而一想，可也许能给我更大的自由。我这么想了：他既是仗着我满足他的志愿，而我又没向他反抗，大概他也得明白以后我的行动是自由的了，他不能再管束我。这无论怎说，是公平的吧。好了，我没法惩治他，也不便惩治他了，我自由行动就是了。焉知我自由行动的结果不叫他再高升一步呢！我笑了，这倒是个办法，我又在晴美的阳光中生活着了。

没看见过榕树，可是见过榕树的图。若是那个图是正确的，我想我现在就是株榕树，每一个枝儿都能生根，变成另一株树，而不和老本完全分离开。我是位太太，可是我有许多的枝干，在别处生了根，我自己成了个爱之林。我的丈夫有时候到外面去演讲，提倡道德，我也坐在台上；他讲他的道德，我想我的计划。我觉得这非常的有趣。社会上都知道我的浪漫，可是这并不妨碍他们管我的丈夫叫作道德家。他们尊敬我的丈夫，同时也羡慕我，只要有身份与金钱，干什么也是好的；世界上没有什么对不对，我看出来了。

要是老这么下去，我想倒不错。可是事实老不和理想一致，好像不许人有理想似的。这使我恨这个世界，这个不许我有理想的世界。我的丈夫娶了姨太太。一个讲道德的人可以娶姨太太，嫖窑子；只要不自由恋爱与离婚就不违犯道德律。我早看明白了这个，所以并不因为这点事恨他。我所不放心的是我觉到一阵风，这阵风不好。我觉到我是往下坡路走了。怎么说呢，我想他绝不是为娶小而娶小，他必定另有作用。我已不是他升官发财的唯一工具了。他找来个生力军。假如这个女的能替他谋到更高的差事，我算完了事。我没法跟他吵，他办的名正言顺，娶妾是最正当不过的事。设若我跟他闹，他满可以翻脸无情，剥夺我的自由，他既是已不完全仗着我了。我自幼就想征服世界，啊，我的力量不过如是而已！我看得很清楚，所以不必去招瘪子吃；我不管他，他也别管我，这是顶好的办法。家里坐不住，我出去消遣好了。

哼，我不能不信命运。在外边，我也碰了壁；我最爱的那个贵人不见我了。他另找到了爱人。这比我的丈夫娶妾给我的打击还大。我原来连一个男人也抓不住呀！这几年我相信我和男子要什么都能得到，我是顶聪明的女子。

身份，地位，爱情，金钱，享受，都是我的；啊，现在，现在，这些都顺着手缝往下溜呢！我是老了么？不，我相信我还是很漂亮；服装打扮我也还是时尚的领导者。那么，是我的手段不够？不能呀，设若我的手段不高明，以前怎能有那样的成功呢？我的运气！太阳也有被黑云遮住的时候呀。是，我不要灰心，我将慢慢熬着，把这一步厄运走过去再讲。我不承认失败；只要我不慌，我的心老清楚，自会有办法。

但是，我到底还是做下了最愚蠢的事！在我独自思索的时候，我大概是动了点气。我想到了一篇电影：一个贵家的女郎，经过多少情海的风波，最后嫁了个乡村的平民，而得到顶高的快乐。村外有些小山，山上满是羽样的树叶，随风摆动。他们的小家庭面着山，门外有架蔓玫瑰，她在玫瑰架下作活，身旁坐着个长毛白猫，头儿随着她的手来回的动。他在山前耕作，她有时候放下手中的针线，立起来看看他。他工作回来，她已给预备好顶简单而清净的饭食，猫儿坐在桌上希冀着一点牛奶或肉屑。他们不多说话，可是眼神表现着深情……我忽然想到这个故事，而且借着气劲而想我自己也可以抛弃这一切劳心的事儿，华丽的衣服，而到那个山村去过那简单而甜美的生活。我明知这只是个无聊的故事，可是在生气的时候我信以为真有其事了。我想，只要我能遇到那个多情的少年，我一定不顾一切的跟了他去。这个，使我从记忆中掘出许多旧日的朋友来：他们都干什么呢？我甚至于想起那第一个爱人，那个伴郎，他做什么了？这些人好像已离开许多许多年了，当我想起他们来，他们都有极新鲜的面貌，像一群小孩，像春后的花草，我不由得想再见着他们，他们必至少能打开我的寂寞与悲哀，必能给生命一个新的转变。我想他们，好像想起幼年所喜吃的一件食物，如若能得到它，我必定能把青春再唤回来一些。想到这儿，我没再思索一下，便出去找他们了，即使找不到他们，找个与他们相似的也行；我要尝尝生命的另一方面，可以说是生命的素淡方面吧，我已吃腻了山珍海味。

我找到一个旧日的同学，虽然不是乡村的少年，可已经合乎我的理想了。他有个入钱不多的职业，他温柔，和蔼，亲热，绝不像我日常所接触的男人。他领我入了另一世界，像是厌恶了跳舞场，而逛一回植物园那样新鲜有趣。他很小心，不敢和我太亲热了；同时我看出来，他也有点得意，好像穷人拾着一两块钱似的。我呢，也不愿太和他亲近了，只是拿他当一碟儿素菜，换换口味。可是，呕，我的愚蠢！这被我的丈夫看见了！他拿出我以为他绝不会的厉害来。我给他丢了脸，他说！我明白他的意思：我们阔人尽管乱七八糟，可是得有个范围；同等的人彼此可以交往，这个圈必得划清楚了！我犯了不可赦的罪过。

　　我失去了自由。遇到必须出头的时候，他把我带出去；用不着我的时候，他把我关在屋里。在大众面前，我还是太太；没人看着的时节，我是个囚犯。我开始学会了哭，以前没想到过我也会有哭的机会。可是哭有什么用呢！我得想主意。主意多了，最好的似乎是逃跑：放下一切，到村间或小城市去享受，像那个电影中玫瑰架下的女郎。可是，再一想，我怎能到那里去享受呢？我什么也不会呀！没有仆人，我连饭也吃不上，叫我逃跑，我也跑不了啊！

　　有了，离婚！离婚，和他要供给，那就没有可怕的了。脱离了他，而手中有钱，我的将来完全在自己的手中，爱怎着便可以怎着。想到这里，我马上办起来，看守我的仆人受了贿赂，给我找来律师。呕，我的糊涂！状子递上去了，报纸上宣扬起来，我的丈夫登时从最高的地方堕下来。他是提倡旧道德的人呀，我怎会忘了呢？离婚！呕！别的都不能打倒他，只有离婚！只有离婚！他所认识的贵人们，马上变了态度，不认识了他，也不认识了我。和我有过关系的人，一点也不责备我与他们的关系，现在恨起我来，我什么不可以做，单单必得离婚呢？我的母家与我断绝了关系。官司没有打，我的丈夫变成了个平民，官司也无须再打了，我丢了一切。假如我没有这一个举动，失了自由，而到底失不了身份啊，现在我什么也没有了。

　　事情还不止于此呢。我的丈夫倒下来，墙倒人推，大家开始控告他的劣迹了。贵人们看着他冷笑，没人来帮忙。我们的财产，到诉讼完结以后，已剩了不多。我还是不到三十岁的人哪，后半辈子怎么过呢？太阳不会再照着我了！我这样聪明，这样努力，结果竟会是这样，谁能相信呢！谁能想到呢！坐定了，我如同看着另一个人的样子，把我自己简略的，从实的，客观的，描写下来。有志的女郎们呀，看了我，你将知道怎样维持住你的身份，你宁可失了自由，也别弃掉你的身份。自由不会给你饭吃，控告了你的丈夫便是拆了你的粮库！我的将来只有回想过去的光荣，我失去了明天的阳光！

月牙儿

一

是的，我又看见月牙儿了，带着点寒气的一钩儿浅金。多少次了，我看见跟现在这个月牙儿一样的月牙儿；多少次了。它带着种种不同的感情，种种不同的景物，当我坐定了看它，它一次一次地在我记忆中的碧云上斜挂着。它唤醒了我的记忆，像一阵晚风吹破一朵欲睡的花。

二

那第一次，带着寒气的月牙儿确是带着寒气。它第一次在我的云中是酸苦，它那一点点微弱的浅金光儿照着我的泪。那时候我也不过是七岁吧，一个穿着短红棉袄的小姑娘。戴着妈妈给我缝的一顶小帽儿，蓝布的，上面印着小小的花，我记得。我倚着那间小屋的门垛，看着月牙儿。屋里是药味，烟味，妈妈的眼泪，爸爸的病；我独自在台阶上看着月牙，没人招呼我，没人顾得给我做晚饭。我晓得屋里的惨凄，因为大家说爸爸的病……可是我更感觉自己的悲惨，我冷，饿，没人理我。一直的我立到月牙儿落下去。什么也没有了，我不能不哭。可是我的哭声被妈妈的压下去；爸，不出声了，面上蒙了块白布。我要掀开白布，再看看爸，可是我不敢。屋里只是那么点点地方，都被爸占了去。妈妈穿上白衣，我的红袄上也罩了个没缝襟边的白袍，我记得，因为不断地撕扯襟边上的白丝儿。大家都很忙，嚷嚷的声儿很高，哭得很恸，可是事情并不多，也似乎值不得嚷：爸爸就装入那么一个四块薄板的棺材里，到处都是缝子。然后，五六个人把他抬了走。妈和我在后边哭。我记得爸，记得爸的木匣。那个木匣结束了爸的一切：每逢我想起爸来，我就想到非打开那个木匣不能见着他。但是，那木匣是深深地埋在地里，我明知在城外哪个地方埋着它，可又像落在地上的一个雨点，似乎永难找到。

三

妈和我还穿着白袍，我又看见了月牙儿。那是个冷天，妈妈带我出城去看爸的坟。妈拿着很薄很薄的一罗儿纸。妈那天对我特别的好，我走不动便背我一程，到城门上还给我买了一些炒栗子。什么都是凉的，只有这些栗子是热的；我舍不得吃，用它们热我的手。走了多远，我记不清了，总该是很远很远吧。在爸出殡的那天，我似乎没觉得这么远，或者是因为那天人多；这次只是我们娘儿俩，妈不说话，我也懒得出声，什么都是静寂的；那些黄土路静寂得没有头儿。天是短的，我记得那个坟：小小的一堆儿土，远处有一些高土岗儿，太阳在黄土岗儿上头斜着。妈妈似乎顾不得得我了，把我放在一旁，抱着坟头儿去哭。我坐在坟头的旁边，弄着手里那几个栗子。妈哭了一阵，把那点纸焚化了，一些纸灰在我眼前卷成一两个旋儿，而后懒懒地落在地上；风很小，可是很够冷的。妈妈又哭起来。我也想爸，可是我不想哭他；我倒是为妈妈哭得可怜而也落了泪。过去拉住妈妈的手："妈不哭！不哭！"妈妈哭得更恸了。她把我搂在怀里。眼看太阳就落下去，四外没有一个人，只有我们娘儿俩。妈似乎也有点怕了，含着泪，扯起我就走，走出老远，她回头看了看，我也转过身去：爸的坟已经辨不清了；土岗的这边都是坟头，一小堆一小堆，一直摆到土岗底下。妈妈叹了口气。我们紧走慢走，还没有走到城门，我看见了月牙儿。四外漆黑，没有声音，只有月牙儿放出一道儿冷光。我乏了，妈妈抱起我来。怎样进的城，我就不知道了，只记得迷迷糊糊的天上有个月牙儿。

四

　　刚八岁，我已经学会了去当东西。我知道，若是当不来钱，我们娘儿俩就不要吃晚饭；因为妈妈但凡有点主意，也不肯叫我去。我准知道她每逢交给我个小包，锅里必是连一点粥底儿也看不见了。我们的锅有时干净得像个体面的寡妇。这一天，我拿的是一面镜子。只有这件东西似乎是不必要的，虽然妈妈天天得用它。这是个春天，我们的棉衣都刚脱下来就入了当铺。我拿着这面镜子，我知道怎样小心，小心而且要走得快，当铺是老早就上门的。我怕当铺的那个大红门，那个大高长柜台。一看见那个门，我就心跳。可是我必须进去，似乎是爬进去，那个高门坎儿是那么高。我得用尽了力量，递上我的东西，还得喊："当当！"得了钱和当票，我知道怎样小心的拿着，快快回家，晓得妈妈不放心。可是这一次，当铺不要这面镜子，告诉我再添一号来。我懂得什么叫"一号"。把镜子搂在胸前，我拼命的往家跑。妈妈哭了，她找不到第二件东西。我在那间小屋住惯了，总以为东西不少；及至帮着妈妈一找可当的衣物，我的小心里才明白过来，我们的东西很少，很少。妈妈不叫我去了。可是"妈妈咱们吃什么呢"？妈妈哭着递给我她头上的银簪——只有这一件东西是银的。我知道，她拔下过来几回，都没肯交给我去当。这是妈妈出门子时，姥姥家给的一件首饰。现在，她把这么一件银器给了我，叫我把镜子放下。我尽了我的力量赶回当铺，那可怕的大门已经严严地关好了。我坐在那门墩上，握着那根银簪。不敢高声地哭，我看着天，啊，又是月牙儿照着我的眼泪！哭了好久，妈妈在黑影中来了，她拉住了我的手，呕，多么热的手，我忘了一切的苦处，连饿也忘了，只要有妈妈这只热手拉着我就好。我抽抽搭搭地说："妈！咱们回家睡觉吧。明儿早上再来！"妈一声没出。又走了一会儿："妈！你看这个月牙；爸死的那天，它就是这么歪歪着。为什么她老这么斜着呢？"妈还是一声没出，她的手有点颤。

五

妈妈整天地给人家洗衣裳。我老想帮助妈妈，可是插不上手。我只好等着妈妈，非到她完了事，我不去睡。有时月牙儿已经上来，她还哼哧哼哧地洗。那些臭袜子，硬牛皮似的，都是铺子里的伙计们送来的。妈妈洗完这些"牛皮"就吃不下饭去。我坐在她旁边，看着月牙，蝙蝠专会在那条光儿底下穿过来穿过去，像银线上穿着个大菱角，极快地又掉到暗处去。我越可怜妈妈，便越爱这个月牙，因为看着它，使我心中痛快一点。它在夏天更可爱，它老有那么点凉气，像一条冰似的。我爱它给地上的那点小影子，一会儿就没了；迷迷糊糊的不甚清楚，及至影子没了，地上就特别的黑，星也特别的亮，花也特别的香——我们的邻居有许多花木，那棵高高的洋槐总把花儿落到我们这边来，像一层雪似的。

六

妈妈的手起了层鳞，叫她给搓搓背顶解痒痒了。可是我不敢常劳动她，她的手是洗粗了的。她瘦，被臭袜子熏得常不吃饭。我知道妈妈要想主意了，我知道。她常把衣裳推到一边，愣着。她和自己说话。她想什么主意呢？我可是猜不着。

妈妈嘱咐我不叫我别扭，要乖乖地叫"爸"：她又给我找到一个爸。这是另一个爸，我知道，因为坟里已经埋好一个爸了。妈嘱咐我的时候，眼睛看着别处。她含着泪说："不能叫你饿死！"呕，是因为不饿死我，妈才另给我找了个爸！我不明白多少事，我有点怕，又有点希望——果然不再挨饿的话。多么凑巧呢，离开我们那间小屋的时候，天上又挂着月牙。这次的月牙比哪一回都清楚，都可怕；我是要离开这住惯了的小屋了。妈坐了一乘红轿，前面还有几个鼓手，吹打得一点也不好听。轿在前边走，我和一个男人在后边跟着，他拉着我的手。那可怕的月牙放着一点光，仿佛在凉风里颤动。街上没有什么人，只有些野狗追着鼓手们咬；轿子走得很快。上哪去呢？是不是把妈抬到城外去，抬到坟地去？那个男人扯着我走，我喘不过气来，要哭都哭不出来。那男人的手心出了汗，凉得像个鱼似的，我要喊"妈"，可是不敢。一会儿，月牙像个要闭上的一道大眼缝，轿子进了个小巷。

我在三四年里似乎没再看见月牙。新爸对我们很好，他有两间屋子，他和妈住在里间，我在外间睡铺板。我起初还想跟妈妈睡，可是几天之后，我反倒爱"我的"小屋了。屋里有白白的墙，还有条长桌，一把椅子。这似乎都是我的。我的被子也比从前的厚实暖和了。妈妈也渐渐胖了点，脸上有了红色，手上的那层鳞也慢慢掉净。我好久没去当当了。新爸叫我去上学。有时候他还跟我玩一会儿。我不知道为什么不爱叫他"爸"，虽然我知道他很可爱。他似乎也知道这个，他常常对我那么一笑；笑的时候他有很好看的眼睛。可是妈妈偷告诉我叫爸，我也不愿十分的别扭。我心中明白，妈和我现在是有吃有喝的，都因为有这个爸，我明白。是的，在这三四年里我想不起曾经看见过月牙儿；也许是看见过而不大记得了。爸死时那个月牙，妈轿子前面那个月牙，我永远忘不了。那一点点光，那一点寒气，老在我心中，比什么都亮，都清凉，像块玉似的，有时候想起来仿佛能用手摸到似的。

九

我很爱上学。我老觉得学校里有不少的花，其实并没有；只是一想起学校就想到花罢了，正像一想起爸的坟就想起城外的月牙儿——在野外的小风里歪歪着。妈妈是很爱花的，虽然买不起，可是有人送给她一朵，她就顶喜欢地戴在头上。我有机会便给她折一两朵来；戴上朵鲜花，妈的后影还很年轻似的。妈喜欢，我也喜欢。在学校里我也很喜欢。也许因为这个，我想起学校便想起花来？

十

当我要在小学毕业那年，妈又叫我去当当了。我不知道为什么新爸忽然走了。他上了哪儿，妈似乎也不晓得。妈妈还叫我上学，她想爸不久就会回来的。他许多日子没回来，连封信也没有。我想妈又该洗臭袜子了，这使我极难受。可是妈妈并没这么打算。她还打扮着，还爱戴花；奇怪！她不落泪，反倒好笑；为什么呢？我不明白！好几次，我下学来，看她在门口儿立着。又隔了不久，我在路上走，有人"嗨"了我了："嗨！给你妈捎个信儿去！""嗨！你卖不卖呀？小嫩的！"我的脸红得冒出火来，把头低得无可再低。我明白，只是没办法。我不能问妈妈，不能。她对我很好，而且有时候极郑重地说我："念书！念书！"妈是不识字的，为什么这样催我念书呢？我疑心；又常由疑心而想到妈是为我才做那样的事。妈是没有更好的办法。疑心的时候，我恨不能骂妈妈一顿。再一想，我要抱住她，央告她不要再做那个事。我恨自己不能帮助妈妈。所以我也想到：我在小学毕业后又有什么用呢？我和同学们打听过了，有的告诉我，去年毕业的有好几个做姨太太的。有的告诉我，谁当了暗门子。我不大懂这些事，可是由她们的说法，我猜到这不是好事。她们似乎什么都知道，也爱偷偷地谈论她们明知是不正当的事——这些事叫她们的脸红红的而显出得意。我更疑心妈妈了，是不是等我毕业好去做……这么一想，有时候我不敢回家，我怕见妈妈。妈妈有时候给我点心钱，我不肯花，饿着肚子去上体操，常常要晕过去。看着别人吃点心，多么香甜呢！可是我得省着钱，万一妈妈叫我去……我可以跑，假如我手中有钱。我最阔的时候，手中有一毛多钱！在这些时候，即使在白天，我也有时望一望天上，找我的月牙儿呢。我心中的苦处假若可以用个形状比喻起来，必是个月牙儿形的。它无倚无靠的在灰蓝的天上挂着，光儿微弱，不大会儿便被黑暗包住。

十一

叫我最难过的是我慢慢地学会了恨妈妈。可是每当我恨她的时候，我不知不觉地便想起她背着我上坟的光景。

想到了这个，我不能恨她了。我又非恨她不可。我的心像——还是像那个月牙儿，只能亮那么一会儿，而黑暗是无限的。妈妈的屋里常有男人来了，她不再躲避着我。他们的眼像狗似地看着我，舌头吐着，垂着涎。我在他们的眼中是更解馋的，我看出来。在很短的期间，我忽然明白了许多的事。我知道我得保护自己，我觉出我身上好像有什么可贵的地方，我闻得出我已有一种什么味道，使我自己害羞，多感。我身上有了些力量，可以保护自己，也可以毁了自己。我有时很硬气，有时候很软。我不知怎样好。我愿爱妈妈，这时候我有好些必要问妈妈的事，需要妈妈的安慰；可是正在这个时候，我得躲着她，我得恨她；要不然我自己便不存在了。当我睡不着的时节，我很冷静地思索，妈妈是可原谅的。她得顾我们俩的嘴。可是这个又使我要拒绝再吃她给我的饭菜。我的心就这么忽冷忽热，像冬天的风，休息一会儿，刮得更要猛；我静候着我的怒气冲来，没法儿止住。

十二

事情不容我想好方法就变得更坏了。妈妈问我："怎样？"假若我真爱她呢，妈妈说，我应该帮助她。不然呢，她不能再管我了。这不像妈妈能说得出的话，但是她确是这么说了。她说得很清楚："我已经快老了，再过两年，想白叫人要也没人要了！"这是对的，妈妈近来擦许多的粉，脸上还露出褶子来。她要再走一步，去专伺候一个男人。她的精神来不及伺候许多男人了。为她自己想，这时候能有人要她——是个馒头铺掌柜的愿要她——她该马上就走。可是我已经是个大姑娘了，不像小时候那样容易跟在妈妈轿后走过去了。我得打主意安置自己。假若我愿意"帮助"妈妈呢，她可以不再走这一步，而由我代替她挣钱。代她挣钱，我真愿意；可是那个挣钱方法叫我哆嗦。我知道什么呢，叫我像个半老的妇人那样去挣钱?! 妈妈的心是狠的，可是钱更狠。妈妈不逼着我走哪条路，她叫我自己挑选——帮助她，或是我们娘儿俩各走各的。妈妈的眼没有泪，早就干了。我怎么办呢？

十三

我对校长说了。校长是个四十多岁的妇人，胖胖的，不很精明，可是心热。我是真没了主意，要不然我怎会开口述说妈妈的……我并没和校长亲近过。当我对她说的时候，每个字都像烧红了的煤球烫着我的喉，我哑了，半天才能吐出一个字。校长愿意帮助我。她不能给我钱，只能供给我两顿饭和住处——就住在学校和个老女仆做伴儿。她叫我帮助文书写写字，可是不必马上就这么办，因为我的字还需要练习。两顿饭，一个住处，解决了天大的问题。

我可以不连累妈妈了。妈妈这回连轿也没坐，只坐了辆洋车，摸着黑走了。我的铺盖，她给了我。临走的时候，妈妈挣扎着不哭，可是心底下的泪到底翻上来了。她知道我不能再找她去，她的亲女儿。我呢，我连哭都忘了怎么哭了，我只咧着嘴抽搭，泪蒙住了我的脸。我是她的女儿、朋友、安慰。但是我帮助不了她，除非我得做那种我决不肯做的事。在事后一想，我们娘儿俩就像两个没人管的狗，为我们的嘴，我们得受着一切的苦处，好像我们身上没有别的，只有一张嘴。为这张嘴，我们得把其余一切的东西都卖了。我不恨妈妈了，我明白了。不是妈妈的毛病，也不是不该长那张嘴，是粮食的毛病，凭什么没有我们的吃食呢？这个别离，把过去一切的苦楚都压过去了。那最明白我的眼泪怎流的月牙这回会没出来，这回只有黑暗，连点萤火的光也没有。妈妈就在暗中像个活鬼似的走了，连个影子也没有。即使她马上死了，恐怕也不会和爸埋在一处了，我连她将来的坟在哪里都不会知道。我只有这么个妈妈，朋友。我的世界里剩下我自己。

十四

妈妈永不能相见了，爱死在我心里，像被霜打了的春花。我用心地练字，为是能帮助校长抄抄写写些不要紧的东西。我必须有用，我是吃着别人的饭。我不像那些女同学，她们一天到晚注意别人，别人吃了什么，穿了什么，说了什么；我老注意我自己，我的影子是我的朋友。"我"老在我的心上，因为没人爱我。我爱我自己，可怜我自己，鼓励我自己，责备我自己；我知道我自己，仿佛我是另一个人似的。我身上有一点变化都使我害怕，使我欢喜，使我莫名其妙。我在我自己手中拿着，像捧着一朵娇嫩的花。我只能顾目前，没有将来，也不敢深想。嚼着人家的饭，我知道那是晌午或晚上了，要不然我简直想不起时间来；没有希望，就没有时间。我好像钉在个没有日月的地方。想起妈妈，我晓得我曾经活了十几年。对将来，我不像同学们那样盼望放假，过节，过年；假期，节，年，跟我有什么关系呢？可是我的身体是往大了长呢，我觉得出。觉出我又长大了一些，我更渺茫，我不放心我自己。我越往大了长，我越觉得自己好看，这是一点安慰；美使我抬高了自己的身份。可是我根本没身份，安慰是先甜后苦的，苦到末了又使我自傲。穷，可是好看呢！这又使我怕：妈妈也是不难看的。

十五

我又老没看月牙了，不敢去看，虽然想看。我已毕了业，还在学校里住着。晚上，学校里只有两个老仆人，一男一女。他们不知怎样对待我好，我既不是学生，也不是先生，又不是仆人，可有点像仆人。晚上，我一个人在院中走，常被月牙给赶进屋来，我没有胆子去看它。可是在屋里，我会想象它是什么样，特别是在有点小风的时候。微风仿佛会给那点微光吹到我的心上来，使我想起过去，更加重了眼前的悲哀。我的心就好像在月光下的蝙蝠，虽然是在光的下面，可是自己是黑的；黑的东西，即使会飞，也还是黑的，我没有希望。我可是不哭，我只常皱着眉。

十六

我有了点进款：给学生织些东西，她们给我点工钱。校长允许我这么办。可是进不了许多，因为她们也会织。不过她们自己急于要用，而赶不来，或是给家中人打双手套或袜子，才来照顾我。虽然是这样，我的心似乎活了一点，我甚至想到：假若妈妈不走那一步，我是可以养活她的。一数我那点钱，我就知道这是梦想，可是这么想使我舒服一点。我很想看看妈妈。假若她看见我，她必能跟我来，我们能有方法活着，我想——可是不十分相信。我想妈妈，她常到我的梦中来。有一天，我跟着学生们去到城外旅行，回来的时候已经是下午四点多了。为是快点回来，我们抄了个小道。我看见了妈妈！在个小胡同里有一家卖馒头的，门口放着个元宝筐，筐上插着个顶大的白木头馒头。顺着墙坐着妈妈，身儿一仰一弯地拉风箱呢。从老远我就看见了那个大木馒头与妈妈，我认识她的后影。我要过去抱住她。可是我不敢，我怕学生们笑话我，她们不许我有这样的妈妈。越走越近了，我的头低下去，从泪中看了她一眼，她没看见我。我们一群人擦着她的身子走过去，她好像是什么也没看见，专心地拉她的风箱。走出老远，我回头看了看，她还在那儿拉呢。我看不清她的脸，只看到她的头发在额上披散着点。我记住这个小胡同的名儿。

十七

像有个小虫在心中咬我似的，我想去看妈妈，非看见她我心中不能安静。正在这个时候，学校换了校长。胖校长告诉我得打主意，她在这儿一天便有我一天的饭食与住处，可是她不能保险新校长也这么办。我数了数我的钱，一共是两块七毛零几个铜子。这几个钱不会叫我在最近的几天中挨饿，可是我上哪儿呢？我不敢坐在那儿呆呆地发愁，我得想主意。找妈妈去是第一个念头。可是她能收留我吗？假若她不能收留我，而我找了她去，即使不能引起她与那个卖馒头的吵闹，她也必定很难过。我得为她想，她是我的妈妈，又不是我的妈妈，我们母女之间隔着一层用穷做成的障碍。想来想去，我不肯找她去了。我应当自己担着自己的苦处。可是怎么担着自己的苦处呢？我想不起。我觉得世界很小，没有安置我与我的小铺盖卷的地方。

我还不如一条狗，狗有个地方便可以躺下睡；街上不准我躺着。是的，我是人，人可以不如狗。假若我扯着脸不走，焉知新校长不往外撵我呢？我不能等着人家往外推。这是个春天。我只看见花儿开了，叶儿绿了，而觉不到一点暖气。红的花只是红的花，绿的叶只是绿的叶，我看见些不同的颜色，只是一点颜色；这些颜色没有任何意义，春在我的心中是个凉的死的东西。我不肯哭，可是泪自己往下流。

十八

我出去找事了。不找妈妈，不依赖任何人，我要自己挣饭吃。走了整整两天，抱着希望出去，带着尘土与眼泪回来。没有事情给我做。我这才真明白了妈妈，真原谅了妈妈。妈妈还洗过臭袜子，我连这个都做不上。妈妈所走的路是唯一的。学校里教给我的本事与道德都是笑话，都是吃饱了没事时的玩艺。同学们不准我有那样的妈妈，她们笑话暗门子；是的，她们得这样看，她们有饭吃。我差不多要决定了：只要有人给我饭吃，什么我也肯干；妈妈是可佩服的。我才不去死，虽然想到过；不，我要活着。我年轻，我好看，我要活着。羞耻不是我造出来的。

十九

这么一想，我好像已经找到了事似的。我敢在院中走

了，一个春天的月牙在天上挂着。我看出它的美来。天是
暗蓝的，没有一点云。那个月牙清亮而温柔，把一些软光
儿轻轻送到柳枝上。院中有点小风，带着南边的花香，把
柳条的影子吹到墙角有光的地方来，又吹到无光的地方去；
光不强，影儿不重，风微微地吹，都是温柔，什么都有点
睡意，可又要轻软地活动着。月牙下边，柳梢上面，有一
对星儿好像微笑的仙女的眼，逗着那歪歪的月牙和那轻摆
的柳枝。墙那边有棵什么树，开满了白花，月的微光把这
团雪照成一半儿白亮，一半儿略带点灰影，显出难以想到
的纯净。这个月牙是希望的开始，我心里说。

二十

我又找了胖校长去，她没在家。一个青年把我让进去。
他很体面，也很和气。我平素很怕男人，但是这个青年不
叫我怕他。他叫我说什么，我便不好意思不说；他那么一
笑，我心里就软了。我把找校长的意思对他说了，他很热
心，答应帮助我。当天晚上，他给我送了两块钱来，我不
肯收，他说这是他婶母——胖校长——给我的。他并且说
他的婶母已经给我找好了地方住，第二天就可以搬过去。
我要怀疑，可是不敢。他的笑脸好像笑到我的心里去。我
觉得我要疑心便对不起人，他是那么温和可爱。

二十一

　　他的笑唇在我的脸上，从他的头发上我看着那也在微笑的月牙。春风像醉了，吹破了春云，露出月牙与一两对儿春星。河岸上的柳枝轻摆，春蛙唱着恋歌，嫩蒲的香味散在春晚的暖气里。我听着水流，像给嫩蒲一些生力，我想象着蒲梗轻快地往高里长。小蒲公英在潮暖的地上生长。什么都在溶化着春的力量，然后放出一些香味来。我忘了自己，我没了自己，像化在了那点春风与月的微光中。月儿忽然被云掩住，我想起来自己。我失去那个月牙儿，也失去了自己，我和妈妈一样了！

二十二

　　我后悔，我自慰，我要哭，我喜欢，我不知道怎样好。我要跑开，永不再见他；我又想他，我寂寞。两间小屋，只有我一个人，他每天晚上来。他永远俊美，老那么温和。他供给我吃喝，还给我做了几件新衣。穿上新衣，我自己看出我的美。可是我也恨这些衣服，又舍不得脱去。我不敢思想，也懒得思想，我迷迷糊糊的，腮上老有那么两块红。我懒得打扮，又不能不打扮，太闲在了，总得找点事做。打扮的时候，我怜爱自己；打扮完了，我恨自己。我的泪很容易下来，可是我设法不哭，眼终日老那么湿润润的，可爱。我有时候疯了似的吻他，然后把他推开，甚至于破口骂他；他老笑。

二十三

我早知道，我没希望；一点云便能把月牙遮住，我的将来是黑暗。果然，没有多久，春便变成了夏，我的春梦做到了头儿。有一天，也就是刚晌午吧，来了一个少妇。她很美，可是美得不玲珑，像个瓷人儿似的。她进到屋中就哭了。不用问，我已明白了。看她那个样儿，她不想跟我吵闹，我更没预备着跟她冲突。她是个老实人。她哭，可是拉住我的手："他骗了咱们俩！"她说。我以为她也只是个"爱人"。不，她是他的妻。她不跟我闹，只口口声声的说："你放了他吧！"我不知怎么才好，我可怜这个少妇。我答应了她。她笑了。看她这个样儿，我以为她是缺个心眼，她似乎什么也不懂，只知道要她的丈夫。

二十四

我在街上走了半天。很容易答应那个少妇呀，可是我怎么办呢？他给我的那些东西，我不愿意要；既然要离开他，便一刀两断。可是，放下那点东西，我还有什么呢？我上哪儿呢？我怎么能当天就有饭吃呢？好吧，我得要那些东西，无法。我偷偷地搬了走。我不后悔，只觉得空虚，像一片云那样的无倚无靠。搬到一间小屋里，我睡了一天。

二十五

我知道怎样俭省，自幼就晓得钱是好的。凑合着手里还有那点钱，我想马上去找个事。这样，我虽然不希望什么，或者也不会有危险了。事情可是并不因我长了一两岁而容易找到。我很坚决，这并无济于事，只觉得应当如此罢了。妇女挣钱怎这么不容易呢！妈妈是对的，妇人只有一条路走，就是妈妈所走的路。我不肯马上就往那么走，可是知道它在不很远的地方等着我呢。我越挣扎，心中越害怕。我的希望是初月的光，一会儿就要消失。一两个星期过去了，希望越来越小。最后，我去和一排年轻的姑娘们在小饭馆受选阅。很小的一个饭馆，很大的一个老板；我们这群都不难看，都是高小毕业的少女们，等皇赏似的，等着那个破塔似的老板挑选。他选了我。我不感谢他，可是当时确有点痛快。那群女孩子们似乎很羡慕我，有的竟自含着泪走去，有的骂声"妈的!"女人够多么不值钱呢！

二十六

我成了小饭馆的第二号女招待。摆菜、端菜、算账、报菜名，我都不在行。我有点害怕。可是"第一号"告诉我不用着急，她也都不会。她说，小顺管一切的事；我们当招待的只要给客人倒茶，递手巾把，和拿账条；别的不用管。奇怪！"第一号"的袖口卷起来很高，袖口的白里子上连一个污点也没有。腕上放着一块白丝手绢，绣着"妹妹我爱你"。她一天到晚往脸上拍粉，嘴唇抹得血瓢似的。给客人点烟的时候，她的膝往人家腿上倚；还给客人斟酒，有时候她自己也喝了一口。对于客人，有的她伺候得非常的周到；有的她连理也不理，她会把眼皮一耷拉，假装没看见。她不招待的，我只好去。我怕男人。我那点经验叫我明白了些，什么爱不爱的，反正男人可怕。特别是在饭馆吃饭的男人们，他们假装义气，打架似的让座让账；他们拼命的猜拳，喝酒；他们野兽似的吞吃，他们不必要而故意地挑剔毛病，骂人。我低头递茶递手巾，我的脸发烧。客人们故意地和我说东说西，招我笑；我没心思说笑。晚上九点多钟完了事，我非常的疲乏了。到了我的小屋，连衣裳没脱，我一直地睡到天亮。醒来，我心中高兴了一些，我现在是自食其力，用我的劳力自己挣饭吃。我很早的就去上工。

二十七

"第一号"九点多才来，我已经去了两点多钟。她看不起我，可也并非完全恶意地教训我："不用那么早来，谁八点来吃饭？告诉你，丧气鬼，把脸别耷拉得那么长；你是女跑堂的，没让你在这儿送殡玩。低着头，没人多给酒钱；你干什么来了？不为挣子儿吗？你的领子太矮，咱这行全得弄高领子，绸子手绢，人家认这个！"我知道她是好意，我也知道设若我不肯笑，她也得吃亏，少分酒钱；小账是大家平分的。我也并非看不起她，从一方面看，我实在佩服她，她是为挣钱。妇女挣钱就得这么着，没第二条路。但是，我不肯学她。我仿佛看得很清楚：有朝一日，我得比她还开通，才能挣上饭吃。可是那得到了山穷水尽的时候；"万不得已"老在那儿等我们女人，我只能叫它多等几天。这叫我咬牙切齿，叫我心中冒火，可是妇女的命运不在自己手里。又干了三天，那个大掌柜的下了警告：再试我两天，我要是愿意往长了干呢，得照"第一号"那么办。"第一号"一半嘲弄，一半劝告的说："已经有人打听你，干吗藏着乖的卖傻的呢？咱们谁不知道谁是怎着？女招待嫁银行经理的，有的是；你当是咱们低贱呢？闯开脸儿干呀，咱们也他妈的坐几天汽车！"这个，逼上我的气来，我问她："你什么时候坐汽车？"她把红嘴唇撇得要掉下去："不用你耍嘴皮子，干什么说什么；天生下来的香屁股，还不会干这个呢！"我干不了，拿了一块另五分钱，我回了家。

二十八

最后的黑影又向我迈了一步。为躲它，就更走近了它。我不后悔丢了那个事，可我也真怕那个黑影。把自己卖给一个人，我会。自从那回事儿，我很明白了些男女之间的关系。女人把自己放松一些，男人闻着味儿就来了。他所要的是肉，他发散了兽力，你便暂时有吃有穿；然后他也许打你骂你，或者停止了你的供给。女人就这么卖了自己，有时候还很得意，我曾经觉到得意。在得意的时候说的净是一些天上的话；过了会儿，你觉得身上的疼痛与丧气。不过，卖给一个男人，还可以说些天上的话；卖给大家，连这些也没法说了，妈妈就没说过这样的话。怕的程度不同，我没法接受"第一号"的劝告；"一个"男人到底使我少怕一点。可是，我并不想卖我自己。我并不需要男人，我还不到二十岁。我当初以为跟男人在一块儿必定有趣，谁知道到了一块他就要求那个我所害怕的事。是的，那时候我像把自己交给了春风，任凭人家摆布；过后一想，他是利用我的无知，畅快他自己。他的甜言蜜语使我走入梦里；醒过来，不过是一个梦，一些空虚；我得到的是两顿饭，几件衣服。我不想再这样挣饭吃，饭是实在的，实在地去挣好了。可是，若真挣不上饭吃，女人得承认自己是女人，得卖肉！一个多月，我找不到事做。

二十九

我遇见几个同学，有的升入了中学，有的在家里做姑娘。我不愿理她们，可是一说起话儿来，我觉得我比她们精明。原先，在学校的时候，我比她们傻；现在，她们显着呆傻了。她们似乎还都做梦呢。她们都打扮得很好，像铺子里的货物。她们的眼溜着年轻的男人，心里好像作着爱情的诗。我笑她们。是的，我必定得原谅她们，她们有饭吃，吃饱了当然只好想爱情，男女彼此织成了网，互相捕捉；有钱的，网大一些，捉住几个，然后从容地选择一个。我没有钱，我连个结网的屋角都找不到。我得直接地捉人，或是被捉，我比她们明白一些，实际一些。

三十

有一天，我碰见那个小媳妇，像瓷人似的那个。她拉住了我，倒好像我是她的亲人似的。她有点颠三倒四的样儿。"你是好人！你是好人！我后悔了，"她很诚恳地说，"我后悔了！我叫你放了他，哼，还不如在你手里呢！他又弄了别人，更好了，一去不回头了！"由探问中，我知道她和他也是由恋爱而结的婚，她似乎还很爱他。他又跑了。我可怜这个小妇人，她也是还做着梦，还相信恋爱神圣。我问她现在的情形，她说她得找到他，她得从一而终。要是找不到他呢？我问。她咬上了嘴唇，她有公婆，娘家还有父母，她没有自由，她甚至于羡慕我，我没有人管着。还有人羡慕我，我真要笑了！我有自由，笑话！她有饭吃，我有自由；她没自由，我没饭吃，我俩都是女人。

三十一

自从遇上那个小瓷人，我不想把自己专卖给一个男人了，我决定玩玩了；换句话说，我要"浪漫"地挣饭吃了。我不再为谁负着什么道德责任，我饿。浪漫足以治饿，正如同吃饱了才浪漫，这是个圆圈，从哪儿走都可以。那些女同学与小瓷人都跟我差不多，她们比我多着一点梦想，我比她们更直爽，肚子饿是最大的真理。是的，我开始卖了。把我所有的一点东西都折卖了，做了一身新行头，我的确不难看。我上了市。

三十二

我想我要玩玩，浪漫。啊，我错了。我还是不大明白世故。男人并不像我想的那么容易勾引。我要勾引文明一些的人，要至多只赔上一两个吻。哈哈，人家不上那个当，人家要初次见面便得到便宜。还有呢，人家只请我看电影，或逛逛大街，吃杯冰激凌；我还是饿着肚子回家。所谓文明人，懂得问我在哪儿毕业，家里做什么事。那个态度使我看明白，他若是要你，你得给他相当的好处；你若是没有好处可贡献呢，人家只用一角钱的冰激凌换你一个吻。要卖，得痛痛快快地。我明白了这个。小瓷人们不明白这个。我和妈妈明白，我很想妈了。

三十三

据说有些女人是可以浪漫地挣饭吃，我缺乏资本；也就不必再这样想了。我有了买卖。可是我的房东不许我再住下去，他是讲体面的人。我连瞧他也没瞧，就搬了家，又搬回我妈妈和新爸爸曾经住过的那两间房。这里的人不讲体面，可也更真诚可爱。搬了家以后，我的买卖很不错。连文明人也来了。文明人知道了我是卖，他们是买，就肯来了；这样，他们不吃亏，也不丢身份。初干的时候，我很害怕，因为我还不到二十岁。及至做过了几天，我也就不怕了。多嗜他们像了一摊泥，他们才觉得上了算，他们满意，还替我做义务的宣传。干过了几个月，我明白的事情更多了，差不多每一见面，我就能断定他是怎样的人。有的很有钱，这样的人一开口总是问我的身价，表示他买得起我。他也很嫉妒，总想包了我；逛暗娼他也想独占，因为他有钱。对这样的人，我不大招待。他闹脾气，我不怕，我告诉他，我可以找上他的门去，报告给他的太太。在小学里念了几年书，到底是没白念，他唬不住我。"教育"是有用的，我相信了。有的人呢，来的时候，手里就攥着一块钱，唯恐上了当。对这种人，我跟他细讲条件，他就乖乖地回家去拿钱，很有意思。最可恨的是那些油子，不但不肯花钱，反倒要占点便宜走，什么半盒烟卷呀，什么一小瓶雪花膏呀，他们随手拿去。这种人还是得罪不得，他们在地面上很熟，得罪了他们，他们会叫巡警跟我捣乱。我不得罪他们，我喂着他们；乃至我认识了警官，才一个个地收拾他们。世界就是狼吞虎咽的世界，谁坏谁就占便宜。顶可怜的是那像学生样儿的，袋里装着一块钱，和几十铜子，叮当地直响，鼻子上出着汗。我可怜他们，可是也照常卖给他们。我有什么办法呢！还有老头子呢，都是些规矩人，或者家中已然儿孙成群。对他们，我不知道怎样好；但是我知道他们有钱，想在死前买些快乐，我只好供给他们所需要的。这些经验叫我认识了"钱"与"人"。钱比人更厉害一些，人若是兽，钱就是兽的胆子。

三十四

我发现了我身上有了病。这叫我非常的苦痛，我觉得已经不必活下去了。我休息了，我到街上去走；无目的，乱走。我想去看看妈，她必能给我一些安慰，我想象着自己已是快死的人了。我绕到那个小巷，希望见着妈妈；我想起她在门外拉风箱的样子。馒头铺已经关了门。打听，没人知道搬到哪里去。这使我更坚决了，我非找到妈妈不可。在街上丧胆游魂地走了几天，没有一点用。我疑心她是死了，或是和馒头铺的掌柜的搬到别处去，也许在千里以外。这么一想，我哭起来。我穿好了衣裳，擦上了脂粉，在床上躺着，等死。我相信我会不久就死去的。可是我没

死。门外又敲门了，找我的。好吧，我伺候他，我把病尽
力地传给他。我不觉得这对不起人，这根本不是我的过错。
我又痛快了些，我吸烟，我喝酒，我好像已是三四十岁的
人了。我的眼圈发青，手心发热，我不再管；有钱才能活
着，先吃饱再说别的吧。我吃得并不错，谁肯吃坏的呢！
我必须给自己一点好吃食，一些好衣裳，这样才稍微对得
起自己一点。

三十五

一天早晨，大概有十点来钟吧，我正披着件长袍在屋中
坐着，我听见院中有点脚步声。我十点来钟起来，有时候到
十二点才想穿好衣裳，我近来非常的懒，能披着件衣服呆坐
一两个钟头。我想不起什么，也不愿想什么，就那么独自呆
坐。那点脚步声，向我的门外来了，很轻很慢。不久，我看
见一对眼睛，从门上那块小玻璃向里面看呢。看了一会儿，
躲开了；我懒得动，还在那儿坐着。待了一会儿，那对眼睛
又来了。我再也坐不住，我轻轻的开了门。"妈！"

三十六

我们母女怎么进了屋，我说不上来。哭了多久，也不
大记得。妈妈已老得不像样儿了。她的掌柜的回了老家，
没告诉她，偷偷地走了，没给她留下一个钱。她把那点东

西变卖了，辞退了房，搬到一个大杂院里去。她已找了我半个多月。最后，她想到上这儿来，并没希望找到我，只是碰碰看，可是竟自找到了我。她不敢认我了，要不是我叫她，她也许就又走了。哭完了，我发狂似的笑起来：她找到了女儿，女儿已是个暗娼！她养着我的时候，她得那样；现在轮到我养着她了，我得那样！女人的职业是世袭的，是专门的！

三十七

我希望妈妈给我点安慰。我知道安慰不过是点空话，可是我还希望来自妈妈的口中。妈妈都往往会骗人，我们把妈妈的诓骗叫作安慰。我的妈妈连这个都忘了。她是饿怕了，我不怪她。她开始检点我的东西，问我的进项与花费，似乎一点也不以这种生意为奇怪。我告诉她，我有了病，希望她劝我休息几天。没有；她只说出去给我买药。"我们老干这个吗？"我问她。她没言语。可是从另一方面看，她确是想保护我，心疼我。她给我做饭，问我身上怎样，还常常偷看我，像妈妈看睡着了的小孩那样。只是有一层她不肯说，就是叫我不用再干这行了。我心中很明白——虽然有一点不满意她——除了干这个，还想不到第二个事情做。我们母女得吃得穿——这个决定了一切。什么母女不母女，什么体面不体面，钱是无情的。

三十八

妈妈想照应我，可是她得听着看着人家蹂躏我。我想好好对待她，可是我觉得她有时候讨厌。她什么都要管管，特别是对于钱。她的眼已失去年轻时的光泽，不过看见了钱还能发点光。对于客人，她就自居为仆人，可是当客人给少了钱的时候，她张嘴就骂。这有时候使我很为难。不错，既干这个还不是为钱吗？可是干这个的也似乎不必骂人。我有时候也会慢待人，可是我有我的办法，使客人急不得恼不得。妈妈的方法太笨了，很容易得罪人。看在钱的面上，我们不应当得罪人。我的方法或者出于我还年轻，还幼稚；妈妈便不顾一切的单单站在钱上了，她应当如此，她比我大着好些岁。恐怕再过几年我也就这样了，人老心也跟着老，渐渐老得和钱一样的硬。是的，妈妈不客气。她有时候劈手就抢客人的皮夹，有时候留下人家的帽子或值钱一点的手套与手杖。我很怕闹出事来，可是妈妈说的好："能多弄一个是一个，咱们是拿十年当作一年活着的，等七老八十还有人要咱们吗？"有时候，客人喝醉了，她便把他架出去，找个僻静地方叫他坐下，连他的鞋都拿回来。说也奇怪，这种人倒没有来找账的，想是已人事不知，说不定也许病一大场。或者事过之后，想过滋味，也就不便再来闹了，我们不怕丢人，他们怕。

三十九

妈妈是说对了：我们是拿十年当一年活着。干了二三年，我觉出自己是变了。我的皮肤粗糙了，我的嘴唇老是焦的，我的眼睛里老灰渌渌的带着血丝。我起来的很晚，还觉得精神不够。我觉出这个来，客人们更不是瞎子，熟客渐渐少起来。对于生客，我更努力的伺候，可是也更厌恶他们，有时候我管不住自己的脾气。我暴躁，我胡说，我已经不是我自己了。我的嘴不由得老胡说，似乎是惯了。这样，那些文明人已不多照顾我，因为我丢了那点"小鸟依人"——他们唯一的诗句——的身段与气味。我得和野鸡学了。我打扮得简直不像个人，这才招得动那不文明的人。我的嘴擦得像个红血瓢，我用力咬他们，他们觉得痛快。有时候我似乎已看见我的死，接进一块钱，我仿佛死了一点。钱是延长生命的，我的挣法适得其反。我看着自己死，等着自己死。这么一想，便把别的思想全止住了。不必想了，一天一天地活下去就是了，我的妈妈是我的影子，我至好不过将来变成她那样，卖了一辈子肉，剩下的只是一些白头发与抽绉的黑皮。这就是生命。

四十

我勉强地笑，勉强地疯狂，我的痛苦不是落几个泪所能减除的。我这样的生命是没什么可惜的，可是它到底是个生命，我不愿撒手。况且我所做的并不是我自己的过错。死假如可怕，那只因为活着是可爱的。我决不是怕死的痛苦，我的痛苦久已胜过了死。我爱活着，而不应当这样活着。我想象着一种理想的生活，像做着梦似的；这个梦一会儿就过去了，实际的生活使我更觉得难过。这个世界不是个梦，是真的地狱。妈妈看出我的难过来，她劝我嫁人。嫁人，我有了饭吃，她可以弄一笔养老金。我是她的希望。我嫁谁呢？

四十一

因为接触的男子很多了，我根本已忘了什么是爱。我爱的是我自己，及至我已爱不了自己，我爱别人干什么呢？但是打算出嫁，我得假装说我爱，说我愿意跟他一辈子。我对好几个人都这样说了，还起了誓；没人接受。在钱的管领下，人都很精明。嫖不如偷，对，偷省钱。我要是不要钱，管保人人说爱我。

四十二

正在这个期间，巡警把我抓了去。我们城里的新官儿非常地讲道德，要扫清了暗门子。正式的妓女倒还照旧做生意，因为她们纳捐；纳捐的便是名正言顺的，道德的。抓了去，他们把我放在了感化院，有人教给我做工。洗、做、烹调、编织，我都会；要是这些本事能挣饭吃，我早就不干那个苦事了。我跟他们这样讲，他们不信，他们说我没出息，没道德。他们教给我工作，还告诉我必须爱我的工作。假如我爱工作，将来必定能自食其力，或是嫁个人。他们很乐观。我可没这个信心。他们最好的成绩，是已经有十几多个女的，经过他们感化而嫁了人。到这儿来领女人的，只需花两块钱的手续费和找一个妥实的铺保就够了。这是个便宜，从男人方面看；据我想，这是个笑话。我干脆就不受这个感化。当一个大官儿来检阅我们的时候，我唾了他一脸唾沫。他们还不肯放了我，我是带危险性的东西。可是他们也不肯再感化我。我换了地方，到了狱中。

四十三

狱里是个好地方，它使人坚信人类的没有起色；在我做梦的时候都见不到这样丑恶的玩艺。自从我一进来，我就不再想出去，在我的经验中，世界比这儿并强不了许多。我不愿死，假若从这儿出去而能有个较好的地方；事实上既不这样，死在哪儿不一样呢。在这里，在这里，我又看见了我的好朋友，月牙儿！多久没见着它了！妈妈干什么呢？我想起来一切。

小铃儿

　　京城北郊王家镇小学校里，校长，教员，夫役，凑齐也有十来个人，没有一个不说小铃儿是聪明可爱的。每到学期开始，同级的学友多半是举他做级长的。

　　别的孩子入学后，先生总喊他的学名，惟独小铃儿的名字——德森——仿佛是虚设的。校长时常的说："小铃儿真像个小铜铃，一碰就响的！"

　　下了课后，先生总拉着小铃儿说长道短，直到别的孩子都走净，才放他走。那一天师生说闲话，先生顺便的问道："小铃儿你父亲得什么病死的？你还记得他的模样吗？"

　　"不记得！等我回家问我娘去！"小铃儿哭丧着脸，说话的时候，眼睛不住的往别处看。

"小铃儿看这张画片多么好，送给你吧！"先生看见小铃儿可怜的样子，赶快从书架上拿了一张画片给了他。

"先生！谢谢你——这个人是谁？"

"这不是咱们常说的那个李鸿章吗！"

"就是他呀！呸！跟日本讲和的！"小铃儿两只明汪汪的眼睛，看看画片，又看先生。

"拿去吧！昨天咱们讲的国耻历史忘了没有？长大成人打日本去，别跟李鸿章一样！"

"跟他一样？把脑袋打掉了，也不能讲和！"小铃儿停顿一会儿，又继续着说，"明天讲演会我就说这个题目，先生！我讲演的时候，怎么脸上总发烧呢？"

"慢慢练就不红脸啦！铃儿该回去啦！好！明天早早来！"先生顺口搭音地躺在床上。

"先生明天见吧！"小铃儿背起书包，唱着小山羊歌走出校来。

小铃儿每天下学，总是一直唱到家门，他母亲听见歌声，就出来开门；今天忽然变了："娘啊！开门来！"很急躁地用小拳头叩着门。

"今天怎么这样晚才回来？刚才你大舅来了！"小铃儿的母亲，把手里的针线，扦在头上，给他开门。

"在哪儿呢？大舅！大舅！你怎么老不来啦？"小铃儿紧紧地往屋里跑。

"你倒是听完了！你大舅等你半天，等得不耐烦，就走啦；一半天还来呢！"他母亲一边笑一边说。

"真是！今天怎么竟是这样的事！跟大舅说说李鸿章的事也好哇！"

"哟！你又跟人家拌嘴啦？谁？跟李鸿章？"

"娘啊！你要上学，可真不行，李鸿章早死啦！"从书包里拿出画片，给他母亲看，"这不是他，不是跟日本讲和的奸细吗！"

"你这孩子！一点规矩都不懂啦！等你舅舅来，还是求他带你学手艺去，我知道李鸿章干吗？"

"学手艺，我可不干！我现在当级长，慢慢地往上升，横是有做校长的那一天！多么好！"他摇晃着脑袋，向他母亲说。

"别美啦！给我买线去！青的白的两样一个铜子的！"

吃过晚饭小铃儿陪着母亲，坐在灯底下念书；他母亲替人家做些针黹。念乏了，就同他母亲说些闲话。"娘啊！我父亲脸上有麻子没有？"

"这是打哪儿提起，他脸上甬提多么干净啦！"

"我父亲爱我不爱？给我买过吃食没有？"

"你都忘了！哪一天从外边回来不是先去抱你，你姑母常常地说他：'这可真是你的金蛋，抱着吧！将来真许做大官增光耀祖呢！'你父亲就眯罈眯罈地傻笑，搬起你的小脚指头，放在嘴边香香地亲着，气得你姑母又是恼又是笑。——那时你真是又白又胖，着实的爱人。"

小铃儿不错眼珠地听他母亲说，仿佛听笑话似的，待了半天又问道：

"我姑母打过我没有？"

"没有！别看她待我厉害，待你可是真爱。那一年你长口疮，半夜里啼哭，她还起来背着你，满屋子走，一边走一边说：'金蛋！金蛋！好孩子！别哭！你父亲一定还回来呢！回来给你带柿霜糖多么好吃！好孩子！别哭啦！'"

"我父亲那一年就死啦？怎么死的？"

"可不是后半年！你姑母也跟了他去，要不是为你，我还干什么活着？"小铃儿的母亲放下针线叹了一口气，那眼泪断了线的珠子般流下来！

"你父亲不是打南京阵亡了吗？哼！尸骨也不知道飞到哪里去呢！"

小铃儿听完，蹦下炕去，拿小拳头向南北画着，大声的说："不用忙！我长大了给父亲报仇！先打日本后打南京！"

"你要怎样？快给我倒碗水吧！不用想那个，长大成人好好的养活我，那才算孝子。倒完水该睡了，明天好早起！"

他母亲依旧做她的活计，小铃儿躺在被窝里，把头钻出来钻进去，一直到二更多天才睡熟。

"快跑，快跑，开枪！打！"小铃儿一拳打在他母亲的腿上。

"哟，怎么啦！这孩子又吃多啦！瞧！被子踹在一边去了，铃儿！快醒醒！盖好了再睡！"

"娘啊！好痛快！他们败啦！"小铃儿睁了睁眼睛，又睡着了。

第二天小铃儿起来的很早，一直的跑到学校，不去给先生鞠躬，先找他的学伴。凑了几个身体强壮的，大家蹲在体操场的犄角上。

小铃儿说："我打算弄一个会，不要旁人，只要咱们几个。每天早来晚走，咱们大家练身体，互相的打，打疼了，也不准急，练这么几年，管保能打日本去；我还多一层，打完日本再打南京。"

"好！好！就这么办！就举你做头目。咱们都起个名儿，让别人听不懂，好不好？"一个十四五岁头上长着疙瘩，名叫张纯的说。

"我叫一只虎，"李进才说，"他们都叫我李大嘴，我的嘴真要跟老虎一样，非吃他们不可！"

"我，我叫花孔雀！"一个鸟贩子的儿子，名叫王凤起的说。

"我叫什么呢？我可不要什么狼和虎，"小铃儿说。

"越厉害越好啊！你说虎不好，我不跟你好啦！"李进才撇着嘴说。

"要不你叫卷毛狮子，先生不是说过：'狮子是百兽的王'吗！"王凤起说。

"不行！不行！我力气大，我叫狮子！德森叫金钱豹吧！"张纯把别人推开，拍着小铃儿的肩膀说。

正说得高兴，先生从那边嚷着说："你们不上教室温课去，蹲在那块干什么？"一眼看见小铃儿声音稍微缓和些，"小铃儿你怎么也蹲在那块？快上教室里去！"

大家慢腾腾的溜开，等先生进屋去，又凑在一块商议他们的事。

不到半个月，学校里竟自发生一件奇怪的事，——永不招惹人的小铃儿会有人给他告诉："先生！小铃儿打我一拳！"

"胡说！小铃儿哪会打人？不要欺侮他老实！"先生很决断地说，"叫小铃儿来！"

小铃儿一边擦头上的汗一边说："先生！真是我打了他一下，我试着玩来着，我不敢再……"

"去吧！没什么要紧！以后不准这样，这么点事，值得告诉？真是！"先生说完，小铃儿同那委委屈屈的小孩子都走出来。

"先生！小铃儿看着我们值日，他竟说我们没力气，不配当，他又管我们叫小日本，拿着教鞭当枪，比着我们。"

几个小女孩子，都用那炭条似的小手，抹着眼泪。

"这样子！可真是学坏了！叫他来，我问他！"先生很不高兴地说。

"先生！她们值日，老不痛痛快快的吗，三个人搬一把椅子。——再说我也没画她们。"小铃儿恶狠狠地瞪着她们。

"我看你这几天是跟张纯学坏了，顶好的孩子，怎么跟他学呢！"

"谁跟卷毛狮……张纯……"小铃儿背过脸去吐了吐舌头。

"你说什么？"

"谁跟张纯在一块来着！"

"我也不好意罚你，你帮着她们扫地去，扫完了，快画那张国耻地图。不然我可真要……"先生头也不抬，只顾改缀法的成绩。

"先生！我不用扫地了，先画地图吧！开展览会的时候，好让大家看哪！你不是说，咱们国的人，都不知道爱国吗？"

"也好！去画吧！你们也都别哭了！还不快扫地去，扫完了好回家！"

小铃儿同着她们一齐走出来，走不远，就看见那几个淘气的男孩子，在墙根站着，向小铃儿招手，低声的叫着："豹！豹！快来呀！我们都等急啦!"

"先生还让我画地图哪！"

"什么地图，不来不行！"说话时一齐蜂拥上来，拉着小铃儿向体操场去，他嘴直嚷："不行！不行！先生要责备我呢！"

"练身体不是为挨打吗？你没听过先生说吗？什么来着？对了：'斯巴达的小孩，把小猫藏在裤子里，还不怕呢！'挨打是明天的事，先走吧！走！"张纯一边比方着，一边说。

小铃儿皱着眉，同大家来到操场犄角说道："说吧！今天干什么？"

"今天可好啦！我探明白了！一个小鬼子，每天骑着小自行车，从咱们学校北墙外边过，咱们想法子打他好不好？"张纯说。

李进才抢着说："我也知道，他是北街洋教堂的孩子。"

"别粗心咧！咱们都带着学校的徽章，穿着制服，打他的时候，他还认不出来吗？"小铃儿说。

"好怯家伙！大丈夫敢做敢当，再说先生责罚咱们，不会问他，你不是说雪国耻得打洋人吗？"李进才指教员室那边说。

"对！——可是倘若把衣裳撕了，我母亲不打我吗？"小铃儿站起来，掸了掸身上的土。

"你简直的不用去啦！这么怯，将来还打日本哪？"王凤起指着小铃儿的脸说。

"干哪！听你们的！走……"小铃儿红了脸，同着大众顺着墙根溜出去，也没顾拿书包。

第二天早晨，校长显着极懊恼的神气，在礼堂外边挂了一块白牌，上面写着："德森张纯……不遵校规，纠众群殴，……照章斥退……"

恋

在成都的西龙王街，北平的琉璃厂与早市夜市，济南的布政司街，我们都常常的可以看到两种人。第一种是规规矩矩，谨谨慎慎，与常人无异的；他们假若有一点异于常人的地方，就是他们喜欢收藏字画，铜器，或图章什么的。这点嗜好正像爱花，爱狗，或爱蟋蟀那样的不足为奇。以职业而言，他们也许是公务人员，也许是中学教师。有时候，我们也看见律师或医生，在闲暇的时候去搜捡一些小小的珍宝。这些人大致都有点学识。他们的学识使他们能规规矩矩的挣饭吃。他们有的挣得钱多，有的挣得钱少，但他们都是手中一有了余钱，便花费在使他们心中喜悦而又增加一些风雅的东西上。有时候，他们也不惜借几块钱，或当两件衣服，好使那爱不释手的玩艺儿能印上自己的图章，假若那是件可以印上图章的物件。

第二种人便不是这样了。他们收藏，可也贩卖。他们看着似乎很风雅，可是心中却与商人没什么差别。他们的收藏差不多等于囤积。

现在我们要介绍的庄亦雅先生是属于第一种的。

庄先生是济南的一位小绅士。他之取得绅士的地位，绝不是因为他有多少财产，也不是因他的前辈做过什么大官。他不过是个普通的大学毕业生，有时候做做科员，有时候去当当中学教师。但是，对人对事都有一份儿热心，无论是在机关里，还是学校里，他总是个受人之托，劳而无怨的人。他不见得准能把事办得很漂亮，但是他肯于帮朋友的忙。事情办多，他便有了经验。社会上大家都是懒惰的，往往因为自己偷懒，而把别人的一分经验看成十分。因此，庄先生成为亲友中的重要的人，成为商店饭馆的熟客，成为地方上的小绅士。

从大体上说，他是个好人。从大体上说，他也是个体面的人。中等身材，圆圆的脸，两个极黑极亮的眼珠，常常看着自己的胸和鼻子，好像怕人家说他太锋芒外露似的。他的腿很短，而走路很快，终日老像忙得不得了的样子。有时候，他穿中山装；有时候，他穿大褂；材料都不大好，可是全很整洁。襟上老挂着个徽章。

他结了婚，没有儿女。太太可是住在离城四十多里的乡村里。因为事多，他不常常下乡，偶尔回一次家，朋友们便都感觉得寂寞，等到他一回来，他的重要就又增加了许多。有好多好多事都等着他的短腿去奔跑呢。

虽然走得很快，他的时时打量着自己胸部或鼻子的眼可是很尖锐。路旁旧货摊上的一张旧黄纸，或是一个破扇面，都会使他从老远就刹住脚步，慢慢地凑到摊前，然后好像是绝对偶然立住。他爱字画。先随手的摸摸这个，动动那个，然后笑一笑，问问价钱。最后，才顺手把那张旧纸或扇面拿起来，看看，摇摇头，放下；走出两步，回头问问价钱，或开口就说出价钱："这个破扇面，给五毛钱吧。"

块儿八毛的，一块两块的，他把那些满是虫孔的，乌七八黑的，褶皱得像老太婆的脸似的宝贝，拿回去。晚上，他锁好了屋门，才翻过来掉过去的去欣赏，然后编了号数，极用心地打上图章，放在一只大楠木箱里。这点小小的辛苦，会给他一些愉快的疲乏，使他满意的躺在床上，连梦境都有些古色古香似的。

大小布政司街的古玩铺，他也时常的进去看看。对于那些完整的，有名的，成千成百论价的作品，他只能抱着歉意的饱一饱眼福。看罢，惭愧地一笑，而后毕恭毕敬的卷好，交还人家。他只能买那值三五块钱的"残篇断简"，或是没有行市的小名家的作品。每逢进到这些满目琳琅的铺子里，他就感到自己的寒酸。他本来没有什么野心，但是一进古玩店，他便想到假若发了财，把那几幅最名贵的字画买回家去，盖上自己的图章，该是多么得意的事呀！

"看一看"便是主顾，这是北方商家的生意经。虽然庄先生只"看"贵的，而买贱的，商人家可并不因此而慢待了他。他们愿意他来看，好给他们做义务宣传。同时，他们有便宜而并不假的东西，还特意的给他留着。他们知道"爱"是会生长的东西，只要他不断的买小件，有那么一天他必肯买一件大的。

一来二去，庄先生成了好几家古玩铺的朋友。香烟热茶，不用说，是每去必有了；他们还有时候约他吃老酒呢。他不再惭愧。果然不出所料，他给他们介绍了生意。那些有钱而实在无处去花的人，到最后想到买几幅字画，或几件古董，来做富户的商标。他们钻天觅缝地找行家，去代他们做义务的买办，唯恐花了冤枉钱。很自然的，他们找到庄亦雅先生——既是绅士，又肯帮忙，而且懂眼。

在做这种义务买办的时候，庄先生感到了兴奋与满意。打开，卷起，再打开；一张名画经他看多少次，摸多少回，每回都给他带来欣悦，都使他增加一些眼力与知识。在生意成交之后，买主卖主都请他吃酒。吃酒事小，大家畅谈倒事大，他从大家的口中又得到许多知识。再说，几次生意成交之后，他的地位也增高了许多。可以大胆地拒绝商人们特意给他保留着的小物件了。"这两天手里没闲钱"，或是"过两天再说吧！"他这样的表示出，你们不能塞给我什么，我就拿什么，我也有眼力。为应付这个，商人们又打了个好主意，把他称作"收藏山东小名家的专家"。以庄先生的财力，收藏家这头衔是永远加不到他身上的。而今，他居然被称为收藏家了，于是也就不管那个称号里边所含的讽刺，而坦然的领受了。有了这个头衔以后，庄先生想名副其实的真去做个专家。他开始注意山东省的小名家，而且另制了一只箱子，专藏这路的作品。现在，他肯化一二十块，甚至三十块钱，买一张字或画了，只要那是他手中还没有的乡贤的手迹。他不惜和朋友们借债，或把大衣送到当铺去；要做个专家就不能不放开一点胆子喽。这些作品的本身未必都有艺术的价值，搁在以前，他也许连看也不要看，但是现在他要花十块二十块的去买来了。收藏是收藏，他可以，甚至应当，和艺术的价值分离，而成为一种特异的，独立的，嗜癖与欣悦。

在以前，那用三毛两毛买来的破纸烂画的上面，也许只有一朵小花，或两三个字，是完整的，看得清楚的。但是那的确是一朵美丽的花，或可爱的字。他真喜爱它们，看了还要再看。他锁上房门去看它们，一来是为避免别人来打搅，二来也是怕别人笑他。自从得了专家的称呼，他不但不再锁起门来，而且故意的使大家知道了。每逢得到一件新的小宝物，他的屋里便拥满了人。他的极黑极亮的眼珠不再看着自己的鼻子，而是兴奋的乱转，腮上泛起两朵红的云。他多少还有点腼腆，但是在轻咳过一两次后，他的胆子完全壮了起来。他给他们讲说那小名家的历史，作风，和字或画上的图章与题跋。他不批评作品的好坏，而等着别人点头称赞。假若大家看完，默默不语，他就再给大家讲说，暗示出凡是老的，必是好的，而且名家——即使是小名家——的手下是没有劣品的。他的话很多，他的心跳得很快，直到大家都承认了那是张杰作的时候，他才含笑的把它卷好，轻轻放下；眼珠又去看看鼻子。

他的收入，好几年没有什么显然的增减。他似乎并不怎样爱钱。假若不是为买字画，他满可以永远不考虑金钱的问题。他有教书或做事的本领，而且相当的真诚，又没有什么不良的嗜好，在他想，顾虑生计简直是多此一举。

自从被称为专家，他感到生活增加了趣味与价值，在另一方面可是有点恨自己无能，不能挣更多的钱，买更好的字画。虽然如此，他可是不肯把字画转手，去赚些钱。好吧坏吧，那是他的收藏，将来也许随着他入了棺材，而绝对不能出卖。他不是商人。有时候，他会狠心地送给朋友一张画，或一幅字，可是永没有卖过。至多，他想，他只能兼一份儿差事，去增加些收入。但是事情多了，他便无暇去溜山水沟，和到布政司街去饱眼福。他需要空闲，因为每一张东西都须一口气看几个钟头。

既不能开源，他只好节流。这可就苦了他的太太。本来就不大爱回家，现在他更减少了回去的次数。这样，每逢休假的日子，他可以去到古玩铺或到有同好的朋友的家中去坐一整天；要不然，就打开箱子，把所有的收藏都细看一遍，甚至于忘了吃饭。同时，他省下回家来往的路费与零钱。对家中的日用，他狠心地缩减。虽然他也感到一点惭愧，可是细一想呢，欺侮自己的太太总比做别的亏心事要好得多。

在七七抗战那年的春天，朋友们给庄亦雅贺了四十的寿日。他似乎一向没有想过他的年纪，及至朋友们来到，他仿佛才明白自己确是四十岁的人了。他是个没有远大的志愿与无谓的顾虑的人，可是当贺寿的人们散了以后，他也不由得有点感触。四十岁了，他独自默想，可有什么足以夸耀于人的事呢？想来想去，只有一件。几年来，他已搜集了一百多家山东小名家的字画。这的确是一点成绩。前些日子，杨可昌——济南的一位我们所谓的第二种收藏家——居然带来两个日本人来看他的收藏。当时，他并没感到什么得意。反之，那些破纸烂画使他有点不好意思拿出来。可是，在四十的寿日这天一想，这的确有很大的意义。他跑腿花钱，并不是浪费。即使那些东西是那么破烂不堪，但是想想看吧，全国里有谁，有谁，收藏着一百多家山东的小名家呢？没有第二份儿！连日本人都来参观，哼，他的这点收藏已使他有了国际的声誉！他闭上了眼，细细的，反复前后的想，想把这点事看轻，看成不值一笑的事体。然而，这却千真万确，日本人注意到他的收藏是一点也不假。即使自己过火的谦虚，而事实总是事实。想到这里，他在惭愧，感慨，无可如何之中，感到了一点满意。生平没有别的建树，却"歪打正着"的成为收藏家，也就不错。这一生总算没有白活。人死留名，雁过留声呀！为招待亲友，他也很疲乏，但是想到这里，他又兴奋起来，把那一百多家的作品要重新看一遍。拿起任何一张，他都不忍释手，好像它们又比初买的时候美好了多少倍。就是那些虫孔都另有一种美丽，那些尘土都另有一种香味。看到第三十二张，他抱着它睡去了。

寿日的第二天，他发了个新的誓愿：我，庄亦雅，要有一件真值钱的东西！

夏初，一家小古玩商得到一张石谿的大幅山水，杨可昌与庄亦雅前后得到了消息。杨先生想赚一笔钱，庄先生想花一笔钱买过来，做传家之宝。那张山水画得极好，裱工也讲究，可惜在左下角有图章的地方残缺了一块。图章是看不见了；缺少的一角画面却被不知哪个多事的人补上几笔，补得很恶劣。杨先生是迷信图章的。既无图章，而补的那几笔又是那么明显的恶劣，所以他断定那幅画是假的。虽然他也知道那是张精品。在鉴赏之外，自然他还另有作用。他想用假画的价钱买过来，而后转手卖给日本人。他知道，那张画确是不错；而且，即使是假的，日本人也肯出相当高价买去，因为石豁在东洋正有极大的行市。

杨先生是济南鉴别古董的权威，而好玩古董的人多数又自己没长着眼睛，于是石豁的那张画便成了大家开心的东西。"去看看假石豁呀！"当他们没有事的时候，就这样去与那位小古玩商开个小玩笑。来看的人很多，而没有出价钱的——谁肯出钱买假东西呢？

最后，杨先生，看时机已熟，递了个价——二百五十元，不卖拉倒。他心中很快活，因为他一转手就起码能卖八百元，干赚五六百！

庄先生也看准了那张画。跑了不知多少次，看了不知多少回，他断定那一定是真的。每看一次，他的自信心便增高一分，要买到手里的决定也坚强了一些。但是，每看一次，他的难过也增加了许多。他没有钱。

　　有好几天，他坐卧不安，翻来覆去的自己叨唠："收藏贵精不贵多！石谿！石谿！有一张石谿岂不比这两箱陈谷子烂芝麻强？强的多！这两箱子算什么？有一张石谿才镇得住呀！哪怕从此以后绝对，绝对不再买任何东西呢，这张石谿非拿来不可……"他想去借钱，又不好意思。当衣服？没有值钱的。怎办呢？怎办呢？

　　及至听到杨先生出了二百五十元的价，他不能再考虑，不能再坐。一口气，他跑到小古玩店。他的手心出着汗，心房怦怦的乱跳，越要镇静，心中越慌，说话都有点结巴："我，我，我再看看那张假石谿！"

　　画儿打开。他看不清。眼前似乎有一片热雾遮着。其实他用不着再看，闭着眼他也记得画上的一切，愣了一会儿，他低声的说：

　　"我给五百！明天交钱！怎样？"

　　他闭住气等待回答，像囚犯等着死刑的宣判似的。好容易，他得到了商家的"好吧"两个字。他昏迷了一小会儿。然后疯也似的跑回家，把太太的金银首饰，不容分说的，一股拢总都抢过来，飞快的又往回跑。

　　他得到了那张画。

可是，也和杨先生结了仇。

杨先生，因为没得到那件赚钱的货物，到处去宣传庄亦雅是如何可笑的假内行，花五百元买了一张假画。全济南的收藏家几乎都拿这件事作为茶余酒后说笑话的好资料，弄得庄亦雅再也不敢在光天化日之下去逛古玩铺。可是，他并不妥协，既不肯因闲话而看轻那张画，也不肯因恢复名誉而把画偷偷的再卖出去，他仍旧相信，他是用最低的价钱得到一幅杰作。

在六月间，由北平下来一位姓卢的鉴赏家。卢先生的声望是国际的，字画上只要有他的图章，就是欧美的收藏家也不敢微微地摇一摇头。庄亦雅把那张石谿拿去给卢先生看，卢先生没说什么，给画上打了个图章。等庄亦雅抱着画要走的时候，卢先生才很随便的问了声："我给你一千二，你肯让给我不呢？"庄亦雅没敢回答什么，只把画儿抱紧了一些。"没关系！"卢先生表示了决不夺人所好。庄亦雅抱歉的，高兴的惶惑而兴奋的，告了辞。

杨可昌低声下气的来看庄亦雅。他知道自己的眼力与声誉远不及卢先生。卢先生既说那张石谿是真的，他自己要是再说它是假的，简直就是自己打碎自己的饭碗。他想对庄亦雅说明，他以前的话不过是朋友们开开小玩笑，请庄先生不要认真。庄亦雅没有见他！

七七抗战。济南也与其他的地方一样，感到极度的兴奋。庄亦雅也与别人一样，受了极大的刺激，日夜期待着胜利的消息。

消息，可是，越来越不好。最使人不安的是车站上的慌乱与拥挤。谁也不知道上哪里去好，而大家都想动一动；车站上成为纷乱与动摇的中心。庄先生看着朋友们匆匆的逃往上海，青岛，南山，而后又各处逃了回来。他心中极其不安，但是不敢轻易地逃走，他是济南人，他舍不得老家。再说，即使想逃，应当跑到哪里去呢？逃出去，怎样维持生活呢？他决定看一看再说。好在自己还没有儿女，等到非跑不可的时候，他和太太总会临时想主意的。

沧州沦陷了，德州撤守了，敌机到了头上，泺口炸死了人，千佛山上开了高射炮。消息很乱，谣言比消息更乱。庄亦雅决定先下乡躲一躲。别的且不讲，他怕那两箱子画和石谿毁灭在炸弹下。腋下夹着石谿，背上负着一大包袱小名家，他挤出城去。雇不着车子。步行了十里。听到前边有匪。他飞快的往回跑。跑回来，他在屋中乱转了有十分钟。他不为自己忧虑什么；对太太，他简直的不去费什么心思。乡下人有几亩地，地不会被炮火打碎，用不着关心。他只愁石谿与那些小名家没有安全的地方去安置。又警报了。他抱着那些字画藏在了桌子底下。远处有轰炸的声响。他心里说："炸！炸吧！要死，我叫这些字画殉了葬！"

敌人已越过德州，可是"保境安民"的谣言又给庄亦雅一点希望。他并非完全没有爱国的心，他不愿听这类可耻的谣言。可是，为了自己心爱的东西，仿佛投降也未为不可。杨可昌来看了他一次，劝他卖出那张石谿，作为路费，及早的逃走。"你不能和我比，"他劝告庄先生，"我是纯粹的收藏家，东洋人晓得。你，你做过公务人员和教员，知识分子，东洋人来到，非杀你的头不可！"

"杀头？"庄亦雅愣了一会儿。"杀头就杀头，我不能放手我的石谿！"

杨可昌走后，庄先生决定不带着太太，而只带着石谿与山东小名家逃出去。但是，走不成。敌机天天炸火车。自己没关系，石谿比什么也要紧。他须再等一等。

敌人到了。他并不十分后悔。每天，他抱着石谿等候日本人，自言自语的说："来吧！我和石谿死在一处！"等来等去，又把杨先生等来了。

庄亦雅，本是个最心平气和的人，现在发了怒。这些日子所受的惊恐与痛苦，要一股脑儿在杨可昌身上发泄出来："你又干吗来了？国都快亡了，你还想赚钱吗？"

"不必生气，"杨可昌笑着说，"听我慢慢的说。你知道东洋人最精细，咱们谁手里收藏着什么，他们全知道。他们知道你有石豁。他们的军队到，文人也到。挨家收取古物。你要脑袋呢，交出画来。要画呢，牺牲了脑袋！"

"好！我的脑袋，我的画都是我自己的！请不必替我担心！"

"你真算个硬汉！"

"硬不硬，用不着你夸奖！"

"别发脾气好不好？"杨先生又笑了。"告诉你吧，我不是来跟你要画，我来给你道喜！"

"道喜？你干吗跟我开这个玩笑呢？"

杨先生的脸上极严肃了："庄先生！东洋人派我来，请你出山，做教育局长！"

"嗯？"庄亦雅像由梦中被人唤醒似的发出这个声音来。待了一会儿，"我不能给东洋人做事！"

"我忙得很，咱们脆快地说吧。"杨先生的眼像要施行催眠术似的钉住庄亦雅的脸。"你要肯答应做局长，你可以保存这点世上无双的收藏，不但保存，东洋人还可以另送你许多好东西呢！你若是不肯呢！他们没收你的东西，还要治罪——也许有性命之忧吧！怎样？"

好大半天，庄先生说不出话来。

"怎样？"杨先生催了一板。

庄先生低着头，声音极微的说："等我想一想！"

"要快。"

"明天我答复你！"

"现在就要答复！"杨先生看了手表，"五分钟内，给我'是'，或是'不是'！"

杨先生的一支香烟吸完，又看了看表。"怎样？"

庄亦雅对着那两只收藏字画的箱子，眼中含着泪，点了点头。

恋什么就死在什么上。

不说谎的人

一个自信是非常诚实的人，像周文祥，当然以为接到这样的一封信是一种耻辱。在接到了这封信以前，他早就听说过有个瞎胡闹的团体，公然扯着脸定名为"说谎会"。在他的朋友里，据说，有好几位是这个会的会员。他不敢深究这个"据说"。万一把事情证实了，那才怪不好意思：绝交吧，似乎太过火；和他们敷衍吧，又有些对不起良心。周文祥晓得自己没有什么了不得的才干，但是他忠诚实在，他的名誉与事业全仗着这个；诚实是他的信仰。他自己觉得像一块笨重的石头，虽然不甚玲珑美观，可是结实硬棒。现在居然接到这样的一封信：

"……没有谎就没有文化。说谎是最高的人生艺术。我们怀疑一切，只是不疑心人人事事都说谎这件事。历史是谎言的记录簿，报纸是谎言的播音机。巧于说谎的有最大的幸福，因为会说谎就是智慧。想想看，一天之内，要是不说许多谎话，得打多少回架；夫妻之间，不说谎怎能平安的度过十二小时。我们的良心永远不责备我们在情话情书里所写的———一片谎言！然而恋爱神圣啊！胜者王侯败者贼，是的，少半在乎说谎的巧拙。文化是谎的产物。文质彬彬，然后君子——最会扯谎的家伙。最好笑的是人们一天到晚没法掩藏这个宝物，像孕妇故意穿起肥大的风衣那样。他们仿佛最怕被人家知道了他们时时在扯谎，于是谎上加谎，成为最大的谎。我们不这样，我们知道谎的可贵，与谎的难能，所以我们诚实的扯谎，艺术的运用谎言，我们组织说谎会，为的是研究它的技巧，与宣传它的好处。我们知道大家都说谎，更愿意使大家以后说谎不像现在这么拙劣，……素仰先生惯说谎，深愿彼此琢磨，以增高人生幸福，光大东西文化！倘蒙不弃……"

没有念完，周文祥便把信放下了。这个会，据他看，是胡闹；这封信也是胡闹。但是他不能因为别人胡闹而幽默地原谅他们。他不能原谅这样闹到他自己头上来的人们，这是污辱他的人格。"素仰先生惯于说谎"？他不记得自己说过谎。即使说过，也必定不是故意的。他反对说谎。他不能承认报纸是制造谣言的，因为他有好多意见与知识都是从报纸得来的。

说不定这封信就是他所认识的，"据说"是说谎会的会员的那几个人给他写来的，故意开他的玩笑，他想。可是在信纸的左上角印着"会长唐翰卿；常务委员林德文，邓道纯，费穆初；会计何兆龙。"这些人都是周文祥知道而愿意认识的，他们在社会上都有些名声，而且是有些财产的。名声与财产，在周文祥看，绝对不能是由瞎胡闹而来的。胡闹只能毁人。那么，由这样有名有钱的人们所组织的团体，按理说，也应当不是瞎闹的。附带着，这封信也许有些道理，不一定是朋友们和他开玩笑。他又把信拿起来，想从新念一遍。可是他只读了几句，不能再往下念。不管这些会长委员是怎样的有名有福，这封信到底是荒唐。这是个噩梦！一向没遇见这样矛盾，这样想不出道理的事！

周文祥是已经过了对于外表勤加注意的年龄。虽然不是故意的不修边幅，可是有时候两三天不刮脸而心中可以很平静；不但平静，而且似乎更感到自己的坚实简朴。他不常去照镜子；他知道自己的圆脸与方块的身子没有什么好看；他的自爱都寄在那颗单纯实在的心上。他不愿拿外表显露出内心的聪明，而愿把面貌体态当作心里诚实的说明书。他好像老这么说："看看我！内外一致的诚实！周文祥没别的，就是可靠！"

把那封信放下，他可是想对镜子看看自己；长久的自信使他故意的要重新估量自己一番，像极稳固的内阁不怕，而且欢迎，"不信任案"的提出那样。正想往镜子那边去，他听见窗外有些脚步声。他听出来那是他的妻来了。这使他心中突然很痛快，并不是欢迎太太，而是因为他听出她的脚步声儿。家中的一切都有定规，习惯而亲切，"夏至"那天必定吃卤面，太太走路老是那个声儿。但愿世界上所有的事都如此，都使他习惯而且觉得亲切。假如太太有朝一日不照着他所熟习的方法走路，那要多么惊心而没有一点办法！他说不上爱他的太太不爱，不过这些熟习的脚步声儿仿佛给他一种力量，使他深信生命并不是个乱七八糟的噩梦。他知道她的走路法，正如知道他的茶碗上有两朵鲜红的牡丹花。

他忙着把那封使他心中不平静的信收在口袋里，这个举动作得很快很自然，几乎是本能的；不用加什么思索，他就马上决定了不能让她看见这样胡闹的一封信。

"不早了，"太太开开门，一只脚蹬在门槛上，"该走了吧？"

"我这不是都预备好了吗？"他看了看自己的大衫，很奇怪，刚才净为想那封信，已经忘了是否已穿上了大衫。现在看见大衫在身上，想不起是什么时候穿上的。既然穿上了大衫，无疑的是预备出去。早早出去，早早回来，为一家大小去挣钱吃饭，是他的光荣与理想。实际上，为那封信，他实在忘了到公事房去，可是让太太这一催问，他不能把生平的光荣与理想减损一丝一毫："我这不是预备走吗？"他戴上了帽子。"小春走了吧？"

"他说今天不上学了，"太太的眼看着他，带出做母亲常有的那种为难的样子，既不愿意丈夫发脾气，又不愿儿子没出息，可是假若丈夫能不发脾气呢，儿子就是稍微有点没出息的倾向也没多大的关系，"又说肚子有点痛。"

周文祥没说什么，走了出去。设若他去盘问小春，而把小春盘问短了——只是不爱上学而肚子并不一定疼。这便证明周文祥的儿子会说谎。设若不去管儿子，而儿子真是学会了扯谎呢，就更糟。他只好不发一言，显出沉毅的样子；沉毅能使男人在没办法的时候显出很有办法，特别是在妇女面前。周文祥是家长，当然得显出权威，不能被妻小看出什么弱点来。

走出街门，他更觉出自己的能力本事。刚才对太太的一言不发等等，他做得又那么简净得当，几乎是从心所欲，左右逢源。没有一点虚假，没有一点手段，完全是由生平的朴实修养而来的一种真诚，不必考虑就会应付裕如。想起那封信，瞎胡闹！

公事房的大钟走到八点三十二分，迟到了两分钟。这是一个新的经验；十年来，他至迟是八点二十八分到。做梦的时候，钟上的长针也总是在半点的"这"一边。世界好像宽出二分去，一切都变了样！他忽然不认识自己了，自是八点半"这"边的人；生命是习惯的积聚，新床使人睡不着觉；周文祥把自己丢失了，丢失在两分钟的外面，好似忽然走到荒凉的海边上。

可是，不大一会儿，他心中又平静起来，把自己从迷途上找回来。他想责备自己，不应该为这么点事心慌意乱；同时，他觉得应夸奖自己，为这点小事着急正是因为自己一向忠诚。

坐在办公桌前，他可是又想起点不大得劲的事。公司的规则，是不许迟到的。他看见过同事们受经理的训斥，因为迟到；还有的扣罚薪水，因为迟到。哼，这并不是件小事！自然，十来年的忠实服务是不能因为迟到一次而随便一笔抹杀的，他想。可是假若被经理传去呢？不必说是受申斥或扣薪，就是经理不说什么，而只用食指指周文祥——他轻轻地叫着自己———下，这就受不了；不是为这一指的本身，而是因为这一指便把十来年的荣誉指化了，如同一股热水浇到雪上！

是的，他应当自动的先找经理去，别等着传唤。一个忠诚的人应当承认自己的错误，受申斥或惩罚是应该的。他立起来，想去见经理。

又站了一会儿，他得想好几句话。"经理先生，我来晚了两分钟，几年来这是头一次，可是究竟是犯了过错！"这很得体，他评判着自己的忏悔练习。不过，万一经理要问有什么理由呢？迟到的理由不但应当预备好，而且应当由自己先说出来，不必等经理问。有了："小春，我的男小孩——肚子疼，所以……"这就非常的圆满了，而且是真事。他并且想到就手儿向经理请半天假，因为小春的肚子疼也许需要请个医生诊视一下。他可是没有敢决定这么做，因为这么做自然显着更圆到，可是也许是太过火一点。还有呢，他平日老觉得非常疼爱小春，也不知怎的现在他并不十分关心小春的肚子疼，虽然按着自己的忠诚的程度说，他应当相信儿子的腹痛，并且应当马上去给请医生。

他去见了经理，把预备好的言语都说了，而且说得很妥当，既不太忙，又不吞吞吐吐的惹人疑心。他没敢请半天假，可是稍微露了一点须请医生的意思。说完了，没有等经理开口，他心中已经觉得很平安了，因为他在事前没有想到自己的话能说得这么委婉圆到。他一向因为看自己忠诚，所以老以为自己不长于谈吐。现在居然能在经理面前有这样的口才，他开始觉出来自己不但忠诚，而且有些未经发现过的才力。

正如他所期望的，经理并没有申斥他，只对他笑了笑。"到底是诚实人！"周文祥心里说。

微笑不语有时候正像怒视无言，使人转不过身来。周文祥的话已说完，经理的微笑已笑罢，事情好像是完了，可是没个台阶结束这一场。周文祥不能一语不发的就那么走出去，而且再站在那里也不大像话。似乎还得说点什么，但又不能和经理瞎扯。一急，他又想起儿子。"那么，经理以为可以的话，我就请半天假，回家看看去！"这又很得体而郑重，虽然不知道儿子究竟是否真害肚疼。

经理答应了。

周文祥走出公司来，心中有点茫然。即使是完全出于爱儿子，这个举动究竟似乎差点根据。但是一个诚实人做事是用不着想了再想的，回家看看去好了。

走到门口，小春正在门前的石墩上唱"太阳出来上学去"呢，脸色和嗓音都足以证明他在最近不能犯过腹痛。"小春，"周文祥叫，"你的肚子怎样了？"

"还一阵阵的疼，连唱歌都不敢大声的喊！"小春把手按在肚脐那溜儿。

周文祥哼了一声。

见着了太太，他问："小春是真肚疼吗？"

周太太一见丈夫回来，心中已有些不安，及至听到这个追问，更觉得自己是处于困难的地位。母亲的爱到底使她还想护着儿子，真的爱是无暇选取手段的，她还得说谎："你出去的时候，他真是肚子疼，疼得连颜色都转了，现在刚好一点！"

"那么就请个医生看看吧？"周文祥为是证明他们母子都说谎，想起这个方法。虽然他觉得这个方法有点欠诚恳，可是仍然无损于他的真诚，因为他真想请医生去，假如太太也同意的话。

"不必请到家来了吧，"太太想了想，"你带他看看去好了。"

他没想到太太会这么赞同给小春看病。他既然这么说了，好吧，医生不会给没病的孩子开方子，白去一趟便足以表示自己的真心爱子，同时暴露了母子的虚伪，虽然周家的人会这样不诚实是使人痛心的。

他带着小春去找牛伯岩——六十多岁的老儒医，当然是可靠的。牛老医生闭着眼，把带着长指甲的手指放在小春腕上，诊了有十来分钟。

"病不轻!"牛伯岩摇着头说,"开个方子试试吧,吃两剂以后再来诊一诊吧!"说完他开着脉案,写得很慢,而字很多。

小春无事可做,把垫腕子的小布枕当作沙口袋,双手扔着玩。

给了诊金,周文祥拿起药方,谢了谢先生。带着小春出来;他不能决定,是去马上抓药呢,还是干脆置之不理呢?小春确是,据他看,没有什么病。那么给他点药吃,正好是一种惩罚,看他以后还假装肚子疼不!可是,小春既然无病,而医生给开了药方,那么医生一定是在说谎。他要是拿着这个骗人的方子去抓药,就是他自己相信谎言,中了医生的诡计。小春说谎,太太说谎,医生说谎,只有自己诚实。他想起"说谎会"来。那封信确有些真理,他没法不这么承认。但是,他自己到底是个例外,所以他不能完全相信那封信。除非有人能证明他——周文祥——说谎,他才能完全佩服"说谎会"的道理。可是,只能证明自己说谎是不可能的。他细细地想过去的一切,没有可指摘的地方。由远而近,他细想今天早晨所做过的那些事,所说过的那些话,也都无懈可击,因为所做所说的事都是凭着素日诚实的习惯而发的,没有任何故意绕着做出与说出来的地方,只有自己能认识自己。他把那封信与药方一起撕碎,扔在了路上。

柳屯的

要计算我们村里的人们，在头几个手指上你总得数到夏家，不管你对这一家子的感情怎么样。夏家有三百来亩地，这就足以说明了一大些，即使承认我们的村子不算是很小。

夏老者在庚子年前就信教。要说他借着信教去横行霸道，真是屈心的话；拿这个去得些小便宜，那倒有之。他的儿子夏廉也信教。

他们有三百来亩地，这倒比信教不信教还要紧；不过，他们父子绝不肯抛弃了宗教，正如不肯割舍一两亩地。假如他们光信教而没有这些产业，大概偶尔到乡间巡视的洋牧师绝不会特意地记住他们的姓名。事实上他们是有三百来亩地，而且信教，这便有了文章。

　　我说过了，他们不横行霸道；可是他们的心里颇有个数儿。要说为村里的公益事儿拿个块儿八毛的，夏家父子的钱袋好像天衣似的，没有缝儿。"我们信教，不开发这个。"信教的利益，这还是消极的，在这里等着你呢。全村里的人没有愿公然说他们父子刻薄的，可也没有人捧场夸奖他们厚道。他们不跳出圈去欺侮人，人们也不敢无故地找寻他们，彼此敬而远之。不过，有的时候，人们还非去找夏家父子不可；这可就没的可说了。周瑜打黄盖，愿打愿挨。"知道我们厉害呀，别找上门来！事情是事情！"他们父子虽不这么明说，可确是这么股子劲儿。无论买什么，他们总比别人少花点儿；但是现钱交易，一手递钱，一手交货，他们管这个叫作教友派儿。至于偶尔被人家捉了大头，就是说明了"概不退换"，也得退换；教友派儿在这种关节上更露出些力量。没人敢惹他们，而他们又的确不是刺儿头——从远处看。找上门来挨刺，他们父子实在有些无形的硬翎儿。

　　要是由外表上看，他们离着精明还远得很呢。夏老者身上最出色的是一对罗圈腿。成天拐拉拐拉地出来进去，出来进去，好像失落了点东西，找了六十多年还没有找着。被罗圈腿闹得身量也显着特别的矮，虽然努力挺着胸口也不怎么尊严。头也不大，眉毛比胡子似乎还长，因此那几根胡子老像怪委屈的。红眼边；眼珠不是黄的，也不是黑的，更说不上是蓝的，就那么灰不拉的，瘪瘪着；看人的时候永远拿鼻子尖瞄准儿，小尖下巴颏也随着翘起来。夏廉比父亲体面些，个子也高些。长脸，笑的时候仿佛都不愿脸上的肉动一动。眼睛老望着远处，似乎心中永远有点什么问题，他最会发愣。父亲要像个小颠蒜，儿子就像个愣青辣椒。

我和夏廉小时候同过学。我不知道他们父子的志愿是什么，他们不和别人谈心，嘴能像实心的核桃那么严。可是我晓得他们的产业越来越多。我也晓得，凡是他们要干的，哪怕是经过三年五载，最后必达到目的。在我的记忆中，他们似乎没有失败过。他们会等：一回不行，再等；还不行，再等！坚忍战败了光阴，精明会抓住机会，往好里说，他们确是有可佩服的地方。很有几个人，因为看夏家这样一帆风顺，也信了教；他们以为夏家所信的神必是真灵验。这个想法的对不对是另一问题，夏家父子的成功是事实。

他们父子可并非没遇过困难，也并非不怕遇上困难，但是当患难临头，他们不惜力：父亲拐拉着腿，儿子板死了脸，干！过蝗虫，他们和蝗虫开仗；下腻虫，和腻虫宣战。方法好不好的，先干点什么再说。唱野台戏谢龙王或虫神，他们连一个小钱也不拿："我们信教，不开发这个。"

　　或者不仅是我一个人有时候这么想：他们父子是不是有朝一日也会失败呢？以我自己说，这不是出于忌妒，我并无意看他们的哈哈笑，这是一种好奇的推测。我总以为人究竟不能胜过一切，谁也得有消化不了的东西。拿人类全体说，我愿意，希望，咱们能战胜一切，就个人说，我不这么希望，也没有这种信仰。拿破仑碰了钉子，也该碰。

　　在思想上，我相信这个看法是不错的。不错，我是因看见夏家父子而想起这个来，但这并不是对他们的诅咒。

　　谁知道这竟自像诅咒呢！我不喜欢他们的为人，真的；可也没想他们果然会失败。我并不是看见苍蝇落在胶上，便又可怜它了，不是；他们的失败实在太难堪了，太奇怪了！这件"事"使我的感情与理智分道而驰了。

　　前五年吧，我离开了家乡一些日子。等到回家的时候，我便听说许多关于——也不大利于——我的老同学的话。把这些话凑在一处，合成这么一句：夏廉在柳屯——离我们那里六里多地的一个小村子——弄了个"人儿"。

　　这种事要是搁在别人的身上，原来并没什么了不得的。夏廉，不行。第一，他是教友；打算弄人儿就得出教。据我们村里的人看，无论是在白莲教，耶稣教，自要一出教就得倒运。自然，夏廉要倒运，正是一些人所希望的，所以大家的耳朵都竖起来，心中也微微有点跳。至于以教会的观点看这件事的合理与否的，也有几位，可是他们的意见并没引起多大的注意——太带洋味儿。

第二，夏廉，夏廉！居然弄人儿！把信教不信教放在一边，单说这个"人"，他会弄人儿，太阳确是可以打西边出来了，也许就是明天早晨！

夏家已有三辈是独传。夏廉有三个女儿，一个儿子。这个儿子活到十岁上就死了。夏嫂身体很弱，不见得再能生养。三辈子独传，到这儿眼看要断根！这个事实是大家知道的，可是大家并不因此而使夏廉舒舒服服地弄人儿，他的人缘正站在"好"的反面儿。

"断根也不能动洋钱"，谁看见那个愣辣椒也得这么想，这自然也是大家所以这样惊异的原因。弄人儿，他？他！

还有呢，他要是讨个小老婆，为是生儿子，大家也不会这么见神见鬼的。他是在柳屯搭上了个娘们。"怪不得他老往远处看呢，柳屯！"大家笑着嘀咕，笑得好像都不愿费力气，只到嗓子那溜儿，把未完的那些意思交给眼睛挤咕出来。

除了夏廉自己明白他自己，别人都不过是瞎猜；他的嘴比蛤蜊还紧。可是比较的，我还算是他的熟人，自幼儿的同学。我不敢说是明白他，不过讲猜测的话，我或者能猜个八九不离十。拿他那点宗教说，大概除了他愿意偶尔有个洋牧师到家里坐一坐，和洋牧师喜欢教会里有几家基本教友，别无作用。他当义和拳或教友恐怕没有多少分别。上帝有一位还是有十位，对于他，完全没关系。牧师讲道他便听着，听完博爱他并不少占便宜。可是他愿做教友。他没有朋友，所以要有个地方去——教会正是个好地方。"你们不理我呀，我还不爱交接你们呢；我自有地方去，我是教友！"这好像明明地在他那长脸上写着呢。

他不能公然地娶小老婆，他不愿出教。可是没儿子又是了不得的事。他想偷偷地解决了这个问题。搭上个娘们，等到有了儿子再说。夏老者当然不反对，祖父盼孙子自有比父亲盼儿子还盼得厉害的。教会呢，洋牧师不时常来，而本村的牧师还不就是那么一回事，上帝本是洋人带过来的。反正没晴天大日头地用敞车往家里拉人，就不算是有意犯教规，大家闭闭眼，事情还有过不去的？

至于图省钱，那倒未必。搭人儿不见得比娶小省钱。为得儿子，他这一回总算下了决心，不能不咬咬牙。"教友"虽不是官衔，却自有作用，而儿子又是必不可少的，闭了眼啦，花点钱！

这是我的猜测，未免有点刻薄，我知道；但是不见得比别人的更刻薄。至于正确的程度，我相信我的是最优等。

在家没住了几天，我又到外边去了两个月。到年底下我回家来过年，夏家的事已发展到相当的地步：夏廉已经自动地脱离教会，那个柳屯的人儿已接到家里来。我真没想到这事儿会来得这么快。但是我无须打听，便能猜着：村里人的嘴要是都咬住一个地方，不过三天就能把长城咬塌了一大块。柳屯那位娘们一定是被大家给咬出来了，好像猎狗掘兔子窝似的，非扒到底儿不拉倒。他们死咬一口，教会便不肯再装聋卖傻，于是……这个，我猜对了。

可是，我还有不知道的。我遇见了夏老者。他的红眼边底下有些笑纹，这是不多见的。那几根怪委屈的胡子直微微地动，似乎是要和我谈一谈。我明白了：村里人们的嘴现在都咬着夏家，连夏老头子也有点撑不住了；他也想为自己辩护几句。我是刚由外边回来的，好像是个第三者，他正好和我诉诉委屈。好吧，蛤蜊张了嘴，不容易的事，我不便错过这个机会。

他的话是一派的夸奖那个娘们，他很巧妙地管她叫作"柳屯的"。这个老家伙有两下子，我心里说。他不为这件"事"辩护，而替她在村子里开道儿。村儿里的事一向是这样：有几个人向左看，哪怕是原来大家都脸朝右呢，便慢慢地能把大家都引到左边来。她既是来了，就得设法叫她算个数；这老头子给她砸地基呢。"柳屯的"不卑不亢地，简直的有些诗味！

"太好了，'柳屯的！'，"他的红眼边忙着眨巴，"比大嫂强多了，真泼辣！能洗能做，见了人那份和气，公是公，婆是婆！多费一口子的粮食，可是咱们白用一个人呢！大嫂老有病，横草不动，竖草不拿；'柳屯的'什么都拿得起来！所以我就对廉儿说了，"老头子抬着下巴颏看准了我的眼睛，我知道他是要给儿子掩饰了，"我就说了，廉儿呀，把她接来吧，咱们'要'这么一把手！"说完，他向我眨巴眼，红眼边一劲地动，看看好像是孙猴子的父亲。他是等着我的意见呢。

"那就很好。"我只说了这么一句四面不靠边的。

"实在是神的意思！"他点头赞叹着，"你得来看看她；看见她，你就明白了。"

"好吧，大叔，明儿个去给您老拜年。"真的我想看看这位柳屯的贤妇。

第二天我到夏家去拜年，看见了"柳屯的"。

她有多大岁数，我说不清，也许三十，也许三十五，也许四十。大概说她在四十五以下准保没错。我心里笑开了，好劲个"人儿"！高高的身量，长长的脸，脸上擦了一斤来的白粉，可是并不见得十分白；鬓角和眉毛都用墨刷得非常整齐：好像新砌的墙，白的地方还没全干，可是黑的地方真黑真齐。眼睛向外弩着，故意地慢慢眨巴眼皮，恐怕碰了眼珠似的。头上不少的黄发，也用墨刷过，可是刷得不十分成功；戴着朵红石榴花。一身新蓝洋缎棉袄棉裤，腋下耷拉着一块粉红洋纱手绢。大红新鞋，至多也不过一尺来的长。

我简直的没话可说，心里头一劲儿地要笑，又有点堵得慌。

"柳屯的"倒有的说。她好像也和我同过学，有模有样地问我这个那个的。从她的话里我看出来，她对于我家和村里的事知道得很透彻。她的眼皮慢慢那么向我眨巴了几下，似乎已连我每天吃几个馍馍都看了去！她的嘴可是甜甘，一边张罗客人的茶水，一边儿说；一边儿说着，一边儿用眼角扫着家里的人；该叫什么的便先叫出来，而后说话，叫得都那么怪震心的。夏老者的红眼边上有点湿润，夏老太太——一个瘪嘴弯腰的小老太太——的眼睛随着"柳屯的"转；一声爸爸一声妈，大概给二位老者已叫迷糊了。夏廉没在家。我想看看夏大嫂去，因为听说她还病着。夏家二位老人似乎没什么表示，可是眼睛都瞧着"柳屯的"，像是跟她要主意；大概他们已承认：交际来往，规矩礼行这些事，他们没有"柳屯的"那样在行，所以得问她。她忙着就去开门，往西屋里让。陪着我走到窗前。便交待了声："有人来了。"然后向我一笑，"屋里坐，我去看看水。"我独自进了西屋。

夏大嫂是全家里最老实可爱的人。她在炕上围着被子坐着呢。见了我，她似乎非常的喜欢。可是脸上还没笑利落，泪就落下来了："牛儿叔！牛儿叔！"她叫了我两声。我们村里彼此称呼总是带着乳名的，孙子呼祖父也得挂上小名。她像是有许多的话，可是又不肯说，抹了抹泪，向窗外看了看，然后向屋外指了一下。我明白她的意思。

我问她的病状，她叹了口气："活不长了，死了也不能放心！"那个娘们实在是夏嫂心里的一块病，我看出来。即使我承认夏嫂是免不掉忌妒，我也不能说她的忧虑是完全为自己，她是个最老实可爱的人。我和她似乎都看出来点危险来，那个娘们！

由西屋出来，我遇上了"她"，在上房的檐下站着呢。很亲热地赶过来，让我再坐一坐，我笑了笑，没回答出什么来。我知道这一笑使我和她结下仇。这个娘们眼里有活，她看清这一笑的意思，况且我是刚从西屋出来。出了大门，我吐了口气，舒畅了许多；在她的面前，我也不怎么觉着别扭。我曾经做过一个噩梦，梦见一个母老虎，脸上擦着铅粉。这个"柳屯的"又勾起这个噩梦所给的不快之感。我讨厌这个娘们，虽然我对她并没有丝毫地位的道德的成见。只是讨厌她，那一对弩出的眼睛！

年节过去，我又离开了故乡，到次年的灯节回来。

似乎由我一进村口，我就听到一种喽喽喳喳的声音；在这声音当中包着的是"柳屯的"。我一进家门，大家急于报告的也是她。

在我定了定神之后，我记得已听见他们说：夏老头子的胡子已剩下很少，被"柳屯的"给扯去了多一半。夏老太太常给这个老婆跪着。夏大嫂已经分出去另过。夏廉的牙齿都被嘴巴搧了去……我怀疑我莫不是做梦呢！不是梦，因为我歇息了一会儿以后，他们继续地告诉我："柳屯的"把夏家完全拿下去了。他们你一言我一语地争着说，我相信了这是真事，可是记不清他们说的都是什么了。

我一向不大信《醒世姻缘》中的故事；这个更离奇。我得亲眼去看看！眼见为真，不然我不能信这些话。

第二天，村里唱戏，早九点就开锣。我也随着家里的人去看热闹；其实我的眼睛专在找"她"。到了戏台的附近，台上已打了头通。台下的人已不少，除了本村的还有不少由外村来的。因为地势与户口的关系，戏班老是先在我们这里驻脚。二通锣鼓又响了，我一眼看见了"她"。她还是穿着新年的漂亮衣服，脸上可没有擦粉——不像一小块新砌的墙了，可是颇似一大扇棒子面的饼子。乡下的戏台搭得并不矮，她抓住了台沿，只一悠便上去了。上了台，她一直扑过文场去，"打住！"她喝了一声。锣鼓立刻停了。我以为她是要票一出什么呢。《送亲演礼》，或是《探亲家》，她演，准保合适，据我想。不是，我没猜对，她转过身来，两步就走到台边，向台下的人一挥手。她的眼努得像一对小灯笼。说也奇怪，台下大众立刻鸦雀无声了。我的心凉了：在我离开家乡这一年的工夫，她已把全村治服了。她用的是什么方法，我还没去调查，但大家都不敢惹她确是真的。

"老街坊们！"她的眼珠努得特别的厉害，台根底下立着的小孩们，被她吓哭了两三个。"老街坊们！我娘们先给你们学学夏老王八的样儿！"她的腿圈起来，眼睛拿鼻尖作准星，向上半仰着脸，在台上拐拉了两个圈。台下居然有人哈哈地笑起来。

走完了场，她又在台边站定，眼睛整扫了一圈，开始骂夏老王八。她的话，我没法记录下来，我脑中记得的那些字绝对不够用的。况且在事实上，夏老头儿并不那样老与生殖器有密切的关系,像她所形容的。她足足骂了三刻钟,一句跟着一句,流畅而又雄厚。设若不是她的嗓子有点不跟劲,大概骂个两三点钟是可以保险的。可奇的是大家听着!

她下了台,戏就开了,观众们高高兴兴地看戏,好像刚才那一幕,也是在程序之中的。我的脑子里转开了圈,这是啥事儿呢?本来不想听戏,我就离开戏台,到"地"里去溜达。

走出不远,迎面松儿大爷撅撅着胡子走来了。

"听戏去,松儿大爷?新喜,多多发财!"我作了个揖。

"多多发财!"老头子打量了我一番,"听戏去?这个年头的戏!"

"听不听不吃劲!"我迎合着说。老人都有这宗脾气,什么也是老年间的好;其实松儿大爷站在台底下,未必不听得把饭也忘了吃。

"看怎么不吃劲了!"老头儿点头咂嘴地说。

"松儿大爷,咱们爷儿俩找地方聊聊去,不比听戏强?城里头买来的烟卷!"我掏出盒"美丽"来,给了老头子一支，松儿大爷是村里的圣人，我这盒烟卷值金子，假如我想打听点有价值的消息；夏家的事，这会儿在我心中确是有些价值。怎会全村里就没有敢惹她的呢？这像块石头压着我的心。

把烟点着，松儿大爷带着响吸了两口，然后翻着眼想了想："走吧，家里去！我有二百一包的，闷得酽酽的，咱们扯它半天，也不赖！"

随着松儿大爷到了家。除了松儿大娘，别人都听戏去了。给他们拜完了年，我就手也把大娘给撺出去："大娘，听戏去，我们看家！"她把茶——真是二百一包的——给我们沏好，瘪着嘴听戏去了。

等松儿大爷审过了我——我挣多少钱，国家大事如何，……我开始审他。

"松儿大爷，夏家的那个娘们是怎回事？"

老头子头上的筋跳起来，仿佛有谁猛孤丁地搂了他的嘴巴。"臭狗屎！提她？"啪的往地上唾了一口。

"可是没人敢惹她！"我用着激将法。

"新鞋不踩臭狗屎！"

我看出来村里有一部分人是不屑于理她，或者是因为不屑援助夏家父子。不踩臭狗屎的另一方面便是由着她的性反，所以我把"就没人敢出来管教管教她？"咽了回去，换上："大概也有人以为她怪香的？"

"那还用说！一斗小米，二尺布，谁不向着她；夏家爷儿俩一辈子连个屁也不放在街上！"

这又对了，一部分人已经降服了她。她肯用一斗小米二尺布收买人，而夏家父子舍不得个屁。

"教会呢？"

"他爷们裁了，挂洋味的全不理他们了！"

他们父子的地位完了，这里大概含着这么点意思，我想：有的人或者甯自答理她，也不同情于他们；她是他们父子的惩罚；洋神仙保佑他们父子发了财，现在中国神仙借着她给弄个底儿掉！也许有人还相信她会呼风唤雨呢！

"夏家现在怎样了呢？"我问。

"怎么样？"松儿大爷一气灌完一大碗浓茶，用手背擦了擦胡子："怎么样？我给他们算定了，出不去三四年，全完！咱这可不是血口喷人，盼着人家倒霉，大年灯节的！

你看，夏大嫂分出去了，这是半年前的事了。那时候，柳屯这个娘们一天到晚挑唆：啊，没病装病，死吃一口，谁受得了？三个丫头，哪个不是赔钱货！夏老头子的心活了，给了大嫂三十亩地，让她带着三个女儿去住西小院那三间小南屋。由那天起，夏廉没到西院去过一次。他的大女儿是九月出的门子，他们全都过去吃了三天，可是一个子儿没给大嫂。夏廉和他那个爸爸觉得这是个便宜——白吃儿媳妇三天！"

"大嫂的娘家自然帮助她些了？"我问。

"那是自然；可有一层，他们都擦着黑儿来，不敢叫柳屯的娘们看见。她在西墙那边老预备着个梯子，一天不定往西院瞭望多少回。没关系的人去看夏大嫂，墙头上有整车的村话打下来；有点关系的人，那更好了，那个娘们拿刀在门口堵着！"松儿大爷又唾了一口。

"没人敢惹她？"

松儿大爷摇了摇头。"夏大嫂是蛤蟆垫桌腿，死挨！"

"她死了，那个娘们好成为夏大嫂？"

"还用等她死了？现在谁敢不叫那个娘们'大嫂'呢？'二嫂'都不行！"

"松儿大爷你自己呢？"按说，我不应当这么挤兑这个老头子！

"我？"老头子似乎挂了劲，可是事实又叫他泄了气，"我不理她！"又似乎太泄气，所以补上，"多咱她找到我的头上来，叫她试试，她也得敢！我要跟夏老头子换换地方，你看她敢扯我的胡子不敢！夏老头子是自找不自在。她给他们出坏道儿，怎么占点便宜，他们听她的；这就完了。既听了她的，她就是老爷了！你听着，还有呢：她和他们不是把夏大嫂收拾了吗？不到一个月，临到夏老两口子了，她把他们也赶出去了。老两口子分了五十亩地，去住场院外那两间牛棚。夏老头子可真急了，背起梢马子就要进城，告状去。他还没走出村儿去，她追了上来，一把扯回他来，左右开弓就是几个嘴巴子，跟着便把胡子扯下半边，临完给他下身两脚。夏老头子半个月没下地。现在，她住着上房，产业归她拿着，看吧！"

"她还能谋害夏廉？"我插进一句去。

"那，谁敢说怎样呢！反正有朝一日，夏家会连块土坯也落不下，不是都被她拿了去，就是因为她而闹丢了。不知道别的，我知道这家子要玩完！没见过这样的事，我快七十岁的人了！"

　　我们俩都半天没言语。后来还是我说了："松儿大爷，他们老公母俩和夏大嫂不会联合起来跟她干吗？"

　　"那不就好了吗，我的傻大哥！"松儿大爷的眼睛挤出点不得已的笑意来，"那个老头子混蛋哪。她一面欺侮他，一面又教给他去欺侮夏大嫂。他不敢惹她，可是敢惹大嫂呢。她终年病病歪歪的，还不好欺侮。他要不是这样的人，怎能会落到这步田地？那个娘们算把他们爷俩的脉摸准了！夏廉也是这样呀，他以为父亲吃了亏，便是他自己的便宜。要不怎说没法办呢！"

　　"只苦了个老实的夏大嫂！"我低声地说。

　　"就苦了她！好人掉在狼窝里了！"

　　"我得看看夏大嫂去！"我好像是对自己说呢。

　　"乘早不必多那个事，我告诉你句好话！"他很"自己"的说。

　　"那个娘们敢捲我半句，我叫她滚着走！"我笑了笑。

　　松儿大爷想了会儿："你叫她滚着走，又有什么好处呢？"

　　我没话可说。松儿大爷的哲理应当对"柳屯的"敢这样横行负一部分责任。同时，为个人计，这是我们村里最好的见解。谁也不去踩臭狗屎，可是狗屎便更臭起来；自然还有说她是香的人！

辞别了松儿大爷，我想看看大嫂去；我不能怕那个"柳屯的"，不管她怎么厉害——村里也许有人相信她会妖术邪法呢！但是，继而一想：假如我和她干起来，即使我大获全胜，对夏大嫂有什么好处呢？我是不常在家里的人；我离开家乡，她岂不因此而更加倍地欺侮夏大嫂？除非我有彻底地办法，还是不去为妙。

不久，我又出了外，也就把这件事忘了。

大概有三年我没回家，直到去年夏天才有机会回去休息一两个月。

到家那天，正赶上大雨之后。田中的玉米，高粱，谷子；村内外的树，都绿得不能再绿。连树影儿，墙根上，全是绿的。在都市中过了三年，乍到了这种静绿的地方，好像是入了梦境；空气太新鲜了，确是压得我发困。我强打着精神，不好意思去睡，跟家里的人闲扯开了。扯来扯去，自然而然地扯到了"她"。我马上不困了，可是同时也觉出乡村里并非是一首绿的诗。在大家的报告中，最有趣的是"她"现在正传教！我一听说，我想到了个理由：她是要把以前夏家父子那点地位恢复了来，可是放在她自己身上。不过，不管理由不理由吧，这件事太滑稽了。"柳屯的"传教？谁传不了教，单等着她！

据他们说，那是这么回事：村里来了一拨子教徒，有中国人，也有外国人。这群人是相信祷告足以治病，而一认罪便可以被赦免的。这群人与本地的教会无关，而且本地的教友也不参加他们的活动。可是他们闹腾得挺欢：偷青的张二楞，醉鬼刘四，盗嫂的冯二头，还有"柳屯的"，全认了罪。据来的那两洋人看，这是最大的成功，已经把张二楞们的相片——对了，还有时常骂街的宋寡妇也认了罪，纯粹因为白得一张相片；洋人带来个照相机——寄到外国去。奇迹！

这群人走了之后，"柳屯的"率领着刘四一干人等继续宣传福音，每天太阳压山的时候在夏家的场院讲道。

我得听听去！

有蹲着的，有坐着的，有立着的，夏家的场院上有二三十个人。我一眼看见了我家的长工赵五。

"你干吗来了？"我问他。

赵五的脸红了，迟迟钝钝地说："不来不行！来过一次，第二次要是不来，她捲祖宗三代！"

我也就不必再往下问了。她是这村的"霸王"。

柳树尖上还留着点金黄的阳光，蝉在刚来的凉风里唱着，我正呆看着这些轻摆的柳树，忽然大家都立起来，"她"来了！她比三年前胖了些，身上没有什么打扮修饰，可是很利落。她的大脚走得轻而有力，弩出的眼珠向平处看，好像全世界满属她管似的。她站住，眼珠不动，全身也全不动，只是嘴唇微张："祷告！"大家全低下头。她并不闭眼，直着脖颈念念有词，仿佛是和神面对面地讲话呢。

正在这时候，夏廉轻手蹑脚地走来，立在她的后面，很虔敬地低下头，闭上眼。我没想到，他倒比从前胖了些。焉知我们以为难堪的，不是他的享受呢？猪八戒玩老雕，各好一路——我们村里很有些圣明的俗语儿。

她的祷告大略是："愿夏老头子一个跟头摔死。叫夏娘们一口气不来，堵死，叫夏娘们的大丫头让野汉子操死。叫那个二丫头下窑子，三丫头半掩门……阿门！"

奇怪的是，没有一个人觉着这个可笑，或是可恶；大家一齐随着说"阿门"。莫非她真有妖术邪法？我真有点发糊涂！

我很想和夏廉谈一谈。可是"柳屯的"看着我呢——
用她的眼角。夏廉是她的猫，狗，或是个什么别的玩艺。
他也看见我了，只那么一眼，就又低下头去。他拿她当作
屏风，在她后面，他觉得安全，虽然他的牙是被她打飞了
的。我不十分明白他俩的真正关系，我只想起：从前村里
有个看香的妇人，顶着白狐大仙。她有个"童儿"，才四十
多岁。这个童儿和夏廉是一对儿，我想不起更好的比拟。
这个老童儿随着白狐大仙的代表，整像耍猴子的身后随着
的那个没有多少毛儿的羊。这个老童儿在晚上和白狐大仙
的代表一个床上睡，所以他多少也有点仙气。夏廉现在似
乎也有点仙气，他祷告的很虔诚。

我走开了，觉着"柳屯的"的眼随着我呢。

夏老者还在地里忙呢，我虽然看见他几次，始终没能
谈一谈，他躲着我。他已不像样子了，红眼边好像要把夏
天的太阳给比下去似的。可是他还是不惜力，仿佛他要把
被"柳屯的"所夺去的都从地里面补出来，他拿着锄向地
咬牙。

夏大嫂，据说，已病得快死了。她的二女儿也快出门
子，给的是个当兵的，大概是个排长，可是村里都说他是
个军官。

我们村里的人，对于教会的人是敬而远之；对于"县"里的人是手段与敬畏并用；大家最怕的，真怕的，是兵。"柳屯的"大概也有点怕兵，虽然她不说。她现在自己是传教的；是乡绅，虽然没有"县"里的承认；也自己宣传她在县里有人。她有了乡间应有的一切势力（这是她自创的，她是个天才），只是没有兵。

对于夏二姑娘的许给一个"军官"，她认为这是夏大嫂诚心和她挑战。她要不马上翦除她们，必是个大患。她要是不动声色地置之不理，总会不久就有人看出她的弱点。赵五和我研究这回事来着。据赵五说，无论"柳屯的"怎样欺侮夏大嫂，村里是不会有人管的。阔点的人愿意看着夏家出丑，另有一些人是"柳屯的"属下。不过，"柳屯的"至今还没动手，因为她对"兵"得思索一下。这几天她特别的虔诚，祷告的特别勤，赵五知道。云已布满，专等一声雷呢，仿佛是。

不久，雷响了。夏家二姑娘，在夏大嫂的三个女儿中算是最能干的。据"柳屯的"看，自然是最厉害的。有一天，三妞在门外买线，二妞在门内指导着——因为快出门子了，不好意思出来。这么个工夫，"柳屯的"也出来买线，三妞没买完就往里走，脸已变了颜色。二妞在门内说了一句："买你的!"

"柳屯的"好像一个闪似的,就扑到门前:"我操你夏家十三辈的祖宗!你要吃大兵的肉棍,就在太太眼前大模大样的,我不把你臊豆子撕烂了!"

二妞三妞全跑进去了,"柳屯的"在后面追。我正在不远的一棵柳树下坐着呢。我也赶到,生怕她把二妞的脸抓坏了。可是这个娘们敢情知道先干什么,她奔了夏大嫂去。两拳,夏大嫂就得没了命。她死了,"柳屯的"便名正言顺地是"大嫂"了;而后再从容地收拾二妞三妞。把她们卖了也没人管,夏老者是第一个不关心她们的,夏廉要不是为儿子还不弄来"柳屯的"呢,别人更提不到了。她已经进了屋门,我赶上了。在某种情形下,大概人人会掏点坏,我揪住了她,假意地劝解,可是我的眼睛尽了它们的责任。二妞明白我的眼睛,她上来了,三妞的胆子也壮起来。大概她们常梦到的快举就是这个,今天有我给助点胆儿,居然实现了。

我嘴里说着好的,手可是用足了力量;差点劲的男人还真弄不住她呢。正在这么个工夫,"柳屯的"改变了战略——好厉害的娘们!

"牛儿叔,我娘们不打架,"她笑着,头往下一低,拿出一些媚劲,"我吓唬着她们玩呢。小丫头子,有了婆婆家就这么扬气,搁着你的!"说完,她撩了我一眼,扭着腰儿走了。

光棍不吃眼前亏，她真要被她们捶巴两下子，岂不把威风扫尽——她觉出我的手是有些力气。

不大会儿，夏廉来了。他的脸上很难看。他替她来管教女儿了，我心里说。我没理他。他瞪着二妞，可是说不出来什么，或者因为我在一旁，他不知怎样好了。二妞看着他，嘴动了几动，没说出什么来。又愣了会儿，她往前凑了凑，对准了他的脸就是一口，呸！他真急了，可是他还没动手，已经被我揪住。他跟我挣巴了两下，不动了。看了我一眼，头低下去："哎——"叹了口长气，"谁叫你们都不是小子呢！"这个人是完全被"柳屯的"拿住，而还想为自己辩护。他已经逃不出她的手，所以更恨她们——谁叫她们都不是男孩子呢！

二姑娘啐了爸爸一个满脸花，气是出了，可是反倒哭起来。

夏廉走到屋门口，又愣住了。他没法回去交差。又叹了口气，慢慢地走出去。

我把二妞劝住。她刚住声，东院那个娘们骂开了："你个贼王八，兔小子，连你自己操出来的丫头都管不了。……"

　　我心中打开了鼓，万一我走后，她再回来呢？我不能走，我叫三妞把赵五喊来。把赵五安置在那儿，我才敢回家。赵五自然是不敢惹她的，可是我并没叫他打前敌，他只是做会儿哨兵。

　　回到家中，我越想越不是滋味：我和她算是宣了战，她不能就这么完事。假如她结队前来挑战呢？打群架不是什么稀罕的事。完不了，她多少是栽了跟头。我不想打群架，哼，她未必不晓得这个！她在这几年里把什么都拿到手，除了有几家——我便是其中的一个——不肯理她，虽然也不肯故意得罪她；我得罪了她，这个娘们要是有机会，是满可以做个"女拿破仑"，她一定跟我完不了。设若她会写书，她必定会写出顶好的农村小说，她真明白一切乡人的心理。

　　果然不出我所料，当天的午后，她骑着匹黑驴，打着把雨伞——太阳毒得好像下火呢——由村子东头到西头，南头到北头，叫骂夏老王八，夏廉——贼兔子——和那两个小窑姐。她是骂给我听呢。她知道我必不肯把她拉下驴来揍一顿，那么，全村还是她的，没人出来拦她吗。

　　赵五头一个吃不住劲了，他要求我换个人去保护二妞。他并非有意激动我，他是真怕；可是我的火上来了："赵五，你看我会揍她一顿不会？"

赵五眨巴了半天眼睛："行啊；可是好男不跟女斗，是不是？"

可就是，怎能一个男子去打女人家呢！我还得另想高明主意。

夏大嫂的病越来越沉重。我的心又移到她这边来：先得叫二妞出门子，落了丧事可就不好办了，逃出一个是一个。那个"军官"是张店的人，离我们这儿有十二三里路。我派赵五去催他快娶——自然是得了夏大嫂的同意。赵五愿意走这个差，这个比给二妞保镖强多了。

我是这么想，假如二妞能被人家顺顺当当地娶了走，"柳屯的"便算又栽了个跟头——谁不知道她早就憋住和夏大嫂闹呢？好，夏大嫂的女婿越多，便越难收拾，况且这回是个"军官"！我也打定了主意，我要看着二妞上了轿。那个娘们敢闹，我揍她。好在她有个闹婚的罪名，我们便好上县里说去了。

据我们村里的人看，人的运气，无论谁，是有个年限的；没人能走一辈子好运，连关老爷还掉了脑袋呢。我和"柳屯的"那一幕，已经传遍了全村，我虽没说，可是三妞是有嘴有腿的。大家似乎都以为这是一种先兆——"柳屯的"要玩完。人们不敢惹她，所以愿意有个人敢惹她，看打擂是最有趣的。

"柳屯的"大概也打听着这么点风声，所以加紧地打夏廉，作为一种间接的示威。夏廉的头已肿起多高，被她往磨盘上撞的。

张店的那位排长原是个有名有姓的人，他是和家里闹气而跑出去当了兵；他现在正在临县驻扎。赵五回来交差，很替二妞高兴——"一大家子人呢，准保有吃有喝；二姑娘有点造化！"他们也答应了提早结婚。

"柳屯的"大概上十回梯子，总有八回看见我：我替夏大嫂办理一切，她既下不了地，别人又不敢帮忙，我自然得卖点力气了——一半也是为气"柳屯的"。每逢她看见我，张口就骂夏廉，不但不骂我，连夏大嫂也摘干净了。我心里说，只要你不直接冲锋，我便不接碴儿，咱们是心里的劲！

夏廉，有一天晚上找我来了；他头上顶着好几个大青包，很像块长着绿苔的山子石。坐了半天，我们谁也没说话。我心里觉得非常乱，不知思想什么好；他大概也不甚好受。我为是打破僵局，没想就说了句："你怎能受她这个呢！"

"我没法子！"他板着脸说，眉毛要皱上，可是不成功，因为那块都肿着呢。

"我就不信一个男子汉——"

他没等我说完，就接了下去："她也有好处。"

"财产都被你们俩弄过来了，好处？"我没好意地笑着。

他不出声了，两眼看着屋中的最远处，不愿再还口；可是十分不爱听我的话；一个人有一个主意——他愿挨揍而有财产。"柳屯的"，从一方面说，是他的宝贝。

"你干什么来了？"我不想再跟他多费话。

"我——"

"说你的！"

"我——，你是有意跟她顶到头儿吗？"

"夏大嫂是你的元配，二妞是你的女儿！"

他没往下接碴，简单地说了一句："我怕闹到县里去！"

我看出来了："柳屯的"是绝不能善罢甘休，他管不了；所以来劝告我。他怕闹到县里去——钱！到了县里，没钱是不用想出来的。他不能舍了"柳屯的"：没有她，夏老者是头一个必向儿子反攻的。夏廉是相当的厉害，可是打算大获全胜非仗着"柳屯的"不可。真要闹到县里去，而"柳屯的"被扣起来，他便进退两难了：不设法弄出她来吧，他失去了靠山；弄出她来吧，得花钱；所以他来劝我。

"我不要求你帮助夏大嫂——你自己的妻子；你也不用管我怎样对待'柳屯的'。咱们就说到这儿吧。"

第二天，"柳屯的"骑着驴，打着伞，到县城里骂去了：由东关骂到西关，还骂的是夏老王八与夏廉。她试试，试试城里有人抓她或拦阻她没有。她始终不放心县里。没人拦她，她打着得胜鼓回来了；当天晚上，她在场院召集布道会，咒诅夏家，并报告她的探险。

战事是必不可避免的，我看准了。只好预备打吧，有什么法子呢？没有大靡乱，是扫不清咱们这个世界的污浊的；以大喻小，我们村里这件事也是如此。

这几天村里的人都用一种特别的眼神看我，虽然我并没想好如何作战——不过是她来，我决不退缩。谣言说我已和那位"军官"勾好，也有人说我在县里打点妥当；这使我很不自在。其实我完全是"玩玩票"，不想勾结谁。赵五都不肯帮助我，还用说别人？

村里的人似乎永远是圣明的。他们相信好运是有年限的，果然是这样；即使我不信这个，也敌不过他们——他们只要一点偶合的事证明了天意。正在夏家二妞要出阁之前，"柳屯的"被县里拿了去。村里的人知道底细，可是暗中都用手指着我。我真一点也不知道。

过了几天，消息才传到村中来：村里的一位王姑娘，在城里当看护。恰巧县知事的太太生小孩，把王姑娘找了去。她当笑话似的把"柳屯的"一切告诉了知事太太，而知事太太最恨做小老婆的，因为知事颇有弄个"人儿"的愿望与表示。知事太太下命令叫老爷"办"那个娘们，于是"柳屯的"就被捉进去。

村里人不十分相信这个，他们更愿维持"柳屯的"交了五年旺运的说法，而她的所以倒霉还是因为我。松儿大爷一半满意，一半慨叹地说："我说什么来着？出不了三四年，夏家连块土坯也落不下！应验了吧？县里，二三百亩地还不是白填进去！"

夏廉决定了把她弄出来，愣把钱花在县里也不能叫别人得了去——他的爸爸也在内。

夏老者也没闲着，没有"柳屯的"，他便什么也不怕了。

夏家父子的争斗，引起一部分人的注意——张二楞，刘四，冯二头，和宋寡妇等全决定帮助夏廉。"柳屯的"是他们的首领与恩人。连赵五都还替她吹风——"到了县衙门，'柳屯的'还骂呢，硬到底！没见她走的时候呢，叫四个衙役搀着她！四个呀，衙役！"

夏二妞平平安安地被娶了走。暑天还没过去，夏大嫂便死了；她笑着死的。三妞被她的大姐接了走。夏家父子把夏大嫂的东西给分了。宋寡妇说："要是'柳屯的'在家，夏大嫂那份黄杨木梳一定会给了我！夏家那俩爷们一对死王八皮！"

"柳屯的"什么时候能出来，没人晓得。可是没有人忘了她，连孩子们都这样的玩耍："我当'柳屯的'，你当夏老头?"他们这样商议。"我当'柳屯的'！我当'柳屯的'！我的眼会弩着！"大家这么争论。

连我自己也觉得有点对不起她了，虽然我知道这是可笑的。

沈二哥加了薪水

四十来岁，扁脸，细眉，冬夏常青地笑着，就是沈二哥。走路非常慎重，左脚迈出，右脚得想一会儿才敢跟上去。因此左肩有些探出。在左肩左脚都伸出去，而右脚正思索着的时节，很可以给他照张相，姿态有如什么大人物刚下飞机的样子。

自幼儿沈二哥就想做大人物，到如今可是还没信儿做成。因为要做大人物，就很谨慎，成人以后谁也晓得他老于世故。可是老于世故并不是怎样的惊天动地。他觉得受着压迫，很悲观。处处他用着心思，事事他想得周到，步法永远一丝不乱，可也没走到哪儿去。他不明白。总是受着压迫，他想；不然的话……他要由细腻而丰富，谁知道越细心越往小里抽，像个盘中的橘子，一天比一天缩小。

他感到了空虚，而莫名其妙。

只有一点安慰——他没碰过多少钉子，凡事他都要"想想看"，唯恐碰在钉子上。他躲开了许多钉子，可是也躲开了伟大；安慰改成了失望。四十来岁的了，他还没飞起来过一次。躲开一些钉子，真的，可是嘴按在沙窝上，不疼，怪憋得慌。

对家里的人，他算尽到了心。可是他们都欺侮他。太太又要件蓝自由呢的夹袍。他照例地想想看，不说行，也不说不行。他得想想看：论岁数，她也三十五六了，穿哪门子自由呢？论需要，她不是有两三件夹袍了吗？论体面，似乎应当先给儿女们做新衣裳，论……他想出无数的理由，可是不便对她直说。想想看最保险。

"想想看，老想想看，"沈二嫂挂了气，"想他妈的蛋！你一辈子可想出来什么了?!"

沈二哥的细眉拧起来，太太没这样厉害过，野蛮过。他不便还口，老夫老妻的，别打破了脸。太太会后悔的，一定。他管束着自己，等她后悔。

可是一两天了，他老没忘了她的话，一时一刻也没忘。时时刻刻那两句话刺着他的心。他似乎已忘了那是她说的，他已忘了太太的厉害与野蛮。那好像是一个启示，一个提醒，一个向生命的总攻击。"一辈子可想出什么来了？老想想看！想他妈的蛋！"在往日，太太要是发脾气，他只认为那是一种压迫——他越细心，越周到，越智慧，他们大家越欺侮他。这一回可不是这样了。这不是压迫，不是闹脾气，而是什么一种摇动，像一阵狂风要把老老实实的一棵树连根拔起来，连根！他仿佛忽然明白过来：生命的所以空虚，都因为想他妈的蛋。他得干点什么，要干就干，再没有想想看。

是的，马上给她买自由呢，没有想想看。生命是要流出来的，不能罐里养王八。不能！三角五一尺，自由呢。买，没有想想看，连价钱也不还，买就是买。

刮着小西北风，斜阳中的少数黄叶金子似的。风刮在扁脸上，凉，痛快。秋也有它的光荣。沈二哥夹着那卷儿自由呢，几乎是随便的走，歪着肩膀，两脚谁也不等着谁，一溜歪斜的走。没有想想看，碰着人也活该。这是点劲儿。先叫老婆赏识赏识，三角五一尺，自由呢，连价也没还，劲儿！沈二哥的平腮挂出了红色，心里发热。生命应该是热的，他想，他痛快。

"给你，自由呢！"连多少钱一尺也不便说，丈夫气。"你这个人，"太太笑着，一种轻慢的笑，"不问问我就买，真是，我昨天已经买下了。得，来个双份。有钱是怎着?!"

"那你可不告诉我?!"沈二哥还不肯后悔,只是乘机会给太太两句硬的,"双份也没关系,买了就是买了!""哟,瞧这股子劲!"太太几乎要佩服丈夫一下,"吃了横人肉了?不告诉你喽,哪一回想想看不是个蔫溜儿屁?!"太太决定不佩服他一下了。

沈二哥没再言语,心中较上了劲。快四十了,不能再抽抽。英雄伟人必须有个劲儿,没有前思,没有后想,对!第二天上衙门,走得很快。遇上熟人,大概的一点头,向着树,还是向着电线杆子,都没关系。使他们惊异,正好。

衙门里同事的有三个加了薪。沈二哥决定去见长官,没有想想看。沈二哥在衙门里多年了,哪一件事,经他的手,没出过错。加薪没他的事?可以!他挺起身来,自己觉得高了一块,去见司长。

"司长,我要求加薪。"没有想想看,要什么就说什么。这是到伟大之路。

"沈先生,"司长对老人儿挺和气,"坐,坐。"

没有想想看,沈二哥坐在司长的对面,脸上红着。"要加薪?"司长笑了笑,"老人儿了,应当的,不过,我想想看。"

　　"没有想想看，司长，说句痛快的！"沈二哥的心几乎炸了，声音发颤，一辈子没说过这样的话。

　　司长愣了，手下没有一个人敢这样说话，特别是沈二哥；沈二哥一定有点毛病，也许是喝了两盅酒，"沈先生，我不能马上回答你；这么办，晚上你到我家里，咱们谈一谈？"

　　沈二哥心中打了鼓，几乎说出"想想看"来。他管住了嘴："晚上见，司长。"他退出屋。什么意思呢？什么意思呢？管它呢，已经就是已经。看司长的神气，也许……不管！该死反正活不了。不过，真要是……沈二哥的脸慢慢白了，嘴唇自己动着。他得去喝盅酒，酒是英雄们的玩艺儿。可是他没去喝酒，他没那个习惯。

　　他决定到司长家里去。一定没什么错儿；要是真得罪了司长，还往家中邀他么？说不定还许有点好处，"硬"的结果；人是得硬，哪怕偶尔一次呢。他不再怕，也不告诉太太，他一声不出地去见司长，得到好处再告诉她，得叫她看一手两手的。沈二哥几乎是高了兴。

　　司长真等着他呢。很客气，并且管他叫沈二哥："你比我资格老，我们背地里都叫你沈二哥，坐，坐！"沈二哥感激司长，想起自己的过错，不该和司长要脾气。"司长，对不起，我那么无礼。"沈二哥交待了这几句，心里合了辙。

他就是这么说话的时候觉得自然，合身份。"自己一定是疯了，跟司长翻脸。"他心里说。他一点也不硬了，规规矩矩地坐着，眼睛看着自己的膝。"司长叫我干什么？""没事，谈一谈。"

"是。"沈二哥的声音低而好听，自己听着都入耳。说完了，似乎随着来了个声音："你抽抽"，他也觉出来自己是一点一点往里缩呢。可是他不能改，特别是在司长面前。司长比他大得多，他得承认自己是"小不点"。况且司长这样客气呢，能给脸不兜着么？

"你在衙门里有十年了吧？"司长问，很亲热地。"十多年了。"沈二哥不敢多带感情，可是不由得有点骄傲，生命并没白白过去，十多年了，老有差事做，稳当，熟习，没碰过钉子。

"还愿往下做？"司长笑了。

沈二哥回答不出，觉得身子直往里抽抽。他的心疼了一下。还愿往下做？是的。但是，这么下去能成个人物么？他真不敢问自己，舌头木住了，全是空的，全是。"你看，今天你找我去……我明白……你是这样，我何尝不是这样。"司长思索了会儿，"咱们差不多。没有想想看，你说的，对了。咱们都坏在想想看上。不是活着，是凑合。你打动了我。咱们都有这种时候，不过很少敢像你这么直说出来的。咱们把心放在手上捧着。越活越抽抽。"司长的眼中露出真的情感。

沈二哥的嘴中冒了水。"司长，对！咱们，我，一天一天的思索，只是为'躲'，像苍蝇。对谁，对任何事，想想看。精明，不吃亏。其实，其实……"他再找不到话，嗓子中堵住了点什么。

"几时咱们才能不想想看呢？"司长叹息着。

"几时才能不想想看呢？"沈二哥重了一句，作为回答。

"说真的，当你说想想看的时候，你想什么？"

"我？"沈二哥要落泪，"我只想把自己放在有垫子的地方，不碰屁股。可也有时候，什么也不想，只是一种习惯，一种习惯。当我一说那三个字，我就觉得自己小了一些。可是我还得说，像小麻雀听见声儿必飞一下似的。我自己小起来，同时我管这种不舒服叫作压迫。我疑心。事事是和我顶着牛。我抓不到什么，只求别沉下去，像不会水的落在河里。我——"

"像个没病而怕要生病的，"司长接了过去，"什么事都先从坏里想，老微笑着从反面解释人家的好话真话。"他停了一会儿，"可是，不用多讲过去的了，现在我们怎办呢？""怎办呢？"沈二哥随着问，心里发空，"我们得有劲儿，我认为？"

"今天你在衙门里总算有了劲儿，"司长又笑了笑，"但是，假如不是遇上我，你的劲儿有什么结果呢？我明天要是对部长有劲儿一回，又怎样呢？"

"事情大概就吹了！"

"沈二哥，假若在四川，或是青海，有个事情，需要两个硬人，咱俩可以一同去，你去不去？"

"我想想看，"沈二哥不由得说出来了。

司长哈哈地笑起来，可是他很快地止住了："沈二哥，别脸红！我也得这么说，假如你问我的话。咱们完了。人家托咱们捎封信，带点东西，咱们都得想想看。惯了。头裹在被子里咱们才睡得香呢。沈二哥，明天我替你办加薪。""谢"堵住了沈二哥的喉。

八太爷

　　王二铁只念过几天私塾，斗大的字大概认识几个。他对笔墨书本全无半点好感，却喜的是踢球打拐，养鸟放风筝。他特别不喜爱书本。给他代替书本的是野台戏评书，和乡里的小曲与传说——他从这里受到教育。

　　他羡慕闲书、戏出与传说中的英雄好汉，而且在乡间械斗与唱戏的时候，他的行动，在他自己想，也的确有些英雄好汉的劲儿。就以唱戏来说吧，他总被管事的派作台下打手。假若有人在戏场上调戏妇女或故意捣乱，以至教秩序没法维持下去，管事的便大喝一声"拉出去"，而王二铁与其余的打手，便把闹事的拉出去饱打一顿。这样的尽力维持秩序，当然有一点报酬：管事的把末一天的戏完全交给打手们去调动，打手就必然地专点妇女们绝不敢来看的戏，而尽量地享受一天。可是，打手们的业务与权利并不老是这么轻快可喜。假若被打的人想报复，而结队前来挑战骂阵，即使是在戏已杀台后的许多天，打手们也还得义不容辞地去迎战；宁可掉了脑袋，也不能屈膝。掉脑袋的事儿虽然不是好玩的，可是为了看末一天的"荣誉"戏，王二铁与他的伙伴们谁也不肯退后示弱；只要有戏他们总是当然的打手。

在王二铁所知道的一批英雄之中，如张飞、李逵、武松、黄天霸等，他最佩服康小八。这有些原因：第一，康小八是在西太后当政的时候，使北京城里城外军民官吏一概闻名丧胆，而且使各州府县都感到兴奋与恐怖的人物。现在的七八十岁的老人，还有亲眼看见过他的。口头的描写比文字更有力量。王二铁只在舞台上看见过黄天霸与李逵，可是常由人们的口中听到康小八；康小八差不多是还活着呢。黄天霸只会打镖，而康小八用的是一对手枪。手枪，这是多么亲切，新颖，使人口中垂涎的东西呀！有了会打手枪的好汉在眼前，谁还去羡慕那手使板斧，或会打甩头一子的人物呢。第二，据说康小八是个黑矮个子，有两条快腿。王二铁呢，也是面黑如铁，而且身量不高。他的伙伴们往往俏皮他面黑身短。他明知道这不过是大家开开玩笑，并无损于他的尊严，可是他心中总多少有点不大得味儿。他想洗刷这个小小的"污点"。舞台上的黄天霸，他看，老是很漂亮的脸上敷粉，头上戴满了绒球的人。他开始反对黄天霸。及至他看过了《东皇庄》，扮康小八的是便衣薄底快靴，远不及黄天霸的漂亮威风，而耍的却是真刀真枪，他马上得到了一个满意的结论：黄天霸不过是个小白脸，康小八——跟他自己一样的又矮又黑——才是真正的好汉，为了这个结论，他和伙伴们打过许多次架。越打架，他越下工夫练拳，踢桩子，摔跤，拿大顶，好去在众人面前证明他是康小八转世，而康小八的确比黄天霸更厉害。

拳头硬会使矮子变成高子，黑的变成白的。没人再敢俏皮王二铁了，因为痛快了嘴而委屈了身上是不大合算的。可是，拳头也还有打不到的地方。大家不敢明言，却在背地里唧咕。他们暗中给他起了个外号——东洋鬼！在形象上，东洋鬼暗示出矮的意思；在心理上，大家表示出恨恶他，正和恨恶日本人似的。

二铁的憎恶日本人，正和别的乡下人一样。他不知道日本侵略中国的历史，但是日本人这一名词在他心中差不多和苍蝇臭虫同样的讨厌。现在"东洋鬼"加在他自己身上了，他没法忍受。他想用拳头消灭这个可恶的绰号。可是，大家并不明言，而只用眼光把它射出来！他想离开故乡。他早就想离开家乡——北平北边，快到昌平的大柳庄。为了实现自己的理想，他非走不可。他的身量、面色、力气、脚程，都像康小八。康小八是个赶驴的，他自己是庄稼汉，好汉不怕出身低呀。面对着北山，他时常出着神的盘算：假若有几百喽啰兵，由他率领，把住山口，打劫来往客商。而后等粮足马壮，再插起杏旗替天行道，救弱扶贫，他岂不就成了窦尔敦么？但是，窦寨王也比不了康小八。康八太爷没有喽啰，没有山寨，而敢在北京城里作案。作了案之后，大摇大摆地走进茶馆酒肆，连办案的巡缉暗探都得赶过来，张罗着会八太爷的钞。一语不合，掏出手枪，砰！谁管你是公子王孙，还是文武官员，八太爷是毫不留情的。到投案打官司的时候，人家八太爷入了北衙门，还是脚上没镣，手上没铐，自自在在地吃肉喝酒耍娘们。在南衙门定案之后，连西太后都要看看这个黑矮子。到了菜市口，八太爷自己跳上凌迟柱子下倒放着的筐子，面不改色。不准用针点心，不准削下头皮遮住眼睛，人家八太爷睁眼看着自己的乳头，自己的胳臂被刽子手割下，而含笑地高声的问："八太爷变了颜色没有？"成千成万的人一齐喝彩："好吗！"这才算是好汉，连窦尔敦也还差点劲儿啊！

康小八差不多附了二铁的体。二铁不闲着则已，一有空闲，他就不由得质问自己，为什么那个黑矮子可以做出惊天动地的事来，而自己这个黑矮子只蹲在家里拔麦子耪大地？他渴想得到一把手枪。有了枪，他便上北平。他不再面对着北山出神了，北平才是真正可以露脸的地方；他的心和脸一齐朝了南。

可是，他得不到手枪。即使能够得到，他也还走不开。

他的老母亲还活着呢。他并不怕母亲，也未曾从书本上明白了何为孝道。也许是什么一点民族文化的胶合力吧，把他多多少少地粘在中国的历史上，他究竟是个中国人，因而他对母亲就有许多不好意思的地方。好像母亲的手中有一根无形的绳子，把他这条野驴拴在门外的榆树上。他时时想不辞而别。有时候他真的走出一二十里去，虽然腰里没有手枪，可是带着一些干粮。走来走去，他拨转了马头。不行，老母亲的白发与没了牙的嘴不容许他去做英雄。走回家来，他无论是拔麦子，还是劈高粱叶，都在全村考第一。他把做英雄的力气用在做庄稼活上。不为讨谁的好，只为把力气消耗出去。因此，虽然他被仇人们叫作"东洋鬼"，可是一般的人凭良心说话的时节，还不能不夸赞他两句："二铁虽然是好闹事的糊涂虫，对他娘可是还不错呀！"

在七七抗战那年的春天，王老太太死了。二铁哭了一大阵，而后卖了二亩田，喝了半斤白干，把母亲埋葬了。丧事办完之后，他没心去做什么，只穿着孝袍子在村子外边绕来绕去。正是农忙的时候，而二铁绝对不肯去忙。村中的老人们看出点危险来。在吃过晚饭，点上叶子烟的时候，他们低声地说出预言："这小子没了娘，还怕谁呢？看着吧，说不定就会好吃懒做，把田卖净。再没事儿弄点猫尿，喝醉了胡来。把钱花光，他要不做贼，算我没长来眼睛！"随着这预言而来的恐惧不止一款：他会酗酒闹事，会调戏妇女，会勾结土匪，会引诱年轻人学坏……可是，二铁毫无动作。他常常坐在母亲的坟头儿前面，脸朝南发愣。要不然，他在村外的水塘边上去照自己的脸。白色的孝衣，把他的脸衬得更黑。他一边照影，一边用手摸他的脸。他的脸上每一块肉几乎都是硬的，处处都见棱见角。这样坚硬而多棱角的脸是不会很体面的，可是摸起来倒教他高兴，硬汉当然有一副硬脸啊。只有他的矮趴趴的鼻子头有点软活劲儿。当他看厌了自己的时候，他便抬着头出神，用三个手指揪，揉，拉，他的鼻头，好像很好玩似的。

忽然的，他把所有的一点点地全卖了。卖得很便宜。村中的长辈们差不多不敢正眼看他了，他们预言的一部分已经应验，而提心吊胆地等待着明天的发展。同时，卖肉的，卖酒的，甚至于连推车卖布的，都一致地在王家门外多吆喝几声。有时候，他们在路上遇到他，便也立住和他闲扯几句，而眼光射在他的腰间。可是，他的手老不去掏他的腰包。他早晚依旧练工夫。赌徒们，本村的和外村的，时常搭讪着来陪他练，希望练完工夫，他也陪他们去玩玩牌九。有一天，他发了怒："我的钱是留着买枪的！滚蛋！"

买枪！买枪！买枪！一会儿传遍了村里村外。长老们的心要从口中跳出来！

忽然的，王二铁不见了。

买枪去了！买枪去了！大家争着代他宣传，而且猜测枪到了手以后，二铁究竟要干什么。有人为这个事打了赌。

过了一个多月，大家都等得不耐烦了，二铁才满头大汗地走了回来。他已脱了孝衣而穿上一身阴丹士林的新蓝裤褂。大家马上都变成了侦探，想设法看到他的手枪。假若他把枪带在腰间，就应当很容易被看到，因为他只穿着一身单裤褂。可是，大家谁也没能发现什么。他有时候打赤背，腰间除了一根宽宽的硬带子，什么也没有。

放牛的孩子们，渐渐成了重要人物。二铁常常独自走出很远，而村子里的人起着誓说，他们千真万确地听到远处有枪声。这一定是二铁在荒僻的地方打靶吧，或者，哼，也许是劫人呢！大人没有工夫，放牛的孩子们会拐弯抹角地盯梢。孩子们虽然也没亲眼看见二铁真的在某处打靶，或劫人，可是他们的报告总会供给大家以疑神疑鬼——这自然是很有趣的——资料。

六月底，二铁想卖掉他的三间土房。没有人敢买。碰了几个钉子之后，他把村长——一位五十多岁而还吃斤饼斤面的干巴老头儿——像窦尔敦拉黄天霸似的，拉到自己的门前。把村长按在磨盘上，他坐在一束高粱秆儿上。开门见山地，他告诉村长：

"我卖这三间土房，马上用钱，你给我卖！"

村长用像老树根子的手指，梳了梳短须而后摇了摇头。

"你不管？"二铁立起来。

"我知道你要干什么呢？"

"那你不用管，"二铁往前凑了一步，"我问你，要这三间土房不要？"

村长又微微摇了摇头。

二铁又往前凑了一步。手往腰门按了按。

"二铁！"村长咽了一口唾沫，"二铁！你是个好孩子，有力气，有本事，为什么不好好地成个家，生儿养女，像个人似的呢？卖房子卖地，你对得起你的老人们吗？你说！"

二铁的眼看着地上的一条花毛虫，只看了一秒钟。然后他的眼对准了村长的，眼珠和脸都忽然的更黑了。"你知道我是谁吗？"

"废话！你难道不是二铁？"

"我是康小八！我黑，我矮，我有力气，我腿快，我还有枪！"他喘了一口气，"这个破村子留不住我，我要上大城里去做个好汉！赶明儿个，你听说大城里头又出了康小八，那就是我！先不用害怕，我不在这个破村子里吓吓你们土头土脑的人。我要站在前门外头，劫两辆汽车，给你们看看！"

"噢！"老头儿慢慢地立起来，想要走开。

二铁一把抓住老者的腕子。"别走！这三间房子怎么办？为这屁股大的一点地和这间臭房，就值得我干一辈子的吗？"

"我，我不管！康小八是个贼！"

"什么？"二铁的手握紧了些。

"我是说呀！"老人故意地拿腔作调，"康小八是个贼，好人不做贼！"

二铁的手去摸枪。他晓得康小八永远是先开枪，免得多费话。

老人笑了笑，镇静而温和地说："告诉你，二铁，而今不是那个年头了。想当初，康小八有枪，别人没有，所以能横行霸道，大闹北京城。而今，枪不算什么稀罕物儿了，恐怕你施展不开。我说的是实话，听不听随你！"说完，老人又微笑了笑，从容地夺出自己的手来，慢慢地走开。

二铁愣住了。他的脑子——没受过任何训练——是不会

细想什么的。平日，只凭心血来潮，要做什么就做了，结果
如何，全不考虑。今天，听到村长的话，他的心中凉了一
下，把要掏枪就打的热劲儿减低了许多度。他的手离开了
枪。心中好像要想什么。但是，他没有思索的习惯，心中只
觉得发堵，不，他不能这样轻易屈服，他得做点什么，使心
中畅快。他极快的掏出枪来，赶上几步，高声的喊道："你
站住！"

村长站定了。

"这三间土房，交给你看着。能卖就卖；不能卖，你给
看着！不听话，你看这个！"二铁举起枪来，砰！一颗子弹
打进老榆树的干子去。"我走啦，再回来的时候，我就是真
正的康小八了！"说罢，他几乎是擦着村长的肩头，迈着大
步，向南走去，枪还在手中提着。村人听到枪响，争着往
门外跑，可是一看见提着枪的二铁，又都把头缩回门里去。

走到了安定门的关厢，二铁还打听哪里是北平呢。及
至听到"这就是北平"，他还不敢相信。在他的心中，北平
到处是宝石砌的墙，街上的树都是一两丈高的珊瑚，怎么
这个关厢也这么稀松平常呢？更使他伤心的是他已经看到
拿枪的人，保安队，宪兵，都有枪！事前不详加考虑的人，
后悔也最快。他后悔了。不错，凭他那四五亩田，和三间
土房，他辛苦地干一辈子恐怕连个老婆也混不上，更不要

说做什么英雄好汉了。可是，现在他还没有看到有饭碗大的金刚钻，与比馒头还大的金钉子的皇宫内院，而已经看到许多的枪，长的短的，还有明晃晃的刺刀。他晓得，要是不拿家伙而专比拳脚，上来十个八个壮汉，他也不在乎。可是，若是十来支枪围住他，他该怎么办呢？枪弹把老榆树都一打一个深洞啊！他想拨转马头回家。可是他的脚还往前走。不能回家。回家只有放牛，耕地，流汗，吃棒子面与打那毫无结果的架。北平才是藏龙卧虎的地方，尽管枪多，好汉总还是好汉。他进了安定门。

打听明白天桥儿是在正南，他便一直地奔了天桥去。在城里，看见汽车，电车，金匾的大铺子，他高兴得多了。一边走，一边盘算，假若他单人独马去劫一辆车，或一家金店，岂不就等于劫皇饷，盗御马么？那些他所记得的红脸绿脸，有压耳毫，穿英雄氅的人们，在他心中出来进去，如同一出武戏。

在天桥儿，他还没敢作案。袋里有那点卖田地的钱，他吃了水爆羊肚，看了坤班的蹦蹦戏，还在练拳卖膏药，举双石头，和摔跤的场子上帮了场，表演了几次。不到三四天，这一带的流氓土混混几乎都知道了北京的康小八。酒肉朋友，一天就能拜两起儿盟兄弟。二铁——北京的康小八——的嘴虽不大伶俐，可是腰里很硬。大家不但知道他腰里有钱，而且有手枪。当他被大家灌醉了的时候，大家故意地探问："钱花光了怎办呢?"

他的黑脸被酒力催的，变成黑紫，他本想不回答这问题，可是嘴不听使，极快地说出来："我有枪，我是康小八！"

他的盟兄弟们已经不是梁山泊上的一百单八将了。他们在七七的前夕把他卖给了侦缉队。

他开枪拒捕，走出了永定门。

在小破土庙里，他倚着供桌打了一个盹。睁眼，已经天亮了。他很高兴这样无心中地开了张。从此，他的一切就专凭他的胆量与手枪了。他不能再拐弯，眼前的道路像摆好了的火车道，他只有像火车似的叮叮当当地循轨前进。他已经是一条好汉了，只需再做一件胆大手狠的事，便成了惊天动地的英雄好汉。

不凑巧，卢沟桥的炮声震动了全世界，谁还注意什么康小八不康小八呢。北平所有的枪都准备着向敌人射击，只有二铁还梦想着用他自己的那支小黑东西去劫一辆汽车。

他不明白大家的愤怒，惊疑，吼叫，痛哭，咒骂都是为了什么。他一心一意地想教大家叫他作八太爷而人们却全都诅咒着日本人。噢，日本人，他自己也憎恶日本人。今天，他的八太爷的称号与威风被日本人压下去，所以就可恨日本人了。他是不是应当去和日本人干干，叫日本人也晓得他是八太爷呢？他不能决定。他的脑子不够用的了。

他安然地回到天桥儿，仿佛他从未开过枪，拒过捕似的。找到了出卖他的人，他想再试一试枪，增加一点威风。可是，他们并毫无惧色。他们众口一音地说："咱们这点臭事算得了什么呢？有本事打日本人去！"

听到这种话，他分辨不出大家是激他，还是怕他。他只觉得这样的话似乎能往他心里去，使他没法不留下子弹，另有用途。

北平沦陷。当大队日本坦克车和步兵由南苑向永定门进行时，二铁在城外，趴在路旁的一株柳树后面。极快地他把子弹全射了出去。还没等日本鬼们来捉他，他已一跃而出："孙子们，好汉做事好汉当，我是康八太爷！"

他本想日本人会把他拖到菜市口，他好睁着眼看自己怎么死。在死的以前，他会喊喝："我打死他们六个，死得值不值？"等大家喝完了彩，他再说，"到大柳庄去传个信，我王二铁真成了康八太爷！"

可是，多少刺刀齐刺进他的肉。东洋的武士不晓得康小八，他们的武士道也不了解康小八的胆气与刚强。

"火"车

除夕。阴历的，当然；国历的那个还未曾算过数儿。

火车开了。车悲鸣，客轻叹。有的算计着：七，八，九，十；十点到站，夜半可以到家；不算太晚，可是孩子们恐怕已经睡了；架上放着罐头，干鲜果品，玩具；看一眼，似乎听到唤着"爸"，呆呆地出神。有的知道天亮才能到家，看看车上的人，连一个长得像熟人的都没有；到家，已是明年了！有的……车走得多慢！心已到家一百多次了，身子还在车上；吸烟，喝水，打哈欠，盼望，盼望，扒着玻璃看看，漆黑，渺茫；回过头来，大家板着脸；低下头，泪欲流，打个哈欠。

二等车上人不多。胖胖的张先生和细瘦的乔先生对面坐着。二位由一上车就把绒毯铺好，为独据一条凳。及至车开了，而车上旅客并不多，二位感到除夕奔驰的凄凉，同时也微觉独占一凳的野心似乎太小了些。同病相怜：二人都拿着借用免票，而免票早一天也匀不出来。意见相合：有免票的人叫你等到年底，你就得等到年底；而有免票的人就是愿意看朋友干着急，等得冒火！同声慨叹：今日的朋友——哼，朋友！——远非昔日可比了，免票非到除夕不撒手，还得搭老大的人情呀！一齐点头：把误了过年的罪过统统归到朋友身上；平常日子借借免票，倒还顺利，单等到年底才咬牙，看人一手儿！一齐没好意思出声：真他妈的！

胖张先生脱下狐皮马褂，想盘腿坐一会儿；太胖，坐不牢；车上也太热，胖脑门上挂了汗："茶房，打把手巾！"又对瘦乔先生："车里老弄这么热干吗？坐飞机大概可以凉爽一点。"

乔先生早已脱去大衣，穿着西皮箭的皮袍，套着青缎子坎肩，并不觉得热："飞机也有免票，不难找；可是……"瘦瘦的一笑。

"总以不冒险的为是！"张先生使着劲儿往上盘两只胖腿，还不易成功。"茶房，手巾！"

茶房——四十多岁，脖子很细很长，似乎可以随时把脑袋摘下来，再安上去，一点也不费事——攥着满手的热毛巾，很想热心服务，可是委屈太大了，一进门便和小崔聊起来："看见了没有？二十七，二十八，连跟了两次车，算计好了大年三十歇班。好，事到临期，刘先生上来了：老五，三十还得跑一趟呀！唉，看见了没有？路上一共六十多伙计，单短我这么一个！过年不过，没什么；单说这股子别扭劲！"长脖子往胖张先生那边探了探，毛巾换了手，揭起一条来，让小崔，"擦一把！我可就对刘先生说了：过年不过没什么，大年三十'该'我歇班；跑了一年的车了，恰好赶上这么个巧当儿！六十多伙计，单缺我……"长脖子像倒流瓶儿似的，上下咕噜着气泡，憋得很难过，把小崔的毛巾接过来，才又说出话来，"妈的不用混了，不干了，告诉你，事情妈的来得邪！一年到头，好容易……"

小崔的绿脸上泛出一点活儿气来，几乎可以当作笑意；头微微地点着，又要往横下里摇着；很想同情于老五，而决不肯这么轻易地失去自己的圆滑。自车长至老五，连各站上的挂钩的，都是小崔的朋友，他的瘦绿脸便是二等车票，就是闹到铁道部去大概也没人能否认这张特别车票的价值，正如同谁也晓得他身上老带着那么一二百两烟土而不能不承认他应当带着。小崔不能得罪人，对朋友们的委屈他都晓得，可就是不能给任何人太大的脸，而引起别人吃醋。他，谁也不得罪，所以谁也不怕；小崔这张车票——或是绿脸——印着全部人生的智慧。

"×，谁不是一年到头穷忙！"小崔想道出些自家的苦处，给老五一点机会抒散抒散心中的怨恨，像亚里士多德所说的悲剧的效果那样，"我还不是这样？大年三十还得跑这么一趟！这还不提，明天，大年初一，妈的还得看小红去！人家初一出门朝着财神爷走，咱去找那个臭，×！"绿嘴唇咧开，露出几个乌牙；绿嘴唇并上，鼓起，啪，一口唾液，唾在地上。

老五果然忘了些自家的委屈，同病相怜，向小崔颤了颤长脖子，近似善表情的骆驼。毛巾已凉，回去从新用热水浇过；回来，经过小崔的面前，不再说什么，只微一闭眼，尚有余怨。车摇了一下，他身子微偏，把自己投到苟先生身旁。"擦一把！大年三十才动身？"问苟先生，以便重新引起自己的牢骚，对苟先生虽熟，而熟的程度不似对小崔那么高，所以需小小地绕个弯儿。

苟先生很体面，水獭领的青呢大衣还未曾脱去，崭新的青缎子小帽也还在头上，衣冠齐楚，端坐如仪，像坐在台上，等着向大家致词的什么大会主席似的。接过毛巾，手伸出老远，为是把大衣的袖子缩短一些；然后，胳臂不往回蜷，而画了个大半圆圈，手找到了脸，擦得很细腻而气派。把脸擦亮，更显出方头大耳朵的十分体面。只对老五点了点头，没有解释为什么在除夕旅行的必要。

　　"您看我们这个苦营生！"老五不愿意把苟先生放过去，可也不便再重述刚才那一套，更要把话说得有尺寸，正好于敬意之中带着些亲热，"三十晚上该歇，还不能歇！没办法！"接过来手巾，"您再来一把？"

　　苟先生摇了摇头，既拒绝了第二把毛巾，又似乎是为老五伤心，还不肯说什么。路上谁不晓得苟先生是宋段长的亲戚，白坐二等车是当然的，而且要拿出点身份，不能和茶房一答一和的谈天。

　　老五觉得苟先生只摇了摇头有点发秃，可是宋段长的亲戚既已只摇了头也就得设法认为满意。车又摇动得很厉害，他走着浪木似的走到车中间，把毛巾由麻花形抖成长方，轻巧而郑重地提着两角："您擦吧？"张先生的胖手心接触到毛巾最热的部分，往脸上一捂，而后用力的擦，像擦着一面镜子。"您——"老五让乔先生。乔先生不大热心擦脸，只稍稍地把鼻孔中与指甲里的细腻而肥美的，可以存着也可以不存着的黑物让给了毛巾。

　　"待会儿就查票，"老五不便于开口就对生客人发牢骚，所以稍微往远处指了一笔："查过票去，二位该歇着了；要枕头自管言语一声。车上没什么人，还可以睡一会儿。大年三十，您二位也在车上过了！我们跟车……无法！"不便说得太多了，看看二位的神气再讲。又递给张先生一把，张先生不愿再卖那么大力量，可是刚推过的短发上还没有擦过，需要擦几把，而头皮上是须用力气的；很勉强，擦完，吐了口气。乔先生没要第二把，怕力气都教张先生卖了，乃轻轻地用刚被毛巾擦过的指甲剔着牙。

"车上干吗弄这么热?!"张先生把毛巾扔给老五。"您还是别开窗户；一开，准着凉！车上的事，没人管，我告诉您！"老五急转直下地来到本题，"您就说，一年到头跑车，好容易盼着大年三十歇一天，好，得了，什么也甭说了……"

老五的什么也甭说了也一半因为车到了一小站。

三等车下去几个人，都背着包，提着篮，匆匆地往站外走，又忽然犹豫了一下，唯恐落在车上一点什么东西。不下车的扒着玻璃往外看，有点羡慕人家已到了家，而急盼着车再快开了。二等车上没有下去的，反倒上来七八个军人，皮鞋山响，皮带油亮，搭上来四包特别加大的花炮，血红的纸包，印着金字。花炮太大，放在哪里也不合适，皮鞋乱响，前后左右挪动，语气粗壮，主意越多越没有决定。"就平放在地上！"营副发了言。"放在地上！"排长随着。一齐弯腰，立直，拍拍，立正敬礼。营副还礼："好啦，回去!"排长还礼："回去!"皮鞋乱响，灰帽，灰裹腿，皮带，一齐往外活动。"快下!"噜——笛声；闷——车头放响。灯光，人影，轮声，浮动。车又开了。

老五似乎有事，又似乎没事，由这头走到那头，看了看营副及排长，又看了看地上的爆竹，没敢言语，坐下和小崔聊起来。他还是抱怨那一套，把不能歇班的经过又述说了一回，比上次更详细满意。小崔由小红说到大喇叭，都是臭×。

老五心中微微有点不放心那些爆竹，又溜回来。营副已然卧倒，似乎极疲乏，手枪放在小几上。排长还不敢卧倒，只摘了灰帽，拼命的抓头皮。老五没敢惊动营副，老远就向排长发笑："那什么，我把这些炮放在上面好不好?"

"干吗?"排长正把头皮抓到歪着嘴吸气的程度。"怕叫人给碰了。"老五缩着脖子说。

"谁敢碰?! 干吗碰?!"排长的单眼皮的眼瞪得极大而并不威严。

"没关系，"老五像头上压了块极大的石头，笑得脸都扁了，"没关系! 您这是上哪儿?"

"找揍!"排长心中极空洞，而觉得应当发脾气。老五知道没有找揍的必要，轻轻地退到张先生这边："这就查票了，您哪。"

张先生此时已和乔先生一胖一瘦的说得挺投缘。张先生认识子清，乔先生也认识子清，说起来子清还是乔先生的远亲呢。由子清引出干臣，张先生乔先生又都晓得干臣：坐下就能打二十圈，输掉了脑袋，人家干臣不能使劲摔一张牌，老那么笑不唧儿的，外场人，绝顶聪明。嗯，是去年，还是前年，干臣还娶了个人儿，漂亮，利落！干臣是把手，朋友！

查票：头一位，金箍帽，白净子，板着脸，往远处看。第二位，金箍帽，黑矮子，满脸笑意，想把头一位金箍帽的硬气调剂一下。三等车，二金箍帽的脸都板起；二等车，一板一开；头等车，都笑。第三位，天津大汉，手枪，皮带，子弹俱全。第四位，山东大汉，手枪，子弹外加大刀。第五位，老五，细长脖挺也不好，缩也不好，勉强向右边歪着。从小崔那边进来的。

小崔的绿脸乌牙，早在大家的记忆中，现在又见着了，小崔笑，大家反倒稍觉不得劲。头号金箍帽，眼视远处，似略有感触，把手中银亮的小剪子在腿上轻碰。第二金箍帽和小崔点点头。天津大汉一笑，赶紧板脸，似电灯地忽然一明一灭。山东大汉的手摸了摸帽檐，有许多话要对小崔说，暂且等会儿，眼神很曲折。老五似乎很替小崔难堪，所以需代大家向他道歉："坐，坐，没多少客人，回来说话！"小崔略感孤寂，绿脸上黑了一下，坐下。

老五赶到面前去："苟先生！"头号金箍帽觉得老五太张道好事，手早交给苟先生："段长好吧？怎么今天才动身？"苟先生笑，更体面了许多，手退回来，拱起，有声无字说了些什么，客气的意思很可以使大家想象到。二位大汉愣着，怪僵，搭不上话，微觉身份不够，但维持住尊严，腰挺得如板。

老五看准了当儿，轻步上前，报告张乔二位先生，查票。接过来，知是免票。乃特别加紧地恭敬。张先生的票退回；乔先生的稍迟，因为票上注明是女性，而乔先生是男子汉，实在可疑。二金箍帽的头稍凑近一处，极快地离开，暗中谅解：除夕原可女变为男。老五双手将票递回，甚多歉意。

营副已打呼。排长见查票的来到，急把脚放在椅上，表示就寝，不可惊动。大家都视线下移，看地上的巨炮。山东大汉点头佩服，爆竹真长且大。天津大汉对二号金箍帽："准是给曹旅长送去的！"听者无异议，一齐过去。到了车门，头号金箍帽下令给老五："叫他们把炮放到上边去！"二号金箍帽补充上，亦可以略减老五的困难："你给他们搬上去！"老五连连点头，脖子极灵动，口中不说，心里算好："你们既不敢去说，我只好点头而已；点头与做不做向来相距很远。"天津大汉最为慎重："准是给曹旅长送去的。"老五心中透亮，知爆竹必不可动。

老五回到小崔那里，由绿脸上的锈暗，他看出小崔需要一杯开水。没有探问，他就把开水拿来。小崔已顾不得表示谢意，掏出来——连老五也没看清——一点什么，右手大拇指按在左手的手心上，左手弯如一弓鞋；咧嘴，脸绿得要透白，有汗气，如受热放芽之洋葱。弓鞋扣在嘴上，微有起落，闭目，唇就水杯，瘦腮稍作漱势；纳气，喉内作响；睁开眼，绿脸上分明有笑纹。

"比饭要紧！"老五歪着头赞叹。

"比饭要紧！"小崔神足，所以话也直爽。

苟先生没法再不脱去大衣。脱下，眼珠欲转而定，欲定而转，一面是想把大衣放在最妥当的地方，一面是表示自己的态度雍重。衣钩太低，挂上去，衣的下半截必窝在椅上，或折出一二小褶。平放在空椅上，又嫌离自己稍远，减少水獭领与自己的亲密关系，亦不能久放在怀中，正如在公众场所不便置妾于膝上。不能决定。眼珠向上转去，架上放着自己的行李十八件：四卷，五篮，二小筐，二皮箱，一手提箱，二瓶，一报纸包，一书皮纸包！一，二，三，四……占地方长约二丈余，没有压挤之虞，尚满意。大衣仍在怀中，几乎无法解决，更须端坐。

快去过年，还不到家！快去过年，还不到家！轮声这样催动。可是跑得很慢。星天起伏，山树村坟集团地往后急退，冲开一片黑暗，奔入另一片黑暗；上面灰烟火星急躁地冒出，后退；下面水点白气流落，落在后边；跑，跑，不喘气，飞驰。一片黑，黑得复杂，过去了；一边黑，黑得空洞，过去了。一片积雪，一列小山，明一下，暗一下，过去了。但是，还慢，还慢，快去过年，还不到家！车上，灯明，气暖，人焦躁；没有睡意，快去过年，还不到家！辞岁，祭神，拜祖，春联，爆竹，饺子，杂拌儿，美酒佳肴，在心里，在口中，在耳旁，在鼻端，刚要笑，转成愁，身在车上，快去过年，还不到家！车外，黑影，黑影，星天起伏，积雪高低，没有人声，没有车马，全无所见，一片退不完，走不尽的黑影，抱着扯着一列灯明气暖的车，似永不散手，快去过年，还不到家……

张先生由架上取下两瓶白酒来，一边涮茶碗，一边说：

"弟兄一见如故！咱们喝喝。到家过年，在车上也得过年，及时行乐！尝尝！真正二十年营口原封，买不到，我和一位'满洲国'的大官匀来的。来，杀口！"

　　乔先生不好意思拒绝，也不好意思就这么接着。眼看着碗，手没处放，心里想主意。他由架上取下个大纸包来，轻轻地打开，里面还有许多小纸包，逐一地用手指摸过，如药铺伙计抓完了药对着药方摸摸药包那样。摸准了三包：干荔枝，金丝枣，五香腐干，都打开，对着酒碗才敢发笑："一见如故！彼此不客气了！"

　　张先生的胖手捏破了一个荔枝，啪，响得有意思，恰似过年时节应有的响声。看着乔先生喝了一口酒，还看着，等酒已走下去才问："怎样？"

　　"太好了！"乔先生团着点舌头，似不肯多放走口中的酒香，"太好了！有钱也买不到！"

　　对喝。相让。慢慢的脸全红起来。随便地说，谈到家里，谈到职业，谈到朋友，谈到挣钱的不易，谈到免票……碗碰了碗，心碰了心，眼中都微湿，心中增多了热气与热烈，不能不慷慨：乔先生又打开一包蜜钱金橘。张先生本也想取下些纸包来，可是看了看酒，"两"瓶，乃就题发挥，消极地表示自家并不吝啬："全得喝上！一人一瓶，一滴也不能剩！这个年过得还真不离呢！酒不醉人；哥儿俩投缘，喝多少也不碍事！干上！"

　　"我的量可——"

"没的话！二十年的原封，绝不能出毛病！大年三十交的朋友，前缘！"

乔先生颇受感动："好，我舍命陪君子！"

小崔也不怎么有点心事似的，谈着谈着老五觉得有到饭车上找点酒食的必要，而让小崔安静地忍个盹儿。"怎么着？饭车上去？"老五立起来，向车里瞭望。

小崔没拾碴儿。老五见苟先生已躺下，一双脚在椅子扶手上仰着，新半毛半线的棕黄色袜子还带着中间那道褶儿。张乔二位免票喝得正高兴。营副排长都已睡熟，爆竹静悄而热烈的在地上放着，纸色血红。老五偷偷地奔了饭车去。

小崔团了一团，窝在椅子上，闭上眼，嘴上叼着半截香烟。

张先生的一瓶已剩下不多，解开了纽扣，汗从鬓角流到腮上，眼珠发红，舌头已木，话极多。因舌头不利落，所以有些话从横着来。但是心中还微微有点力量，在要对乔先生骂街之际，还能卷住舌头，把乱骂变为豪爽，并非闹酒不客气。乔先生只吞了半瓶，脸可已经青白，白得可怕。掏出烟卷，扔给了张先生一只。都点着了烟。张先生烟在口中，仰卧椅上，腿的下半截悬空，满不在乎。想唱

《孤王酒醉》，嗓子干辣无音，用鼻子吐气，如怒牛。乔先生也歪下去，手指夹烟卷，眼直视斜对过的排长的脚，心跳，喉中作嗝，脸白而微痒。

快去过年，还不到家！轮声在张先生耳中响得特别快，轮声快，心跳得快，忽然嗡——，头在空中绕弯，如蝇子盘空，到处红亮，心与物一色，成若干红圈。忽然，嗡声收敛，心盘旋落身内，微敢睁眼，胆子稍壮，假装没事，胖手取火柴，点着已灭了的香烟。火柴顺手抛出。忽然，桌上酒气极强，碗，瓶，几上，都发绿光，缥缈，活动，渐高，四散。乔先生惊醒，手中烟卷已成火焰。抛出烟卷，双手急扑几上，瓶倒，碗倾，纸包吐火苗各色。张先生脸上已满是火，火苗旋转，如舞火球。乔先生想跑，几上火随纸灰上腾，架上纸包仿佛探手取火，火苗连成一片。他自己已成火人，火至眉，眉焦；火至发，发响；火至唇，唇上酒燃起，如吐火判官。

忽然，啪，啪，啪……连珠炮响。排长刚睁眼，鼻上一"双响"，血与火星并溅；起来，狂奔，脚下，身上，万响俱发，如践地雷。营副不及立起，火及全身，欲睁眼，右眼被击碎。

苟先生惊醒，先看架上行李，一部分纸包已烧起，火自上而下，由远而近，若横行火龙，浑身火舌。急起飞智，打算破窗而逃,拾鞋打玻璃,玻璃碎,风入,火狂;水獭领,四卷五篮,身上,都成燃料。车疾走,呼,呼,呼,风;啪,啪,啪,爆竹;苟先生狂奔。

小崔惯于旅行,闻声尚不肯睁眼,火已自足部起,身上极烫,烟土烧成膏;急坐起,烟,炮,火光,不见别物。身上烟膏发奇香,至烫,腿已不能动,渐及上部,成最大烟泡,形如茧。

小崔不能动,张先生醉得不知道动,乔先生狂奔,苟先生狂奔,排长狂奔,营副跪椅上长号。火及全车,硫黄气重,纸与布已渐随爆竹声残灭,声敛,烟浓;火炙,烟塞,奔者倒,跪者声竭。烟更浓,火入木器,车疾走,风呼呼,烟中吐红焰,四处寻出路。火更明,烟白,火舌吐窗外,全车透亮,空明多姿,火舌长曳,如悬百十火把。

车入了一小站,不停。持签的换签,心里说"火"!持灯的放行,心里说"火"!搬闸的搬闸,路警立正,都心里说"火"!站长半醉,尚未到站台,车已过去;及到站台,微见火影,疑是眼花。持签的交签,持灯的灭灯,搬闸的复闸,路警提枪入休息室,心里都存着些火光,全不想说什么。过了一会儿,心中那点火光渐熄,群议如何守岁,乃放炮,吃酒,打牌,天下极太平。

　　车出站，加速度。风火交响，星花四落，夜黑如漆，车走如长灯，火舌吞吐。二等车但存屋形，火光里实存炭架。火舌左右扑空，似乎很失望，乃前乃后，入三等车。火舌的前面，烟为导军，腥臭焦甜。烟到，火到，"火！火！火！"人声忽狂，胆要裂。人多，志昏，有的破窗而迟疑不肯跳下，有的奔逃，相挤俱仆，有的呆坐，欲哭无声，有的拾起筐篮……乱，怕，无济于事，火已到面前，到身上，到头顶，哭喊，抱头，拍衣，狂奔，跳车……

　　火找到新殖民地，物多人多，若狂喜，一舌吐出，一舌远掷，一舌半隐烟中，一舌突挺窗外，一舌徘徊，一舌左右联烧，姿体万端，百舌齐舞；渐成一团，为火球，为流星，或滚或飞；又成一片，为红为绿，忽暗忽明，随烟爬行，突裂烟成焰，急流若惊浪；吱吱作响，炙人肉，烧毛发；响声渐杂，物落人嗥，呼呼借风成火阵；全车烧起，烟浓火烈，为最惨的火葬！

　　又到站，应停。持签的，打灯的，收票的，站岗的，脚行，正站长，副站长，办事员，书记，闲员，都干瞪眼，站上没有救火设备。二等车左右三等车各一辆，无人声，无动静，只有清烟缓动，明焰静燃，至为闲适。

　　据说事后检尸，得五十二具；沿路拾取，跳车而亡者又十一人。

元宵节后，调查员到。各方面请客，应酬很忙。三日酒肉，顾不及调查。调查专员又有些私事，理应先办，复延迟三日。宴残事了，乃着手调查。

车长无所知，头号金箍帽无所知，二号金箍帽无所知，天津大汉无所知，山东大汉无所知，老五无所知，起火原因不明。各站报告售出票数与所收票数，正相合，恰少六十三张，似与车俱焚，等于所拾尸数。各站俱未售出二等票，二等车必为空车，绝对不能起火。

审问老五，虽无所知，但火起时老五在饭车上，既系二等车的看车夫，为何擅离职守，到饭车上去？起火原因虽不明，但擅离职守，罪有当得，开除示惩！

调查专员回衙复命，报告详细，文笔甚佳。

"大年三十歇班，硬还教我跟车；妈的干不干没多大关系！"老五颤着长脖，对五嫂说，"开除，正好，此处不留爷，自有留爷处！你甭着急，离了火车还不能吃饭是怎着？"

"我倒不着急，"五嫂想安慰安慰老五，"我倒真心疼你带来那些青韭，也叫火给烧了！"

老字号

钱掌柜走后，辛德治——三合祥的大徒弟，现在很拿点事——好几天没正经吃饭。钱掌柜是绸缎行公认的老手，正如三合祥是公认的老字号。辛德治是钱掌柜手下教练出来的人。可是他并不专因私人的感情而这样难过，也不是自己有什么野心。他说不上来为什么这样怕，好像钱掌柜带走了一些永难恢复的东西。

周掌柜到任。辛德治明白了，他的恐怖不是虚的；"难过"几乎要改成咒骂了。周掌柜是个"野鸡"，三合祥——多少年的老字号！——要满街拉客了！辛德治的嘴撇得像个煮破了的饺子。老手，老字号，老规矩——都随着钱掌柜的走了，或者永远不再回来。钱掌柜，那样正直，那样规矩，把买卖做赔了。东家不管别的，只求年底下分红。

　　多少年了，三合祥永远是那么官样大气：金匾黑字，绿装修，黑柜蓝布围子，大机凳包着蓝呢子套，茶几上永放着鲜花。多少年了，三合祥除了在灯节才挂上四只宫灯，垂着大红穗子；此外，没有半点不像买卖地儿的胡闹八光。多少年了，三合祥没有打过价钱，抹过零儿，或是贴张广告，或者减价半月；三合祥卖的是字号。多少年了，柜上没有吸烟卷的，没有大声说话的；有点响声只是老掌柜的咕噜水烟与咳嗽。

　　这些，还有许许多多可宝贵的老气度，老规矩，由周掌柜一进门，辛德治看出来，全要完！周掌柜的眼睛就不规矩，他不低着眼皮，而是满世界扫，好像找贼呢。人家钱掌柜，老坐在大机凳上合着眼，可是哪个伙计出错了口气，他也晓得。

　　果然，周掌柜——来了还没有两天——要把三合祥改成蹦蹦戏的棚子：门前扎起血丝胡拉的一座彩牌，"大减价"每个字有五尺见方，两盏煤气灯，把人们照得脸上发绿，好像一群大烟鬼。这还不够，门口一档子洋鼓洋号，从天亮吹到三更；四个徒弟，都戴上红帽子，在门口，在马路上，见人就给传单。这还不够，他派定两个徒弟专管给客人送烟递茶，哪怕是买半尺白布，也往后柜让，也递香烟：大兵，清道夫，女招待，都烧着烟卷，把屋里烧得像个佛堂。这还不够，买一尺还饶上一尺，还赠送洋娃娃，伙计们还要和客人随便说笑；客人要买的，假如柜上没有，不告诉人家没有，而拿出别种东西硬叫人家看；买过十元钱的东西，还打发徒弟送了去，柜上买了两个一走三歪的自行车！

辛德治要找个地方哭一大场去！在柜上十五六年了，没想到过——更不用说见过了——三合祥会落到这步田地！怎么见人呢？合街上有谁不敬重三合祥的？伙计们晚上出来，提着三合祥的大灯笼，连巡警们都另眼看待。那年兵变，三合祥虽然也被抢一空，可是没像左右的铺户那样连门板和"言无二价"的牌子都被摘了走——三合祥的金匾有种尊严！他到城里已经二十来年了，其中的十五六年是在三合祥，三合祥是他第二家庭，他的说话、咳嗽与蓝布大衫的样式，全是三合祥给他的。他因三合祥，也为三合祥而骄傲。他给铺子去索债，都被人请进去喝碗茶；三合祥虽是个买卖，可是照顾主儿似乎是些朋友。钱掌柜是常给照顾主儿行红白人情的。三合祥是"君子之风"的买卖：门凳上常坐着附近最体面的人；遇到街上有热闹的时候，照顾主儿的女眷们到这里向老掌柜借个座儿。这个光荣的历史，是长在辛德治的心里的。可是现在？

辛德治也并不是不晓得，年头是变了。拿三合祥的左右铺户说，多少家已经把老规矩舍弃，而那些新开的更是提不得的，因为根本就没有过规矩。他知道这个。可是因此他更爱三合祥，更替它骄傲。它是人造丝品中唯一的一匹道地大缎子，仿佛是。假如三合祥也下了桥，世界就没了！哼，现在三合祥和别人家一样了，假如不是更坏！

他最恨的是对门那家正香村：掌柜的踏拉着鞋，叼着烟卷，镶着金门牙。老板娘背着抱着，好像兜儿里还带着，几个男女小孩，成天出来进去，进去出来，打着南方话鸡鸡咬咬，不知喊些什么。老板和老板娘吵架也在柜上，打孩子，给孩子吃奶，也在柜上。摸不清他们是做买卖呢，还是干什么玩呢，只有老板娘的胸口老在柜前陈列着是件无可疑的事儿。那群伙计，不知是从哪儿找来的，全穿着破鞋，可是衣服多半是绸缎的。有的贴着太阳膏，有的头发梳得像漆杓，有的戴着金丝眼镜。再说那份儿厌气：一年到头老是大减价，老悬着煤气灯，老磨着留声机。买过两元钱的东西，老板便亲自让客人吃块酥糖；不吃，他能往人家嘴里送！什么东西也没有一定的价钱，洋钱也没有一定的行市。辛德治永远不正眼看"正香村"那三个字，也永不到那边买点东西。他想不到世上会有这样的买卖，而且和三合祥正对门！

更奇怪的，正香村发财，而三合祥一天比一天衰微。

他不明白这是什么道理。难道买卖必定得不按着规矩做才行吗？果然如此，何必学徒呢？是个人就可以做生意了！不能是这样，不能；三合祥到底是不会那样的！谁知道竟自来了个周掌柜，三合祥的与正香村的煤气灯把街道照青了一大截，它们是一对儿！三合祥与正香村成了一对?！这莫非是做梦么？不是梦，辛德治也得按着周掌柜的办法走。他得和客人瞎扯，他得让人吸烟，他得把人诓到后柜，他得拿着假货当真货卖，他得等客人争竞才多放二寸，他得用手术量布——手指一捻就抽回来一块！他不能受这个！

可是多数的伙计似乎愿意这么做。有个女客进来，他们恨不能把她围上，恨不能把全铺子的东西都搬来给她瞧，等她买完——哪怕是买了二尺搪布——他们恨不能把她送回家去。周掌柜喜爱这个，他愿意看伙计们折跟头，打把式，更好能在空中飞。

周掌柜和正香村的老板成了好朋友。有时候还凑上天成的人们打打麻雀。天成也是本街上的绸缎店，开张也有四五年了，可是钱掌柜就始终没招呼过他们。天成故意地和三合祥打对仗，并且吹出风来，非把三合祥顶趴下不成。钱掌柜一声也不出，只偶尔说一句：咱们做的是字号。天成一年倒有三百六十五天是纪念大减价。现在天成的人们也过来打牌了。辛德治不能答理他们。他有点空闲，便坐在柜里发愣，面对着货架子——原先架上的布匹都用白布包着，现在用整幅的通天扯地的作装饰，看着都眼晕，那么花红柳绿的！三合祥已经完了，他心里说。

但是，过了一节，他不能不佩服周掌柜了。节下报账，虽然没赚什么，可是没赔。周掌柜笑着给大家解释："你们得记住，这是我的头一节呀！我还有好些没施展出来的呢。还有一层，扎牌楼，赁煤气灯……哪个不是钱呢？所以呀！"他到说上劲来的时节总这么"所以呀"一下。"日后无须扎牌楼了，咱会用新的，还要省钱的办法，那可就有了赚头，所以呀！"辛德治看出来，钱掌柜是回不来了；世界确是变了。周掌柜和天成、正香村的人们说得来，他们都是发财的。

过了节，检查日货嚷嚷动了。周掌柜疯了似的上东洋货。检查的学生已经出来了，他把东洋货全摆在大面上，而且下了命令："进来买主，先拿日本布；别处不敢卖，咱们正好做一批生意。看见乡下人，明说这是东洋布，他们认这个；对城里的人，说德国货。"

检查的学生到了。周掌柜脸上要笑出几个蝴蝶儿来，让吃烟，让喝茶。"三合祥，冲这三个字，不是卖东洋货的地方，所以呀！诸位看吧！门口那些有德国布，也有土布；内柜都是国货绸缎，小号在南方有联号，自办自运。"

学生们疑心那些花布。周掌柜笑了："张福来，把后边剩下的那匹东洋布拿来。"

布拿来了。他扯住检查队的队长："先生，不屈心，只剩下这么一匹东洋布，跟先生穿的这件大衫一样的材料，所以呀！"他回过头来，"福来，把这匹料子扔在街上去！"

队长看着自己的大衫，头也没抬，便走出去了。

这批随时可以变成德国货、国货、英国货的日本布赚了一大笔钱。有识货的人，当着周掌柜的面，把布扔在地上，周掌柜会笑着命令徒弟："拿真正西洋货去！难道就看不出先生是懂眼的人吗？"然后对买主："什么人要什么货，白给你这个，你也不要，所以呀！"于是又做了一号买卖。客人临走，好像直怪舍不得周掌柜。辛德治看透了，做买卖打算要赚钱的话，得会变戏法和说相声。周掌柜是个人物。可是辛德治不想再在这儿干，他越佩服周掌柜，心里越难过。他的饭由脊梁骨下去。打算睡得安稳一些，他得离开这样的三合祥。

可是，没等到他在别处找好位置，周掌柜上天成领柜去了。天成需要这样的人，而周掌柜也愿意去，因为三合祥的老规矩太深了，仿佛是长了根，他不能充分施展他的才力。

辛德治送出周掌柜去，好像是送走了一块心病。

对于东家们，辛德治以十五六年老伙计的资格，是可以说几句话的，虽然不一定发生什么效力。他知道哪位东家是更老派些，他知道怎样打动他。他去给钱掌柜运动，也托出钱掌柜的老朋友们来帮忙。他不说钱掌柜的一切都好，而是说钱与周二位各有所长，应当折中一下，不能死守旧法，也别改变的太过火。老字号是值得保存的，新办法也得学着用。字号与利益两顾着——他知道这必能打动了东家们。

他心里，可是，另有个主意。钱掌柜回来，一切就都回来，三合祥必定是"老"三合祥，要不然便什么也不是。他想好了：减去煤气灯、洋鼓洋号、广告、传单、烟卷；至必不得已的时候，还可以减人，大概可以省去一大笔开销。况且，不出声而贱卖，尺大而货物道地。难道人们就都是傻子吗？

钱掌柜果然回来了。街上只剩了正香村的煤气灯，三合祥恢复了昔日的肃静，虽然因为欢迎钱掌柜而悬挂上那四个宫灯，垂着大红穗子。

三合祥挂上宫灯那天，天成号门口放上两只骆驼，骆驼身上披满了各色的缎条，驼峰上安着一明一灭的五彩电灯。骆驼的左右辟了抓彩部，一人一毛钱，凑足了十个人就开彩，一毛钱有得一匹摩登绸的希望。天成门外成了庙会，挤不动的人。真有笑嘻嘻夹走一匹摩登绸的吗！

三合祥的门凳上又罩上蓝呢套，钱掌柜眼皮也不抬，在那里坐着。伙计们安静地坐在柜里，有的轻轻拨弄算盘珠儿，有的徐缓地打着哈欠，辛德治口里不说什么，心中可是着急。半天儿能不进来一个买主。偶尔有人在外边打一眼，似乎是要进来，可是看看金匾，往天成那边走去。有时候已经进来，看了货，因为不打价钱，又空手走了。只有几位老主顾，时常来买点东西；可也有时候只和钱掌柜说会儿话，慨叹着年月这样穷，喝两碗茶就走，什么也不买。辛德治喜欢听他们说话，这使他想起昔年的光景，可是他也晓得，昔年的光景，大概不会回来了；这条街只有天成"是"个买卖！

过了一节，三合祥非减人不可了。辛德治含着泪和钱掌柜说："我一人干五个人的活，咱们不怕！"老掌柜也说："咱们不怕！"辛德治那晚睡得非常香甜，准备次日干五个人的活。

可是过了一年，三合祥倒给天成了。

断魂枪

　　"生命是闹着玩，事事显出如此；从前我这么想，现在我懂得了。"

　　沙子龙的镖局已改成客栈。

　　东方的大梦没法子不醒了。炮声压下去马来与印度野林中的虎啸。半醒的人们，揉着眼，祷告着祖先与神灵；不大会儿，失去了国土、自由与权利。门外立着不同面色的人，枪口还热着。他们的长矛毒弩，花蛇斑彩的厚盾，都有什么用呢；连祖先与祖先所信的神明全不灵了啊！龙旗的中国也不再神秘，有了火车呀，穿坟过墓的破坏着风水。枣红色多穗的镖旗，绿鲨皮鞘的钢刀，响着串铃的口马，江湖上的智慧与黑话，义气与声名，连沙子龙，他的武艺、事业，都梦似的变成昨夜的。今天是火车、快枪，通商与恐怖。听说，有人还要杀下皇帝的头呢！

这是走镖已没有饭吃，而国术还没被革命党与教育家提倡起来的时候。

谁不晓得沙子龙是短瘦，利落，硬棒，两眼明得像霜夜的大星？可是，现在他身上放了肉。镖局改了客栈，他自己在后小院占着三间北房，大枪立在墙角，院子里有几只楼鸽。只是在夜间，他把小院的门关好，熟习熟习他的"五虎断魂枪"。这条枪与这套枪，二十年的工夫，在西北一带，给他创出来："神枪沙子龙"五个字，没遇见过敌手。现在，这条枪与这套枪不会再替他增光显胜了；只是摸摸这凉、滑、硬而发颤的杆子，使他心中少难过一些而已。只有在夜间独自拿起枪来，才能相信自己还是"神枪沙"。在白天，他不大谈武艺与往事；他的世界已被狂风吹了走。

在他手下创练起来的少年们还时常来找他。他们大多数是没落子的，都有点武艺，可是没地方去用。有的在庙会上去卖艺：踢两趟腿，练套家伙，翻几个跟头，附带着卖点大力丸，混个三吊两吊的。有的实在闲不起了，去弄筐果子，或挑些毛豆角，赶早儿在街上论斤吆喝出去。那时候，米贱肉贱，肯卖膀子力气本来可以混个肚儿圆；他们可是不成：肚量既大，而且得吃口当事儿的；干饽饽辣饼子咽不下去。况且他们还时常去走会：五虎棍、开路、太狮少狮——虽然算不了什么——比起走镖来——可是到底有个机会活动活动，露露脸。是的，走会捧场是买脸的事，他们打扮的得像个样儿，至少得有条青洋绉裤子，新漂白细市布的小褂，和一双鱼鳞洒鞋——顶好是青缎子抓地虎靴子。他们是神枪沙子龙的徒弟——虽然沙子龙并不承认——得到处露脸，走会得赔上俩钱，说不定还得打场架。没钱，上沙老师那里去求。沙老师不含糊，多少不拘，不让他们空着手儿走。可是，为打架或献技去讨教一个招数，或是请给说个对子——什么空手夺刀，或虎头钩进枪——沙老师有时说句笑话，马虎过去："教什么？拿开水浇吧！"有时直接把他们逐出去。他们不大明白沙老师是怎么了，心中也有点不乐意。

可是，他们到处为沙老师吹腾！一来是愿意使人知道他们的武艺有真传授，受过高人的指教；二来是为激动沙老师：万一有人不服气而找上老师来，老师难道还不露一两手真的么？所以：沙老师一拳就砸倒了个牛！沙老师一脚把人踢到房上去，并没使多大的劲！他们谁也没见过这种事，但是说着说着，他们相信这是真的了，有年月，有地方，千真万确，敢起誓！

　　王三胜——沙子龙的大伙计——在土地庙拉开了场子，摆好了家伙。抹了一鼻子茶叶末色的鼻烟，他抡了几下竹节钢鞭，把场子打大一些。放下鞭，没向四围作揖，叉着腰念了两句："脚踢天下好汉，拳打五路英雄！"向四围扫了一眼："乡亲们，王三胜不是卖艺的；玩艺儿会几套，西北路上走过镖，会过绿林中的朋友。现在闲着没事，拉个场子陪诸位玩玩。有爱练的尽管下来，王三胜以武会友，有赏脸的，我陪着。神枪沙子龙是我的师傅；玩艺地道！诸位，有愿下来的没有？"他看着，准知道没人敢下来，他的话硬，可是那条钢鞭更硬，十八斤重。

　　王三胜，大个子，一脸横肉，弩着对大黑眼珠，看着四围。大家不出声。他脱了小褂，紧了紧深月白色的"腰里硬"，把肚子杀进去。给手心一口吐沫，抄起大刀来：

　　"诸位，王三胜先练趟瞧瞧。不白练，练完了，带着的扔几个；没钱，给喊个好，助助威。这儿没生意口。好，上眼！"

　　大刀靠了身，眼珠弩出多高，脸上绷紧，胸脯子鼓出，像两块老桦木根子。一跺脚，刀横起，大红缨子在肩前摆动。削砍劈拨，蹲越闪转，手起风生，忽忽直响。忽然刀在右手心上旋转，身弯下去，四围鸦雀无声，只有缨铃轻叫。刀顺过来，猛的一个"踩泥"，身子直挺，比众人高着一头，黑塔似的。收了势："诸位！"一手持刀，一手叉腰，看着四围。稀稀地扔下几个铜钱，他点点头。"诸位！"他等着，等着，地上依旧是那几个亮而削薄的铜钱，外层的人偷偷散去。他咽了口气："没人懂！"他低声地说，可是大家全听见了。

"有功夫！"西北角上一个黄胡子老头儿答了话。

"啊？"王三胜好似没听明白。

"我说：你——有——功——夫！"老头子的语气很不得人心。

放下大刀，王三胜随着大家的头往西北看。谁也没看起这个老人：小干巴个儿，披着件粗蓝布大衫，脸上窝窝瘪瘪，眼陷进去很深，嘴上几根细黄胡，肩上扛着条小黄草辫子，有筷子那么细，而绝对不像筷子那么直顺。王三胜可是看出这老家伙有工夫，脑门亮，眼睛亮——眼眶虽深，眼珠可黑得像两口小井，深深的闪着黑光。王三胜不怕：他看得出别人有工夫没有，可更相信自己的本事，他是沙子龙手下的大将。

"下来玩玩，大叔！"王三胜说得很得体。

点点头，老头儿往里走。这一走，四外全笑了。他的胳臂不大动；左脚往前迈，右脚随着拉上来，一步步地往前拉扯，身子整着，像是患过瘫痪病。蹭到场中，把大衫扔在地上，一点没理会四围怎样笑他。

"神枪沙子龙的徒弟，你说？好，让你使枪吧；我呢？"老头子非常的干脆，很像久想动手。

人们全回来了，邻场耍狗熊的无论怎敲锣也不中用了。

"三截棍进枪吧？"王三胜要看老头子一手，三截棍不是随便就拿得起来的家伙。

老头子又点点头，拾起家伙来。

王三胜弩着眼，抖着枪，脸上十分难看。

老头子的黑眼珠更深更小了，像两个香火头，随着面前的枪尖儿转，王三胜忽然觉得不舒服，那俩黑眼珠似乎要把枪尖吸进去！四外已围得风雨不透，大家都觉出老头子确是有威。为躲那对眼睛，王三胜耍了个枪花。老头子的黄胡子一动："请！"王三胜一扣枪，向前躬步，枪尖奔了老头子的喉头去，枪缨打了一个红旋。老人的身子忽然活展了，将身微偏，让过枪尖，前把一挂，后把撩王三胜的手。啪，啪，两响，王三胜的枪撒了手。场外叫了好。王三胜连脸带胸口全紫了，抄起枪来；一个花子，连枪带人滚了过来，枪尖奔了老人的中部。老头子的眼亮得发着黑光；腿轻轻一屈，下把掩裆，上把打着刚要抽回的枪杆；啪，枪又落在地上。

场外又是一片彩声。王三胜流了汗，不再去拾枪，驽着眼，木在那里。老头子扔下家伙，拾起大衫，还是拉拉着腿，可是走得很快了。大衫搭在臂上，他过来拍了王三胜一下："还得练哪，伙计！"

"别走！"王三胜擦着汗，"你不离，姓王的服了！可有一样，你敢会会沙老师？"

"就是为会他才来的！"老头子的干巴脸上皱起点来，似乎是笑呢，"走，收了吧；晚饭我请！"

王三胜把兵器拢在一处，寄放在变戏法二麻子那里，陪着老头子往庙外走。后面跟着不少人，他把他们骂散了。

"您老贵姓？"他问。

"姓孙哪，"老头子的话与人一样，都那么干巴，"爱练；久想会会沙子龙。"

沙子龙不把你打扁了！王三胜心里说。他脚底下加了劲，可是没把孙老头落下。他看出来，老头子的腿是老走着查拳门中的连跳步；交起手来，必定很快。但是，无论他怎样快，沙子龙是没对手的。准知道孙老头要吃亏，他心中痛快了些，放慢了些脚步。

"孙大叔贵处？"

"河间的，小地方。"孙老者也和气了些，"月棍年刀一辈子枪，不容易见功夫！说真的，你那两手就不坏！"

王三胜头上的汗又回来了，没言语。

到了客栈，他心中直跳，唯恐沙老师不在家，他急于报仇。他知道老师不爱管这种事，师弟们已碰过不少回钉子，可是他相信这回必定行，他是大伙计，不比那些毛孩子；再说，人家在庙会上点名叫阵，沙老师还能丢这个脸么？

"三胜，"沙子龙正在床上看着本《封神榜》，"有事吗？"

三胜的脸又紫了，嘴唇动着，说不出话来。

沙子龙坐起来，"怎了，三胜？"

"栽了跟头！"

只打了个不甚长的哈欠，沙老师没别的表示。

王三胜心中不平，但是不敢发作；他得激动老师："姓孙的一个老头儿，门外等着老师呢；把我的枪，枪，打掉了两次！"他知道"枪"字在老师心中有多大分量。没等吩咐，他慌忙跑出去。

客人进来，沙子龙在外间屋等着呢。彼此拱手坐下，他叫三胜去泡茶。三胜希望两个老人立刻交了手，可是不能不沏茶去。孙老者没话讲，用深藏着的眼睛打量沙子龙。沙很客气：

"要是三胜得罪了你，不用理他，年纪还轻。"

孙老者有些失望，可也看出沙子龙的精明。他不知怎样好了，不能拿一个人的精明断定他的武艺。"我来领教领教枪法！"他不由得说出来。

沙子龙没接碴儿。王三胜提着茶壶走进来——急于看二人动手，他没管水开了没有，就沏在壶中。

"三胜，"沙子龙拿起个茶碗来，"去找小顺们去，天汇见，陪孙老者吃饭。"

"什么！"王三胜的眼珠几乎掉出来。看了看沙老师的脸，他敢怒而不敢言地说了声"是啦！"走出去，撅着大嘴。

"教徒弟不易！"孙老者说。

"我没收过徒弟。走吧，这个水不开！茶馆去喝，喝饿了就吃。"沙子龙从桌子上拿起缎子褡裢，一头装着鼻烟壶，一头装着点钱，挂在腰带上。

"不，我还不饿！"孙老者很坚决，两个"不"字把小辫从肩上抡到后边去。

"说会子话儿。"

"我来为领教领教枪法。"

"工夫早搁下了，"沙子龙指着身上，"已经放了肉！"

"这么办也行，"孙老者深深地看了沙老师一眼，"不比武，教给我那趟五虎断魂枪。"

"五虎断魂枪？"沙子龙笑了，"早忘干净了！早忘干净了！告诉你，在我这儿住几天，咱们各处逛逛，临走，多少送点盘川。"

"我不逛，也用不着钱，我来学艺！"孙老者立起来，"我练趟给你看看，看够得上学艺不够！"一屈腰已到了院中，把楼鸽都吓飞起去。拉开架子，他打了趟查拳：腿快，手飘洒，一个飞脚起去，小辫儿飘在空中，像从天上落下来一个风筝；快之中，每个架子都摆得稳，准，利落；来回六趟，把院子满都打到，走得圆，接得紧，身子在一处，而精神贯串到四面八方。抱拳收势，身儿缩紧，好似满院乱飞的燕子忽然归了巢。

"好！好！"沙子龙在台阶上点着头喊。

"教给我那趟枪！"孙老者抱了抱拳。

沙子龙下了台阶，也抱着拳："孙老者，说真的吧；那条枪和那套枪都跟我入棺材，一齐入棺材！"

"不传？"

"不传！"

孙老者的胡子嘴动了半天，没说出什么来。到屋里抄起蓝布大衫，拉拉着腿："打搅了，再会！"

"吃过饭走！"沙子龙说。

孙老者没言语。

沙子龙把客人送到小门，然后回到屋中，对着墙角立着的大枪点了点头。

他独自上了天汇，怕是王三胜们在那里等着。他们都没有去。

王三胜和小顺们都不敢再到土地庙去卖艺，大家谁也不再为沙子龙吹胜；反之，他们说沙子龙栽了跟头，不敢和个老头儿动手；那个老头子一脚能踢死个牛。不要说王三胜输给他，沙子龙也不是"个儿"。不过呢，王三胜到底和老头子见了个高低，而沙子龙连句硬话也没敢说。"神枪沙子龙"慢慢似乎被人们忘了。

夜静人稀，沙子龙关好了小门，一气把六十四枪刺下来；而后，拉着枪，望着天上的群星，想起当年在野店荒林的威风。叹一口气，用手指慢慢摸着凉滑的枪身，又微微一笑："不传！不传！"

大悲寺外

　　黄先生已死去二十多年了。这些年中，只要我在北平，我总忘不了去祭他的墓。自然我不能永远在北平；别处的秋风使我倍加悲苦：祭黄先生的时节是重阳的前后，他是那时候死的。去祭他是我自己加在身上的责任；他是我最钦佩敬爱的一位老师，虽然他待我未必与待别的同学有什么分别；他爱我们全体的学生。可是，我年年愿看看他的矮墓，在一株红叶的枫树下，离大悲寺不远。

　　已经三年没去了，生命不由自主地东奔西走，三年中的北平只在我的梦中！

　　去年，也不记得为了什么事，我跑回去一次，只住了三天。虽然才过了中秋，可是我不能不上西山去；谁知道什么时候才再有机会回去呢。自然上西山是专为看黄先生的墓。为这件事，旁的事都可以搁在一边；说真的，谁在北平三天能不想办一万样事呢。

这种祭墓是极简单的：只是我自己到了那里而已，没有纸钱，也没有香与酒。黄先生不是个迷信的人，我也没见他饮过酒。

从城里到山上的途中，黄先生的一切显现在我的心上。在我有口气的时候，他是永生的。真的；停在我心中，他是在死里活着。每逢遇上个穿灰布大褂，胖胖的人，我总要细细看一眼。是的，胖胖的而穿灰布大衫，因黄先生而成了对我个人的一种什么象征。甚至于有的时候与同学们聚餐，"黄先生呢？"常在我的舌尖上：我总以为他是还活着。还不是这么说，我应当说：我总以为他不会死，不应该死，即使我知道他确是死了。

他为什么做学监呢？胖胖的，老穿着灰布大衫！他做什么不比当学监强呢？可是，他竟自做了我们的学监；似乎是天命，不做学监他怎能在四十多岁便死了呢！

胖胖的，脑后折着三道肉印；我常想，理发师一定要费不少的事，才能把那三道弯上的短发推净。脸像个大肉葫芦，就是我这样敬爱他，也就没法否认他的脸不是招笑的。可是，那双眼！上眼皮受着"胖"的影响，松松地下垂，把原是一对大眼睛变成了俩螳螂卵包似的，留个极小的缝儿射出无限度的黑亮。好像这两道黑光，假如你单单地看着它们，把"胖"的一切注脚全勾销了。那是一个胖人射给一个活动，灵敏，快乐的世界的两道神光。他看着你的时候，这一点黑珠就像是钉在你的心灵上，而后把你像条上了钩的小白鱼，钓起在他自己发射出的慈祥宽厚光朗的空气中。然后他笑了，极天真的一笑，你落在他的怀中，失去了你自己。那件松松裹着胖黄先生的灰布大衫，在这时节，变成了一件仙衣。在你没看见这双眼之前，假如你看他从远处来了，他不过是团蠕蠕而动的灰色什么东西。

无论是哪个同学想出去玩玩，而造个不十二分有伤于诚实的谎，去到黄先生那里请假，黄先生先那么一笑，不等你说完你的谎——好像唯恐你自己说漏了似的——便极用心地用苏字给填好"准假证"。但是，你必须去请假。私自离校是绝对不行的。凡关乎人情的，以人情的办法办；凡关乎校规的，校规是校规；这个胖胖的学监！

他没有什么学问，虽然他每晚必和学生们一同在自修室读书；他读的都是大本的书，他的笔记本也是庞大的，大概他的胖手指是不肯甘心伤损小巧精致的书页。他读起书来，无论冬夏，头上永远冒着热汗，他绝不是聪明人。

有时我偷眼看看他，他的眉，眼，嘴，好像都被书的神秘给迷住；看得出，他的牙是咬得很紧，因为他的腮上与太阳穴全微微地动弹，微微地，可是紧张。忽然，他那么天真地一笑，叹一口气，用块像小床单似的白手绢抹抹头上的汗。

先不用说别的，就是这人情的不苟且与傻用功已足使我敬爱他——多数的同学也因此爱他。稍有些心与脑的人，即使是个十五六岁的学生，像那时候的我与我的学友们，还能看不出：他的温和诚恳是出于天性的纯厚，而同时又能丝毫不苟的负责是足以表示他是温厚，不是懦弱？还觉不出他是"我们"中的一个，不是"先生"们中的一个？因为他那种努力读书，为读书而着急，而出汗，而叹气，还不是正和我们一样？

到了我们有了什么学生的小困难——在我们看是大而不易解决的——黄先生是第一个来安慰我们，假如他不帮助我们；自然，他能帮忙的地方便在来安慰之前已经自动地做了。二十多年前的中学学监也不过是挣六十块钱，他每月是拿出三分之一来，预备着帮助同学，即使我们都没有经济上的困难，他这三分之一的薪水也不会剩下。假如我们生了病，黄先生不但是殷勤看顾，而且必拿来些水果，点心，或是小说，几乎是偷偷地放在病学生的床上。

但是，这位困苦中的天使也是平安中的君王——他管束我们。宿舍不清洁，课后不去运动……都要挨他的雷，虽然他的雷是伴着以泪作的雨点。

世界上，不，就说一个学校吧，哪能都是明白人呢。我们的同学里很有些个厌恶黄先生的。这并不因为他的爱心不普遍，也不是被谁看出他是不真诚，而是伟大与藐小的相触，结果总是伟大的失败，好似不如此不足以成其伟大。这些同学们一样地受过他的好处，知道他的伟大，但是他们不能爱他。他们受了他十样的好处后而被他申斥了一阵，黄先生便变成顶可恶的。我一点也没有因此而轻视他们的意思，我不过是说世上确有许多这样的人。他们并不是不晓得好歹，而是他们的爱只限于爱自己；爱自己是溺爱，他们不肯受任何的责备。设若你救了他的命，而同时责劝了他几句，他从此便永远记着你的责备——为是恨你——而忘了救命的恩惠。黄先生的大错处是根本不应来做学监，不负责的学监是有的，可是黄先生与不负责永远不能连结在一处。不论他怎样真诚，怎样厚道，管束。

他初来到学校，差不多没有一个人不喜爱他，因为他与别位先生是那样的不同。别位先生们至多不过是比书本多着张嘴的，我们佩服他们和佩服书籍差不多。即使他们是活泼有趣的，在我们眼中也是另一种世界的活泼有趣，与我们并没有多么大的关系。黄先生是个"人",他与别位先生几乎完全不相同。他与我们在一处吃,一处睡,一处读书。

半年之后,已经有些同学对他不满意了,其中有的,受了他的规诚,有的是出于立异——人家说好,自己就偏说坏,表示自己有头脑,别人是顺竿儿爬的笨货。

经过一次小风潮,爱他的与厌恶他的已各一半了。风潮的起始,与他完全无关。学生要在上课的时间开会了,他才出来劝止,而落了个无理的干涉。他是个天真的人——自信心居然使他要求投票表决,是否该在上课时间开会!幸而投与他意见相同的票的多着三张!风潮虽然不久便平静无事了,可是他的威信已灭了一半。

因此,要顶他的人看出时机已到:再有一次风潮,他管保得滚。谋着以教师兼学监的人至少有三位。其中最活动的是我们的手工教师,一个用嘴与舌活着的人,除了也是胖子,他和黄先生是人中的南北极。在教室上他曾说过,有人给他每月八百元,就是提夜壶也是美差。有许多学生喜欢他,因为上他的课时就是睡觉也能得八十几分。他要是做学监,大家岂不是入了天国!每天晚上,自从那次小风潮后,他的屋中有小的会议。不久,在这小会议中种的子粒便开了花。校长处有人控告黄先生,黑板上常见"胖牛""老山药蛋"……

同时，有的学生也向黄先生报告这些消息。忽然黄先生请了一天的假。可是那天晚上自修的时候，校长来了，对大家训话，说黄先生向他辞职，但是没有准他。末后，校长说："有不喜欢这位好学监的，请退学；大家都不喜欢他呢，我与他一同辞职。"大家谁也没说什么。可是校长前脚出去，后脚一群同学便到手工教员室中去开紧急会议。

第三天上黄先生又照常办事了，脸上可是好像瘦减了一圈。在下午课后他召集全体学生训话，到会的也就是半数。他好像是要说许多许多的话似的，及至到了台上，他第一个微笑就没笑出来，愣了半天，他极低细地说了一句："咱们彼此原谅吧！"没说第二句。

暑假后，废除月考的运动一天扩大一天。在重阳前，炸弹爆发了。英文教员要考，学生们不考；教员下了班，后面追随着极不好听的话。及至事情闹到校长那里去，问题便由罢考改为撤换英文教员，因为校长无论如何也要维持月考的制度。虽然有几位主张连校长一齐推倒的，可是多数人愿意先由撤换教员做起。既不向校长作战，自然罢考须暂放在一边。这个时节，已经有人警告了黄先生："别往自己身上拢！"

可是谁叫黄先生是学监呢？他必得维持学校的秩序。

况且，有人设法使风潮往他身上转来呢。

校长不答应撤换教员。有人传出来，在职教员会议时，黄先生主张严办学生，黄先生劝告教员合作以便抵抗学生，黄学监……

风潮急转了方向，黄学监，已经不是英文教员，是炮火的目标。

黄先生还终日与学生们来往，劝告，解说，笑与泪交替地揭露着天真与诚意。有什么用呢？

学生中不反对月考的是不敢发言。依违两可的是与其说和平的话不如说激烈的，以便得同学的欢心与赞扬。这样，就是敬爱黄先生的连暗中警告他也不敢了：风潮像个魔咒捆住了全校。

我在街上遇见了他。

"黄先生，请你小心点。"我说。

"当然的。"他那么一笑。

"你知道风潮已转了方向？"

他点了点头，又那么一笑："我是学监！"

"今天晚上大概又开全体大会，先生最好不用去。"

"可是，我是学监！"

"他们也许动武呢！"

"打'我'？"他的颜色变了。

我看得出，他没想到学生要打他；他的自信力太大。可是同时他并不是不怕危险。他是个"人"，不是铁石做的英雄——因此我爱他。

"为什么呢？"他好似是诘问着他自己的良心呢。

"有人在后面指挥。"

"呕！"可是他并没有明白我的意思，据我看，他紧跟着问，"假如我去劝告他们，也打我？"

我的泪几乎落下来。他问得那么天真，几乎是儿气的；始终以为善意待人是不会错的。他想不到世界上会有手工教员那样的人。

"顶好是不到会场去，无论怎样！"

　　"可是，我是学监！我去劝告他们就是了；劝告是惹不出事来的。谢谢你！"

　　我愣在那儿了。眼看着一个人因责任而牺牲，可是一点也没觉到他是去牺牲——一听见"打"字便变了颜色，而仍然不退缩！我看得出，此刻他绝不想辞职了，因为他不能在学校正极紊乱时候抽身一走。"我是学监！"我至今忘不了这一句话，和那四个字的声调。

　　果然晚间开了大会。我与四五个最敬爱黄先生的同学，故意坐在离讲台最近的地方，我们计议好：真要是打起来，我们可以设法保护他。

　　开会五分钟后，黄先生推门进来了。屋中连个大气也听不见了。主席正在报告由手工教员传来的消息——就是宣布学监的罪案——学监进来了！我知道我的呼吸是停止了一会儿。

　　黄先生的眼好似被灯光照得一时不能睁开了，他低着头，像盲人似的轻轻关好了门。他的眼睁开了，用那对慈善与宽厚做成的黑眼珠看着大众。他的面色是，也许因为灯光太强，有些灰白。他向讲台那边挪了两步，一脚蹬着台沿，微笑了一下。

　　"诸位同学，我是以一个朋友，不是学监的地位，来和大家说几句话!"

"假冒为善!"

"汉奸!"

后边有人喊。

黄先生的头低下去,他万也想不到被人这样骂他。他决不是恨这样骂他的人,而是怀疑了自己,自己到底是不真诚,不然……

这一低头要了他的命。

他一进来的时候,大家居然能那样静寂,我心里说,到底大家还是敬畏他;他没危险了。这一低头,完了,大家以为他是被骂对了,羞愧了。

"打他!"这是一个与手工教员最亲近的学友喊的,我记得。跟着,"打!""打!"后面的全立起来。我们四五个人彼此按了按膝,"不要动"的暗号;我们一动,可就全乱了。我喊了一句。

"出去!"故意地喊得很难听,其实是个善意的暗示。

他要是出去——他离门只有两三步远——管保没有事

了，因为我们四五个人至少可以把后面的人堵住一会儿。

可是黄先生没动！好像蓄足了力量，他猛然抬起头来。他的眼神极可怕了。可是不到半分钟，他又低下头去，似乎用极大的忏悔，矫正他的要发脾气。他是个"人"，可是要拿人力把自己提到超人的地步。我明白他那心中的变动：冷不防地被人骂了，自己怀疑自己是否正道；他的心告诉他——无愧；在这个时节，后面喊"打！"：他怒了；不应发怒，他们是些青年的学生——又低下头去。

随着说第二次低头，"打！"成了一片暴雨。

假如他真怒起来，谁也不敢先下手；可是他又低下头去——就是这么着，也还只听见喊打，而并没有人向前。这倒不是大家不勇敢，实在是因为多数——大多数——人心中有一句："凭什么打这个老实人呢？"自然，主席的报告是足以使些人相信的，可是究竟大家不能忘了黄先生以前的一切；况且还有些人知道报告是由一派人造出来的。

我又喊了声，"出去！"我知道"滚"是更合适的，在这种场面上，但怎忍得出口呢！

黄先生还是没动。他的头又抬起来：脸上有点笑意，眼中微湿，就象个忠厚的小儿看着一个老虎，又爱又有点怕忧。

忽然由窗外飞进一块砖，带着碎玻璃碴儿，像颗横飞的彗星，打在他的太阳穴上。登时见了血。他一手扶住了讲桌。后面的人全往外跑。我们几个搀住了他。

"不要紧，不要紧。"他还勉强地笑着，血已几乎盖满他的脸。

找校长，不在；找校医，不在；找教务长，不在；我们决定送他到医院去。

"到我屋里去！"他的嘴已经似乎不得力了。

我们都是没经验的，听他说到屋中去，我们就搀扶着他走。到了屋中，他摆了两摆，似乎要到洗脸盆处去，可是一头倒在床上；血还一劲地流。

老校役张福进来看了一眼，跟我们说："扶起先生来，我接校医去。"

校医来了，给他洗干净，绑好了布，叫他上医院。他喝了口白兰地，心中似乎有了点力量，闭着眼叹了口气。校医说，他如不上医院，便有极大的危险。他笑了。低声地说："死，死在这里；我是学监！我怎能走呢——校长们都没在这里！"

　　老张福自荐伴着"先生"过夜。我们虽然极愿守着他，可是我们知道门外有许多人用轻鄙的眼神看着我们；少年是最怕被人说"苟事"的——同情与见义勇为往往被人解释作"苟事"，或是"狗事"；有许多青年的血是能极热，同时又极冷的。我们只好离开他。连这样，当我们出来的时候还听见了："美呀！黄牛的干儿子！"

　　第二天早晨，老张福告诉我们，"先生"已经说胡话了。

　　校长来了，不管黄先生依不依，决定把他送到医院去。

　　可是这时候，他清醒过来。我们都在门外听着呢。那位手工教员也在那里，看着学监室的白牌子微笑，可是对我们皱着眉，好像他是最关心黄先生的苦痛的。我们听见了黄先生说：

　　"好吧，上医院；可是，容我见学生一面。"

　　"在哪儿？"校长问。

　　"礼堂，只说两句话。不然，我不走！"

　　钟响了。几乎全体学生都到了。

　　老张福与校长搀着黄先生。血已透过绷布，像一条毒花蛇在头上盘着。他的脸完全不像他的了。刚一进礼堂门，他便不走了，从绷布下设法睁开他的眼，好像是寻找自己的儿女，把我们全看到了。他低下头去，似乎已支持不住，就是那么低着头，他低声——可是很清楚地——说："无论是谁打我来着，我决不，决不计较！"

他出去了，学生没有一个动弹的。大概有两分钟吧。忽然大家全往外跑，追上他，看他上了车。

过了三天，他死在医院。

谁打死他的呢？

丁庚。

可是在那时节，谁也不知道丁庚扔砖头来着。在平日他是"小姐"，没人想到"小姐"敢飞砖头。

那时的丁庚，也不过是十七岁。老穿着小蓝布衫，脸上长着小红疙瘩，眼睛永远有点水锈，像敷着些眼药。老实，不好说话，有时候跟他好，有时候又跟你好，有时候自动地收拾宿室，有时候一天不洗脸。所以是"小姐"——有点忽东忽西的小性。

风潮过去了，手工教员兼任了学监。校长因为黄先生已死，也就没深究谁扔的那块砖。说真的，确是没人知道。

可是，不到半年的工夫，大家猜出谁了——丁庚变成另一个人，完全不是"小姐"了。他也爱说话了，而且永远是不好听的话。他永远与那些不用功的同学在一起了，吸上了香烟——自然也因为学监不干涉——每晚上必出去，有时候嘴里喷着酒味。他还做了学生会的主席。

由"那"一晚上，黄先生死去，丁庚变了样。没人能想到"小姐"会打人。可是现在他已不是"小姐"了，自然大家能想到他是会打人的。变动的快出乎意料之外，那么，什么事都是可能的了；所以是"他"！

过了半年，他自己承认了——多半是出于自夸，因为他已经变成个"刺儿头"。最怕这位"刺儿头"的是手工兼学监那位先生。学监既变成他的部下，他承认了什么也当然是没危险的。自从黄先生离开了学监室，我们的学校已经不是学校。

为什么扔那块砖？据丁庚自己说，差不多有五六十个理由，他自己也不知道哪一个最好，自然也没人能断哪个最可靠。

据我看，真正的原因是"小姐"忽然犯了"小姐性"。他最初是在大家开会的时候，连进去也不敢，而在外面看风势。忽然他的那个劲儿来了，也许是黄先生责备过他，也许是他看黄先生的胖脸好玩而试试打得破与否，也许……不论怎么着吧，一个十七岁的孩子，天性本来是变鬼变神的，加以脸上正发红泡儿的那股忽人忽兽的郁闷，他满可以做出些无意做而做了的事。从多方面看，他确是那样的人。在黄先生活着的时候，他便是千变万化的，有时候很喜欢人叫他"黛玉"。黄先生死后，他便不知道他是怎回事了。有时候，他听了几句好话，能老实一天，趴在桌上写小楷，写得非常秀润。第二天，一天不上课！

这种观察还不只限于学生时代，我与他毕业后恰巧在一块做了半年的事，拿这半年中的情形看，他确是我刚说过的那样的人。拿一件事说吧。我与他全做了小学教师，在一个学校里，我教初四。已教过两个月，他忽然想换班，唯一的原因是我比他少着三个学生。可是他和校长并没这样说——为少看三本卷子似乎不大好出口。他说，四年级级任比三年级的地位高，他不甘居人下。这虽然不很像一句话，可究竟是更精神一些的争执。他也告诉校长：他在读书时是做学生会主席的，主席当然是大众的领袖，所以他教书时也得教第一班。

校长与我谈论这件事，我是无可无不可，全凭校长调动。校长反倒以为已经教了快半个学期，不便于变动。这件事便这么过去了。到了快放年假的时候，校长有要事须请两个礼拜的假，他打算求我代理几天。丁庚又答应了。可是这次他直接地向我发作了，因为他亲自请求校长叫他代理是不好意思的。我不记得我的话了，可是大意是我应着去代他向校长说说：我根本不愿意代理。

及至我已经和校长说了，他又不愿意，而且忽然地辞职，连维持到年假都不干。校长还没走，他卷铺盖走了。谁劝也无用，非走不可。

从此我们俩没再会过面。

看见了黄先生的坟，也想起自己在过去二十年中的苦痛。坟头更矮了些，那么些土上还长着点野花，"美"使悲酸的味儿更强烈了些。太阳已斜挂在大悲寺的竹林上，我只想不起动身。深愿黄先生，胖胖的，穿着灰布大衫，来与我谈一谈。

远处来了个人。没戴着帽，头发很长，穿着青短衣，还看不出他的模样来，过路的，我想；也没大注意。可是他没顺着小路走去，而是舍了小道朝我来了。又一个上坟的？

他好像走到坟前才看见我，猛然地站住了。或者从远处是不容易看见我的，我是倚着那株枫树坐着呢。

"你……"他叫着我的名字。

我愣住了，想不起他是谁。

"不记得我了？丁——"

没等他说完我想起来了，丁庚。除了他还保存着点"小姐"气——说不清是在他身上哪处——他绝对不是二十年前的丁庚了。头发很长，而且很乱。脸上乌黑，眼睛上的水锈很厚，眼窝深陷进去，眼珠上许多血丝。牙已半黑，我不由得看了看他的手，左右手的食指与中指全黄了一半。他一边看着我，一边从袋里摸出一盒"大长城"来。

不知道为什么我觉得一阵悲惨。我与他是没有什么感情的，可是幼时的同学……我过去握住他的手；他的手颤得很厉害。我们彼此看了一眼，眼中全湿了；然后不约而同地看着那个矮矮的墓。

"你也来上坟？"这话已到我的唇边，被我压回去了。他点一支烟，向蓝天吹了一口，看看我，看看坟，笑了。

"我也来看他，可笑，是不是？"他随说随坐在地上。

我不晓得说什么好，只好顺口搭音地笑了声，也坐下了。

他半天没言语，低着头吸他的烟，似乎是思想什么呢。烟已烧去半截，他抬起头来，极有姿势地弹着烟灰。先笑了笑，然后说：

"二十多年了！他还没饶了我呢！"

"谁？"

他用烟卷指了指坟头："他！"

"怎么？"我觉得不大得劲；深怕他是有点疯魔。

"你记得他最后的那句？决——不——计——较，是不是？"

我点点头。

"你也记得咱们在小学教书的时候，我忽然不干了？我找你去叫你不要代理校长？好，记得你说的是什么？""我不记得。"

"决不计较！你说的。那回我要和你换班次，你也是给了我这么一句。你或者出于无意，可是对于我，这句话是种报复，惩罚。它的颜色是红的一条布，像条毒蛇；它确是有颜色的。它使我把生命变成一阵颤抖；志愿，事业，全随颤抖化为——秋风中的落叶。像这颗枫树的叶子。你大概也知道，我那次代理校长的原因？我已运动好久，叫他不能回任。可是你说了那么一句——"

"无心中说的。"我表示歉意。

"我知道。离开小学，我在河务局谋了个差事。很清闲，钱也不少。半年之后，出了个较好的缺。我和一个姓李的争这个地位。我运动，他也运动，力量差不多是相等，所以命令多日没能下来。在这个期间，我们俩有一次在局长家里遇上了，一块打了几圈牌。局长，在打牌的时候，露出点我们俩竞争很使他为难的口话。我没说什么，可是姓李的一边打出一个红中，一边说：'红的！我让了，决不计较！'红的！不计较！黄学监又立在我眼前，头上围着那条用血浸透的红布！我用尽力量打完了那圈牌，我的汗湿透了全身。我不能再见那个姓李的，他是黄学监第二，他用杀人不见血的咒诅在我魂灵上作祟：假如世上真有妖术邪法，这个便是其中的一种。我不干了。不干了！"他的头上出了汗。

"或者是你身体不大好，精神有点过敏。"我的话一半是为安慰他，一半是不信这种见神见鬼的故事。

"我起誓，我一点病没有。黄学监确是跟着我呢。他是假冒为善的人，所以他会说假冒为善的恶咒。还是用事实说明吧。我从河务局出来不久便成婚。"这一句还没说全，他的眼神变得像失了雏儿的恶鹰似的，瞪着地上一颗半黄的鸡爪草，半天，他好像神不附体了。我轻咳了声，他一哆嗦，抹了抹头上的汗，说："很美，她很美。可是——不贞。在第一夜，洞房便变成地狱，可是没有血，你明白我的意思？没有血的洞房是地狱，自然这是老思想，可是我的婚事是老式的，当然感情也是老式的。她都说了，只求我，央告我，叫我饶恕她。按说，美是可以博得一切赦免的。可是我那时铁了心；我下了不戴绿帽的决心。她越哭，我越狠，说真的，折磨她给我一些愉快。末后，她的泪已干，她的话已尽，她说出最后的一句：'请用我心中的血代替吧，'她打开了胸，'给这儿一刀吧；你有一切的理由，我死，决不计较你！'我完了，黄学监在洞房门口笑我呢。我连动一动也不能了。第二天，我离开了家，变成一个有家室的漂流者，家中放着一个没有血的女人，和一个带着血的鬼！但是我不能自杀，我跟他干到底，他劫去我一切的快乐，不能再叫他夺去这条命！"

"丁！我还以为你是不健康。你看，当年你打死他，实在不是有意的。况且黄先生的死也一半是因为耽误了，假如他登时上医院去，一定不会有性命的危险。"我这样劝解；我准知道，设若我说黄先生是好人，绝不能死后作祟，丁庚一定更要发怒的。

"不错。我是出于无心，可是他是故意地对我发出假慈悲的原谅，而其实是种恶毒的诅咒。不然，一个人死在眼前，为什么还到礼堂上去说那个呢？好吧，我还是说事实吧。我既是个没家的人，自然可以随意地去玩了。我大概走了至少也有十二三省。最后，我在广东加入了革命军。打到南京，我已是团长。设若我继续工作，现在来至少也做了军长。可是，在清党的时节，我又不干了。是这么回事，一个好朋友姓王，他是左倾的。他比我职分高。设若我能推倒他，我登时便能取得他的地位。陷害他，是极容易的事，我有许多对他不利的证据，但是我不忍下手。我们俩出死入生地在一处已一年多，一同入医院就有两次。可是我又不能抛弃这个机会；志愿使英雄无论如何也得辣些。我不是个十足的英雄，所以我想个不太激进的办法来。我托了一个人向他去说，他的危险怎样的大，不如及早逃走，把一切事务交给我，我自会代他筹划将来的安全。他不听。我火了，不能不下毒手。我正在想主意，这个不知死的鬼找我来了，没带着一个人。有些人是这样：至死总假装宽厚大方，一点不为自己的命想一想，好像死是最便宜的事，可笑。这个人也是这样，还在和我嘻嘻哈哈。我不等想好主意了，反正他的命是在我手心里，我对他直接地说了——我的手摸着手枪。他，他听完了，向我笑了笑。'要是你愿杀我，'他说，还是笑着，'请，我决不计较。'这能是他说的吗？怎能那么巧呢？我知道，我早就知道了，凡是我要成功的时候，'他'老借着个笑脸来报仇，假冒为善的鬼会拿柔软的方法来毁人。我的手连抬也抬不起来了，不要说还要拿枪打人。姓王的笑着，笑着，走了。他走了，能有我的好处吗？他的地位比我高。拿证据去告发他恐怕已来不及了，他能不马上想对待我的法子吗？结果，我得跑！到现在，我手下的小卒都有做团长的了，我呢？我只是个有妻室而没家，不当和尚而住在庙里的——我也说不清我是什么！"

乘他喘气，我问了一句："哪个庙事？"

"眼前的大悲寺！为是离着他近。"他指着坟头。看我没往下问，他自动地说明，"离他近，我好天天来诅咒他！"

不记得我又和他说了什么，还是什么也没说，无论怎样吧！我是踏着金黄的秋色下了山，斜阳在我的背后。我没敢回头，我怕那株枫树，叶子不是怎么红得似血！